宋史演義

從奇兒出世至王旦病終

蔡東藩 著

北宋風雲起，五代十國的終結
黃袍加身立新君

誰知杯酒成良策，盡有兵權一旦收
從陳橋兵變到五路伐夏
解析宋朝的壯麗史詩

目錄

第一回	河洛降神奇兒出世　弧矢見志遊子離鄉	005
第二回	遇異僧幸示迷途　掃強敵連擒渠帥	013
第三回	憂父病重託趙則平　肅軍威大敗李景達	021
第四回	紫金山唐營盡覆　瓦橋關遼將出降	029
第五回	陳橋驛定策立新君　崇元殿受禪登大位	037
第六回	公主鍾情再婚誌喜　孤臣敗死一炬成墟	045
第七回	李重進闔家投火窟　宋太祖杯酒釋兵權	055
第八回	遣師南下戡定荊湘　冒雪宵來商徵巴蜀	065
第九回	破川軍孱王歸命　受蜀俘美婦承恩	075
第十回	戢兵變再定西川　興王師得平南漢	085
第十一回	懸繪像計殺敵臣　造浮梁功成採石	093
第十二回	明德樓綸音釋俘　萬歲殿燭影生疑	103
第十三回	吳越王歸誠納土　北漢主窮蹙乞降	111
第十四回	高梁河宋師敗績　雁門關遼將喪元	119

目錄

第十五回　弄巧成拙妹倩殉邊　修怨背盟皇弟受禍　127

第十六回　進治道陳希夷入朝　遁窮荒李繼遷降虜　135

第十七回　岐溝關曹彬失律　陳家谷楊業捐軀　143

第十八回　張齊賢用謀卻敵　尹繼倫奮力踹營　151

第十九回　報宿怨故王索命　討亂黨宦寺典兵　159

第二十回　伐西夏五路出師　立新皇百官入賀　167

第二十一回　康保裔血戰亡身　雷有終火攻平匪　175

第二十二回　收番部叛王中計　納忠諫御駕親征　185

第二十三回　澶州城磋商和約　承天門偽降帛書　195

第二十四回　孫待制空言阻西幸　劉美人徼寵繼中宮　205

第二十五回　留遺恨王旦病終　坐株連寇準遭貶　215

第一回

河洛降神奇兒出世　弧矢見志遊子離鄉

第一回　河洛降神奇兒出世　弧矢見志遊子離鄉

「得國由小兒，失國由小兒。」這是元朝的伯顏，拒絕宋使的口頭語，本沒有什麼祕讖作為依據。但到事後追憶起來，卻似有絕大的因果，隱伏在內。宋室的江山，是從周主宗訓處奪來。宗訓沖齡踐阼，曉得什麼保國保家的法兒？而且周主繼后符氏，又是初入宮中，才為國母（周世宗納符彥卿女為后，后殂，復納其妹，入宮才十日）。所有宮廷大事，全然不曾接洽，陡然遇著大喪，整日裡把淚洗面，恨不隨世宗同去。可憐這青年嫠婦，黃口孤兒，煢煢孑立，形影相弔，那殿前都點檢趙匡胤，便乘此起了異心，暗地裡聯絡將弁，託詞北征；陳橋變起，黃袍加身，居然自做皇帝，擁兵還朝。看官！你想七歲的小周王，二十多歲的周太后，無拳無勇，如何抵敵得住？眼見得由他播弄，驅往西宮，好好的半壁江山，霎時間被趙氏奪去。還說是什麼禪讓，什麼歷數，什麼保全故主，什麼坐鎮太平，彼歌功，此頌德，差不多似舜、禹復出，湯、文再生。中國史官之不值一錢，便是此等諛頌所累。

這時正當五季以降，亂臣賊子，搶攘數十年，得了一個逆取順守，彼善於此的主兒，百姓都快活得很，哪個去追究隱情？因此遠近歸附，好容易南收北撫，混一區夏，一番事情，兩番做成，這真叫做時來輻輳，僥倖成功呢。偏是皇天有眼，看他傳到八九世，降下一個勁敵，把他河北一帶，先行奪去，仍然令他坐個小朝廷；康王南渡，又傳了八九世，元將伯顏，引兵渡江，勢如破竹，可巧南宋一線，剩了兩三個小孩子，今年立一個，明年被敵兵擄去，明年再立一個，不到兩年，又驚死了，遺下趙氏一塊肉，孤苦伶仃，流離海嶠，勉勉強強的過了一年，徒落得崖山覆沒，帝子銷沉，就是文、陸、張幾個忠臣，做到力竭計窮，終歸無益，先後畢命，一死謝責。可見得果報昭彰，天道不爽。憑你如何巧計安排，做成一番掀天揭地的事業，到了子孫手裡，也有人看那祖宗的樣子，不是巧取，

便是強奪，悖入悖出，總歸是無可逃避呢。為世人作一棒喝，並非迷信之言。不過惡多善少，報應必速；善多惡少，報應較遲。試看朱溫、李存勗、石敬瑭、劉知遠、郭威等人，多半是淫凶暴虐，善不敵惡，自己雖然快志，子孫不免遭殃。忽而興，忽而亡，總計五季十三君，一古腦兒只四五十年，獨兩宋傳了十八主，共有三百二十年，這也由趙氏得國以後，頗有幾種深仁厚澤，維繫人心，不似那五季君主，一味強暴，所以歷世尚久，比兩漢只短數十年，比唐朝且長數十年，等到山窮水盡，方致滅亡，這卻是天意好善，格外優待呢！

小子閒覽宋史，每嘆宋朝的善政，卻有數種：第一種，是整肅宮闈，沒有女禍；第二種，是抑制宦官，沒有奄禍；第三種，是睦好懿親，沒有宗室禍；第四種，是防閒戚里，沒有外戚禍；第五種，是罷典禁兵，沒有強藩禍，不但漢、唐未能相比，就是夏、商、周三代，恐怕還遜他一籌。但也有兩大誤處：北宋抑兵太過，外乏良將，南宋任賢不專，內乏良相。遼、金、元三國，迭起北方，屢為邊患。當趙宋全盛的時候，還不能收復燕、雲十六州，後來國勢日衰，無人專閫，寇兵一入，如摧枯拉朽一般，今日失兩河，明日割三鎮，帝座一傾，主子被虜；到了南渡以後，殘喘苟延，已成弩末，稍稍出了幾員大將，又被那賊臣奸相，多方牽制，有力沒處使，有志沒處行，風波亭上，冤獄構成，西子湖邊，騎驢歸去，大家心灰意懶，坐聽敗亡，沒奈何迎敵乞降，沒奈何蹈海殉國。說也可憐，兩宋三百二十年間，始終被夷狄所制，終弄到舉國授虜，寸土全無，當時懲前毖後的趙太祖，哪裡防得到這般收場？其實是人有千算，天教一算，若非冥冥中有此主宰，那篡竊得來的國家，反好長久永遠，千年不敗，咳！天下豈有是理嗎？總冒一段，仍歸到篡竊之罪，筆大如椽，心細似髮。看官不要笑我饒舌，請看下文依次敘述，信而有徵，才知小子是考核陳詞，並

第一回　河洛降神奇兒出世　弧矢見志遊子離鄉

非妄加褒貶哩。稗官野乘，一同俯首。

　　且說後唐明宗天成二年，洛陽的夾馬營內，生下一個香孩兒，遠近傳為異聞。什麼叫做香孩兒呢？相傳是兒初生，赤光繞空，並有一股異香，圍裹兒體，經宿不散，因此叫做香孩兒。或謂後唐明宗李嗣源，繼阼以後，每夕在宮中焚香，向天拜祝，自言某本胡人，為眾所推，暫承唐統，願天早生聖人，為生民主，撥亂反正，混一中原。誰知他一片誠心，感格上蒼，誕生靈異，洛陽的香孩兒，便是將來的真命天子，生有異徵，也是應有的預兆。香孩兒事見正史，雖或由史官諛頌，但崛起為帝，傳統三百年，當非凡人可比。究竟這香孩兒姓甚名誰？看官聽著！便是宋太祖趙匡胤。他祖籍涿州，本是世代為官，不同微賤。高祖名朓，曾受職唐朝，做過永清、文安、幽都的大令。曾祖名珽，歷官藩鎮，兼任御史中丞。祖名敬，又做過營、薊、涿三州刺史。父名弘殷，少驍勇，善騎射，後唐莊宗時，曾留典禁軍，娶妻杜氏，係定州安喜縣人，治家嚴毅，頗有禮法，第一胎便生一男，取名匡濟，不幸夭逝，第二胎復生一男，就是這個香孩兒。香孩兒體有金色，數日不變，難道是羅漢投胎？到了長大起來，容貌雄偉，性情豪爽，大家目為英器。乃父弘殷，歷後唐、後晉二朝，未嘗失職。香孩兒趙匡胤，出入營中，專喜騎馬，復好射箭，有時弘殷出征，匡胤侍母在家，無所事事，輒以騎射為戲。母杜氏勸他讀書，匡胤奮然道：「治世用文，亂世用武，現在世事擾亂，兵戈未靖，兒願嫻習武事，留待後用，他日有機可乘，得能安邦定國，才算出人頭地，不至虛過一生呢。」人生不可無志，請看宋太祖自負語。杜氏笑道：「但願兒能繼承祖業，毋玷門楣，便算幸事，還想什麼大功名，大事業哩！」匡胤道：「唐太宗李世民，也不過一將門之子，為什麼化家為國，造成帝業？兒雖不才，亦想與他相似，轟轟烈烈做個大丈夫，母親以為可好麼？」杜氏怒道：「你

不要信口胡說！世上說大話的人，往往後來沒用，我不願聽你瞎鬧，你還是讀書去罷！」匡胤見母親動怒，才不敢多嘴，默然退出。

怎奈天性好動，不喜靜居，往往乘隙出遊，與鄰里少年，馳馬角射，大家多賽他不過，免不得有妒害的心思。一日，有少年某牽一惡馬，來訪匡胤，湊巧匡胤出來，見了少年，卻是平素往來，互相熟識，立談數語，便問他牽馬何事？少年答道：「這馬雄壯得很，只是沒人能騎，我想你有駕馭才，或尚能馳騁一番，所以特來請教。」匡胤將馬一瞧，黃鬃黑鬣，並沒有什麼奇異，不過馬身較肥，略覺高大，便微哂道：「天下沒有難騎的馬匹，越是怪馬，我越要騎牠，但教駕馭有方，怕牠倔強到哪裡去！」後來駕馭武臣，亦是此術。少年恰故意說道：「這也不可一概而論的。的盧馬常妨主人，也宜小心為是。」遣將不如激將，少年亦會使刁。匡胤笑道：「不能馭馬，何能馭人？你看我跑一回罷！」少年對他嘻笑，且道：「我去攜馬鞍等來，可好麼？」匡胤笑道：「要什麼馬鞍等物。」說至此，即從少年手中，取過馬鞭，奮身一躍，上馬而去。那馬也不待鞭策，向前急走，但看牠展開四蹄，似風馳電掣一般，倏忽間跑了五六里。前面恰有一城，城闉不甚高大，行人頗多，匡胤恐飛馬入城，人不及避，或至撞損，不如阻住馬頭，仍從原路回來，偏這馬不聽約束，而且因沒有銜勒，令人無從羈絆，匡胤不覺焦急，正在馬上設法，俯首凝思，不料這馬跑得越快，三腳兩步，竟至城闉，至匡胤抬起頭來，湊巧左額與門楣相觸，似覺微痛，連忙向後一仰，好一個倒翻觔斗，從馬後墜將下來。我為他捏一把冷汗。某少年在後追躡，遠遠的見他墜地，禁不住歡呼道：「匡胤！匡胤！你今朝也著了道兒，任你頭堅似鐵，恐也要撞得粉碎了。」正說著，驚見匡胤仍安立地上，只馬恰從斜道竄去，離了一箭多地，匡胤復搶步追馬，趕上一程，竟被追著，依然聳身騰上，揚鞭向馬頭一攔，馬卻隨鞭回

第一回　河洛降神奇兒出世　弧矢見志遊子離鄉

頭，不似前次的倔強，順著原路，安然回來。少年在途次遇著，見匡胤面不改色，從容自若，不由的驚問道：「我正為你擔憂，總道你此次墜馬，定要受傷，偏你卻有這麼本領，仍然乘馬回來，但身上可有痛楚麼？」匡胤道：「我是毫不受傷，但這馬恰是性悍，非我見機翻下，好頭顱早已撞碎了。」言罷，下馬作別，竟自回去。某少年也牽馬歸家，無庸細表。

唯匡胤聲名，從此漸盛，各少年多敬愛有加，不敢侮弄，就中與匡胤最稱莫逆，乃是韓令坤與慕容延釗兩人。令坤籍隸磁州，延釗籍隸太原，都是少年勇敢，倜儻不群，因聞匡胤盛名，特來拜訪，一見傾心，似舊相識。嗣是往來無間，聯成知己，除研究武備外，時或聯轡出遊，或校射，或縱獵，或蹴踘，或擊毬，或作樗蒲戲。某日，與韓令坤至土室中，六博為歡，正在呼麼喝盧的時候，突聞外面鳥雀聲喧，很是嘈雜，都不禁驚訝起來。匡胤道：「敢是有毒蟲猛獸，經過此間，所以驚起鳥雀，有此喧聲。好在我等各帶著弓箭，儘可出外一觀，射死幾個毒蟲，幾個猛獸，不但為鳥雀除害，並也為人民免患，韓兄以為何如？」令坤聽了，大喜道：「你言正合我意。」一主一將，應寓仁心。當下停了博局，挾了弓矢，一同出室，四處探望，並沒有毒蟲猛獸，只有一群喜雀，互相搏鬥，因此噪聲盈耳。韓令坤道：「雀本同類，猶爭鬧不休，古人所謂雀角相爭，便是此意。」匡胤道：「我等可有良法，替它解圍？」令坤道：「這有何難，一經驅逐，自然解散了。」匡胤道：「你我兩人，也算是一時好漢，為什麼效那兒童舉動，去趕鳥雀呢？」令坤道：「依你說來，該怎麼辦？」匡胤道：「兩造相爭，統是很戾的壞處，我與你挾著弓箭，正苦沒用，何妨彈死幾隻暴雀，隱示懲戒。來！來！你射左，我射右，看哪個射得著哩！」令坤依言，便抽箭搭弓，向左射去。匡胤也用箭右射，颼颼的發了數箭，射中了好幾隻，隨箭墜下，餘雀統已驚散，飛逃得無影無蹤了。除暴之法，均可

作如是觀。兩人方囊弓戢矢，忽又聽得一聲怪響，從背後過來，彷彿與地震相似，急忙返身後顧，那土室卻無緣無故，坍塌下來。令坤驚訝道：「好好一間土室，突然坍倒，正是出人意外，虧得我等都出外彈雀，否則壓死室中，沒處呼冤呢！」匡胤道：「這真是奇極了！想是你我命不該死，特借這雀噪的聲音，叫我出來，雀既救我的命，我還要牠的命，這是大不應該的。現在悔已遲了，你我不如拾起死雀，一一掩埋才是。」無非仁術，令坤也即允諾，當將死雀盡行埋訖，然後分手自歸。

會晉亡漢繼，中原一帶，多被遼主蹂躪，民不聊生。匡胤年逾弱冠，聞著這種消息，未免憂嘆，恨不得立刻從軍，驅除大敵。既而遼主道殂，遼兵北去（事見五代史，故此處從略）。匡胤父弘殷，已為匡胤聘定賀女，擇吉成婚，燕爾新歡，自在意中，免不得兒女情長，英雄氣短。到了漢乾祐中，隱帝時。弘殷出征鳳翔，戰敗王景，積功擢都指揮使，匡胤未曾隨徵，在家閒著，又惹起一腔壯志，便欲辭母西行。乃母杜氏，不肯照允，他竟潛身外出，直往襄陽，在途寄信回家，勸慰母妻，那母妻才得知曉，但已無法挽留，只好聽他前去。匡胤初經遠遊，未識路徑，本擬向西從父，不意走錯了路，反繞道南行；及自知有誤，索性將錯便錯，順道行去。所苦隨身資斧，帶得不多，行至襄陽，一無所遇，反將川資一概用盡。關山失路，日暮途窮，那時進退維谷，不得已投宿僧寺。僧徒多半勢利，看他行李蕭條，衣履黯敝，已料到是落魄征夫，樂得白眼相對，當下譁聲逐客，不容羈留。匡胤沒法，只好婉詞央告，借宿一宵，說至再三，仍不得僧徒允洽，頓時忍耐不住，便厲聲道：「你等禿奴，這般無情，休要惹我懊惱！」一僧隨口戲應道：「你又不是個皇帝，說要什麼，便依你什麼。我今朝偏不依你，看你使出什麼法兒！」道言未絕，那右足上已著了一腳，不知不覺的倒退幾步，跌倒地上。旁邊走過一僧，叱匡胤道：「你

第一回　河洛降神奇兒出世　弧矢見志遊子離鄉

敢是強徒嗎？快吃我一拳！」說時遲，那時快，這僧拳已向匡胤胸前，猛擊過來。匡胤不慌不忙，輕輕地伸出右手，將他來拳接住，喝一聲去，那僧已退了丈許，撲塌一聲，也向地上睡倒了。還有幾個小沙彌，嚇得魂不附體，統向內飛奔，不一時走出了一個老僧，衲衣錫杖，款款前來，匡胤瞧將過去，卻是龐眉皓首，癯骨清顏，比初見的兩僧，大不相同，不由地躁釋矜平，竦然起敬。小子有詩詠那老僧道：

　　莫言方外乏奇人，參透禪關悟夙因。
　　願借片帆風送力，好教真主出迷津。

欲知老僧如何對付，且至下回表明。

看本回一段總冒，已將宋朝三百年事，包括在內。所謂振衣揭領，舉綱定綱，以視俗本小說，空空洞洞地說了幾句套話，固自大相逕庭矣。後半敘入宋太祖出身，都是依據正史，不涉虛誕，偏下筆獨有神采，令人刮目相看，是蓋具史家小說家之二長，故能雋妙若比。古人所謂不鳴則已，一鳴驚人，吾於作者亦云。

第二回

遇異僧幸示迷途　掃強敵連擒渠帥

第二回　遇異僧幸示迷途　掃強敵連擒渠帥

卻說寺中有一老僧，出見匡胤，匡胤知非常僧，向他拱手。老僧慌忙答禮，且道：「小徒無知，冒犯貴人，幸勿見怪！」匡胤道：「貴人兩字，僕不敢當，現擬投效戎行，路經貴地，無處住宿，特借寶刹暫寓一宵，哪知令徒不肯相容，並且惡語傷人，以至爭執，亦乞高僧原諒！」老僧道：「點檢作天子，已有定數，何必過謙。」匡胤聽了此語，莫名其妙，便問點檢為誰，老僧微笑道：「到了後來，自有分曉，此時不便饒舌。」（埋伏後文。）說畢，便把墜地的兩僧喚他起來，且呵責道：「你等肉眼，哪識聖人？快去將客房收拾好了，準備貴客休息。」兩僧無奈，應命起立。老僧復問及匡胤行囊，匡胤道：「只有箭囊、弓袋，餘無別物。」老僧又命兩徒攜往客房，自邀匡胤轉入客堂，請他坐下，並呼小沙彌獻茶。待茶已獻入，才旁坐相陪。匡胤問他姓名，老僧道：「老衲自幼出家，至今已將百年，姓氏已經失記了。」（正史不載老僧姓氏，故藉此略過。）匡胤道：「總有一個法號。」老僧道：「空即是色，色即是空，老僧嘗自署空空，別人因呼我為空空和尚。」匡胤道：「法師壽至期頤，道行定然高妙，弟子愚昧，未識將來結局，還乞法師指示。」老僧道：「不敢，不敢。夾馬營已呈異兆，香孩兒早現奇徵，後福正不淺哩！」匡胤聽了，越覺驚異，不禁離座下拜。老僧忙即避開，且合掌道：「阿彌陀佛，這是要折殺老衲了。」匡胤道：「法師已知過去，定識未來，就使天機不可洩漏，但弟子此時，正當落魄，應從何路前行，方可得志？」老僧道：「再向北行，便得奇遇了。」匡胤沉吟不答，老僧道：「貴人不必疑慮，區區資斧，老衲當代籌辦。」有此奇僧，真正難得。匡胤道：「怎敢要法師破費？」老僧道：「結些香火緣，也是老衲分內事。今日在敝寺中荒宿一宵，明日即當送別，免得誤過機緣。」說至此，即呼小沙彌至前，囑咐道：「你引這位貴客，到客房暫憩，休得怠慢！」小沙彌遵了師訓，導匡胤出堂，老僧送出門外，向匡胤

告辭，扶杖自去。

匡胤隨至客房，見床榻被褥等，都已整設，並且窗明几淨，饒有一種清氣，不覺欣慰異常。過了片刻，復由小沙彌搬入晚餐，野蔌園蔬，清脆可賞。匡胤正飢腸轆轆，便龍吞虎飲了一番，吃到果腹，才行罷手。待殘餚撤去，自覺身體疲倦，便睡在床上，向黑甜鄉去了。一枕初覺，日已當窗，忙披衣起床，當有小沙彌入房，伺候盥洗，並進早餐。餐畢出外，老僧已扶杖佇候。兩下相見，行過了禮，復相偕至客堂，談了片刻，匡胤即欲告辭。老僧道：「且慢！老衲尚有薄酒三杯，權當餞行，且俟午後起程，尚為未晚。」匡胤乃復坐定，與老僧再談時局，並問何日可致太平。老僧道：「中原混一，便可太平，為期也不遠了。」匡胤道：「真人可曾出世？」老僧道：「遠在千里，近在眼前，但總要戒殺好生，方能統一中原。」趙氏得國之由，賴此一語。匡胤道：「這個自然。」兩下復縱論多時，但見日將亭午，由小沙彌搬進素餚，並熱酒一壺，陳列已定，老僧請匡胤上坐，匡胤謙不敢當，且語老僧道：「蒙法師待愛，分坐抗禮，叨惠已多，怎敢僭居上位哩？」老僧微哂道：「好！好！目下蛟龍失水，潛德韜光，老衲尚得叨居主位，貴客還未僭越，老衲倒反僭越了。」語中有刺。言畢，遂分賓主坐下。隨由老僧與匡胤斟酒，自己卻用杯茗相陪，並向匡胤道：「老衲戒酒除葷，已好幾十年了，只得用茶代酒，幸勿見罪！」匡胤復謙謝數語。飲了幾杯，即請止酌。老僧也不多勸，即命沙彌進飯。匡胤吃了個飽，老僧只吃飯半碗，當由匡胤動疑，問他何故少食？老僧道：「並無他奇，不過服氣一法。今日吃飯半碗，還是為客破戒哩。」匡胤道：「此法可學否？」老僧道：「這是禪門真訣，如貴客何用此法。」天子玉食萬方，何必辟穀。匡胤方不多言。老僧一面命沙彌撤餚，一面命僧徒取出白銀十兩，贈與匡胤。匡胤再三推辭，老僧道：「不必！不必！這也由施主給與

第二回　遇異僧幸示迷途　掃強敵連擒渠帥

敝寺，老衲特轉贈貴客，大約北行數日，便有棲枝，贐儀雖少，已足敷用了。」匡胤方才領謝。老僧複道：「老衲並有數言贈別。」匡胤道：「敬聽清誨！」老僧道：「『遇郭乃安，歷周始顯，兩日重光，囊木應讖。』這十六字，請貴客記取便了。」匡胤茫然不解，但也不好絮問，只得答了領教兩字。當下由僧徒送交箭囊弓袋，匡胤即起身拜別，並訂後約道：「此行倘得如願，定當相報。法師鑑察未來，何時再得重聚？」老僧道：「待到太平，自當聚首了。」太平二字，是隱伏太平年號。匡胤乃挾了箭囊，負了弓袋，徐步出寺，老僧送至寺門，道了「前途珍重」一語，便即入內。

　　匡胤遵著僧囑，北向前進，在途飽看景色，縱觀形勢，恰也不甚寂寞。至渡過漢水，順流而上，見前面層山疊嶂，很是險峻，山後隱隱有一大營，依險駐紮，並有大旗一面，懸空蕩漾，燁燁生光，旗上有一大字，因被風吹著，急切看不清楚。再前行數十步，方認明是個「郭」字，當即觸動觀念，私下自忖道：「老僧說是『遇郭乃安』，莫非就應在此處麼？」便望著大營，搶步前趨。不到片刻，已抵營前。營外有守護兵立著，便向前問訊道：「貴營中的郭大帥，可曾在此麼？」兵士道：「在這裡。你是從何處來的？」匡胤道：「我離家多日了。現從襄陽到此。」兵士道：「你到此做什麼？」匡胤道：「特來拜謁大帥，情願留營效力。」兵士道：「請道姓名來！」匡胤道：「我姓趙名匡胤，是涿州人氏，父現為都指揮使。」兵士伸舌道：「你父既為都指揮，何不在家享福，反來此投軍？」匡胤道：「亂世出英雄，不乘此圖些功業，尚待何時？」兵士道：「你有這番大志，我與你通報便了。」看官！你道這座大營，是何人管領，原來就是後周太祖郭威。他此時尚未篡漢，仕漢為樞密副使，隱帝初立，河中、永興、鳳翔三鎮，相繼抗命。李守貞鎮守河中，尤稱桀驁，為三鎮盟主。郭威受命西征，特任招慰安撫使，所有西面各軍，統歸節制，此時正發兵前進，在途

暫憩。湊巧匡胤遇著，便向前投效。至兵士代他通報，由郭威召入，見他面方耳大，狀貌魁梧，已是器重三分。當下問明籍貫，並及他祖父世系。匡胤應對詳明，聲音洪亮。郭威便道：「你父與我同寅，現方報績鳳翔，你如何不隨父前去，反到我處投效呢？」匡胤述及父母寵愛，不許從軍，並言潛身到此的情形。郭威乃向他說道：「將門出將，當非凡品，現且留我帳下，同往西征，俟立有功績，當為保薦便了。」郭雀兒恰也有識。匡胤拜謝。嗣是留住郭營，隨赴河中，披堅執銳，所向有功。至李守貞敗死，河中平定，郭移任鄴都留守，待遇匡胤，頗加優禮，唯始終不聞保薦，因此未得優敘。

既而郭威篡立，建國號周，匡胤得拔補東西班行首，並拜滑州副指揮。未幾復調任開封府馬直軍使。世宗嗣位，竟命他入典禁兵。歷周始顯，其言複驗。會北漢主劉崇，聞世宗新立，乘喪窺周，乃自率健卒三萬人，並聯結遼兵萬餘騎，入寇高平。世宗姓柴名榮，係郭威妻兄柴守禮子，為威義兒。威無子嗣，所以柴榮得立，廟號世宗。他年已逾壯，曉暢軍機，郭威在日，曾封他為晉王，兼職侍中，掌判內外兵馬事。既得北方警報，毫不慌忙，即親率禁軍，兼程北進。不兩日，便到高平。適值漢兵大至，勢如潮湧，人人勇壯，個個威風，並有朔方鐵騎，橫厲無前，差不多有滅此朝食的氣象。周世宗麾兵直前，兩陣對圓，也沒有什麼評論，便將對將，兵對兵，各持軍械戰鬥起來。不到數合，忽周兵陣內，竄出一支馬軍，向漢投降，解甲棄械，北向呼萬歲。還有步兵千餘人，跟了過去，也情願作為降虜。周主望將過去，看那甘心降漢的將弁，一個是樊愛能，一個是何徽，禁不住怒氣勃勃，突出陣前，麾兵直上，喊殺連天。漢主劉崇，見周主親自督戰，便令數百弓弩手，一齊放箭，攢射周主。周主麾下的親兵，用盾四蔽，雖把周主護住，麾蓋上已齊集箭鏃，約有好幾十枝。

第二回　遇異僧幸示迷途　掃強敵連擒渠帥

匡胤時在中軍，語同列道：「主憂臣辱，主危臣死，我等難道作壁上觀麼？」言甫畢，即挺馬躍出，手執一條通天棍，搗入敵陣。各將亦不甘退後，一擁齊出，任他箭如飛蝗，只是尋隙殺入。俗語嘗言道：「一夫拚命，萬夫莫當。」況有數十健將，數千銳卒，同心協力的殺將進去，眼見得敵兵攪亂，紛紛倒退。是匡胤第一次大功。周主見漢兵敗走，更率軍士奮勇追趕，漢兵越逃越亂，周兵越追越緊。等到漢主退入河東，閉城固守，周主方擇地安營。樊愛能、何徽等軍，被漢主拒絕，不准入城，沒奈何仍回周營，束手待罪。周世宗立命斬首，全軍股慄。應該處斬。翌日，再驅兵攻城，城上矢石如雨。匡胤復身先士卒，用火焚城。城上越覺驚慌，所有箭鏃，一齊射下。那時防不勝防，匡胤左臂，竟被流矢射著，血流如注，他尚欲裹傷再攻，經周主瞧著，召令還營。且因頓兵城下，恐非久計，乃拔隊退還，仍返汴都。擢匡胤為都虞侯，領嚴州刺史。

　　世宗三年，復下令親征淮南，淮南為李氏所據，國號南唐，主子叫做李璟（南唐源流，見五代史）。他與周也是敵國。周主欲蕩平江、淮，所以發兵南下。匡胤自然從徵，就是他父親弘殷，也隨周主南行。先鋒叫做李重進，官拜歸德節度使。到了正陽，南唐遣將劉彥貞，引兵抵敵，被重進殺了一陣，唐兵大敗，連彥貞的頭顱，也不知去向。匡胤繼進，遇著唐將何延錫，一場鏖鬥，又把他首級取了回來。這等首級，太屬鬆脆。南唐大震，忙遣節度皇甫暉、姚鳳等，領兵十餘萬，前來攔阻。兩人聞周兵勢盛，不敢前進，只駐守著清流關，擁眾自固。清流關在滁州西南，倚山負水，勢頗雄峻，更有十多萬唐兵把守，顯見是不易攻入。探馬報入周營，周主未免沉吟。匡胤挺身前奏道：「臣願得二萬人，去奪此關。」又是他來出頭。周主道：「卿雖忠勇，但聞關城堅固，皇甫暉、姚鳳也是南唐健將，恐一時攻不下哩。」匡胤答道：「暉、鳳兩人，如果勇悍，理應開關出戰，

今乃逗留關內，明明畏怯不前，若我兵驟進，出其不意，一鼓便可奪關；且乘勢掩入，生擒二將，也是容易。臣雖不才，願當此任！」周主道：「要奪此關，除非掩襲一法，不能成功。朕聞卿言，已知卿定足勝任，明日命卿往攻便了。」世宗也是知人。匡胤道：「事不宜遲，就在今日。」周主大喜，即撥兵二萬名，令匡胤帶領了去。

匡胤星夜前進，路上掩旗息鼓，寂無聲響，只命各隊魚貫進行。及距關十里，天色將曉，急命軍士疾進，到關已是黎明瞭。關上守兵，全然未知，尚是睡著。至雞聲催過數次，旭日已出東方，乃命偵騎出關，探察敵情。如此疏忽，安能不敗。不意關門一開，即來了一員大將，手起刀落，連斃偵騎數人。守卒知是不妙，急欲闔住關門，偏偏五指已被剁落，暈倒地上。那周兵一闖而入，大刀闊斧，殺將進去。皇甫暉、姚鳳兩人，方在起床，驟聞周兵入關，嚇得手足無措，還是皇甫暉稍有主意，飛走出室，跨馬東奔。姚鳳也顧命要緊，隨著後塵，飛馬竄去。可憐這十多萬唐兵，只恨爹娘生得腳短，一時不及逃走，被周兵殺死無數。有一半僥倖逃生，都向滁州奔入。皇甫暉、姚鳳一口氣跑至滁城，回頭一望，但見塵氛滾滾，旗幟央央，那周兵已似旋風一般追殺過來，他倆不覺連聲叫苦，兩下計議，只有把城外吊橋，趕緊拆毀，還可阻住敵兵。當下傳令拆橋，橋板撤去，總道濠渠寬廣，急切不能飛越，誰知周兵追到濠邊，一聲吶喊，都投入水中，鳧水而至。最奇怪的是統帥趙匡胤，勒馬一躍，竟跳過七八丈的闊渠，絕不沾泥帶水，安安穩穩的立住了。這一驚非同小可，忙避入城中，閉門拒守。

匡胤集眾猛攻，四面架起雲梯，將要督兵登城，忽城上有聲傳下道：「請周將答話！」匡胤應聲道：「有話快說！」言畢，即舉首仰望，但見城上傳話的人，並非別個，就是南唐節度使皇甫暉。他向匡胤拱手道：「來

第二回　遇異僧幸示迷途　掃強敵連擒渠帥

將莫非趙統帥？聽我道來！我與你沒甚大仇，不過各為其主，因此相爭。你既襲據我清流關，還要追到此地，未免逼人太甚！大丈夫明戰明勝，休要這般促狹。現在我與你約，請暫行停攻，容我成列出戰，與你決一勝負。若我再行敗衄，願把此城奉獻。」匡胤大笑道：「你無非是個緩兵計，我也不怕你使刁，限你半日，整軍出來，我與你廝殺一場，賭個你死我活，教你死而無怨。」皇甫暉當然允諾。自己還道好計，其實不如仍行前策，棄城了事，免得為人所擒。匡胤乃暫令停攻，列陣待著。約過半日，果然城門開處，擁出許多唐兵，皇甫暉、姚鳳並轡出城，正要上前搦戰，忽覺前隊大亂，一位盔甲鮮明的敵帥，帶著銳卒，衝入陣來。皇甫暉措手不及，被來帥奮擊一棍，正中左肩，頓時熬受不起，阿喲一聲，撞落馬下。姚鳳急來相救，不防刀槍齊至，馬先受傷，前蹄一蹶，也將姚鳳掀翻。周兵趁勢齊上，把皇甫暉、姚鳳兩人，都生擒活捉去了。這是匡胤第二次立功。小子有詩詠道：

　　大業都成智勇來，偏師一出敵鋒摧。
　　試看虜帥成擒日，畢竟奇功出異才。

看官不必細猜，便可知這位敵帥是趙匡胤了。欲知以後情狀，請看官續閱下回。

　　讀〈宋太祖本紀〉，載太祖舍襄陽僧寺，有老僧素善術數，勸之北往，並贈厚贐，太祖乃得啟行，獨老僧姓氏不傳，意者其黃石老人之流亞歟？一經本回演述，借老僧之口，為後文寫照，前臺花發後臺見，上界鐘聲下界聞。於此可以見呼應之注焉。至太祖事周以後，所立功績，莫如高平、清流關二役，著書人亦格外從詳，不肯少略，為山九仞，基於一簣，此即宋太祖肇基之始，表而出之，所以昭實跡也。

第三回

憂父病重託趙則平　肅軍威大敗李景達

第三回　憂父病重託趙則平　肅軍威大敗李景達

卻說皇甫暉、姚鳳，既被周兵擒住，唐兵自然大潰，滁州城不戰即下。匡胤入城安民，即遣使押解囚虜，向周主處報捷。周主受俘後，命翰林學士竇儀，至滁州籍取庫藏，由匡胤一一交付。既而匡胤復欲取庫中絹匹，儀出阻道：「公初入滁，就使將庫中寶藏，一律取去，亦屬無妨，今已籍為官物，應俟皇帝詔書，方可支付，請公勿怪！」匡胤聞言，毫無怒意，反婉顏謝道：「學士言是，我知錯了！」唯能知過，方期寡過。過了一天，復有軍事判官到來，與匡胤相見。兩下敘談，甚是投契。看官道是何人？乃是宋朝的開國元勳，歷相太祖、太宗二朝，晉爵太師魏國公，姓趙名普，字則平。太祖受禪，普實與謀，此處特別表明，寓有微意。竇儀亦宋太祖功臣，故上文亦曾提出。他祖籍幽、薊，因避亂遷居洛陽，匡胤本與相識，至是由周相范質薦舉，乃至滁州。舊雨重逢，倍增歡洽。會匡胤部下，受命清鄉，捕得鄉民百餘名，統共指為匪盜，例當棄市，趙普獨抗議道：「未曾審問明白，便將他一律殺死，倘或誣良為盜，豈非誤傷人命？」匡胤笑道：「書生所見，未免太迂，須知此地人民，本是俘虜，我將他一律赦罪，已是法外施仁，今復甘作盜匪，若非立正典刑，如何儆眾？」趙普道：「南唐雖係敵國，百姓究屬何辜？況明公素負大志，極思統一中原，奈何秦、越相視，自分畛域？王道不外行仁，還乞明公三思！」已陰目匡胤為天子。匡胤道：「你若不怕勞苦，煩你去審訊便了。」趙普即去訊鞫，一一按驗，多無佐證，遂稟白匡胤，除犯贓定罪外，一律釋放。鄉民大悅，爭頌匡胤慈明。匡胤益信趙普先見，凡有疑議，盡與籌商。趙普亦格外效忠，知無不言。

適匡胤父弘殷，亦率兵到滁，父子聚首，當然欣慰。不料隔了數日，弘殷竟生起病來，匡胤日夕侍奉，自不消說。誰料揚州警報，紛紛前來，周主也有詔書頒達，命匡胤速趨六合，兼援揚州。原來滁州既下，南唐大

震，唐主李璟，遣李德明乞和，願割地罷兵，周主不許。德明返唐，唐主遂挑選精銳，得六萬人，命弟齊王李景達為元帥，向江北出發，直抵揚州。揚州本南唐所據，與六合相距百餘里，同為江北要塞，是時正由匡胤父弘殷，受周主命，奪據揚州。弘殷西還入滁，留韓令坤居守。令坤聞唐兵大至，恐寡不敵眾，飛向滁州求援。周主又敦促匡胤出師，匡胤內奉君命，外迫友情，怎敢坐視不發？無如父病未痊，一時又不忍遠離，公義私恩，兩相感觸。不由的進退縈徨，驟難解決。當下與趙普熟商，趙普答道：「君命不可違，請公即日前行。若為尊翁起見，普願代儤子職。」匡胤道：「這事何敢煩君？」趙普道：「公姓趙，普亦姓趙，彼此本屬同宗。若不以名位為嫌，公父即我父，一切視寒問暖，及進奉藥餌等事，統由普一人負責，請公儘管放心！」後世如袁某等人，強認同姓為同宗，莫非就從此處學來？匡胤拜謝道：「既蒙顧全宗誼，此後當視同手足，誓不相負。」趙普慌忙答禮道：「普何人斯？敢當重禮！」於是匡胤留普居守，把公私各事，都託付與普，自選健卒二千名，即日東行。

　　既至六合，聞揚州守將韓令坤，已棄城西走，不禁大憤道：「揚州是江北重鎮，若覆被南唐奪回，大事去了。」便派兵駐紮衝道，阻住揚州潰軍，並下令道：「如有揚州兵過此，盡行刖足，不准私放。」一面遣書韓令坤，略言：「總角故交，素知兄勇，今聞怯退，殊出意料。兄如離揚州一步，上無以報主，下無以對友，昔日英名，而今安在」云云。韓令坤被他一激，竟督兵返旆，仍還揚州拒守。

　　可巧南唐偏將陸孟俊，從泰州殺到，令坤誓師道：「今日敵兵到來，我當與他決一死戰，生與爾等同生，死與爾等同死。如或臨陣退縮，立殺無赦，莫謂我不預言！」兵士齊聲應命。令坤即命開城，自己一馬當先，躍出城外。各軍陸續隨上，統是努力向前，拚命突陣。唐將陸孟俊，即麾

第三回　憂父病重託趙則平　肅軍威大敗李景達

軍對仗，不防周兵盛氣前來，都似生龍活虎一般，見人便殺，逢馬便斫，沒一個攔阻得住，霎時間陣勢散亂，被周兵搗入中堅。孟俊知不可敵，回馬就逃，唐兵也各尋生路，棄了主帥，隨處亂竄。韓令坤如何肯捨，只管認著陸孟俊，緊緊追去，大約相距百步，由令坤取箭在手。搭住弓上，颼的一聲，將孟俊射落馬下。周兵爭先趕上，立將孟俊揪住，捆綁過來。令坤見敵將就擒，方掌得勝鼓回城。此功當歸趙匡胤。左右推上孟俊，令坤命繫入囚車，械送行在，正擬派員押解，忽由帳後閃出一婦人，帶哭帶語道：「請將軍為妾作主，臠割賊將，為妾報仇。」令坤視之，乃是新納簉室楊氏，便問道：「妳與他有什麼大仇？」楊氏道：「妾係潭州人氏，往年賊將孟俊，攻入潭州，殺我家二百餘口，唯妾一人，為唐將馬希崇所匿，方得免死。今仇人當前，如何不報？」原來楊氏饒有姿色，唐將馬希崇，擄取為妾，至韓令坤攻克揚州，希崇遁去，楊氏為令坤所得，見她一貌如花，也即納為偏房，而且很加寵愛；此時聞楊氏言，即轉訊孟俊。孟俊也不抵賴，只求速死，令坤乃令軍士設起香案，上供楊氏父母牌位，爇燭焚香，命楊氏先行拜告，然後將孟俊洗剝停當，推至案前，由自己拔出腰刀，刺胸挖心，取祭楊家父母，再命左右將他細剮。霎時間將肉割盡，把屍骨拖出郊外，餵飼豬犬去了。為殘殺者鑑。這且按下不提。

且說南唐元帥李景達，聞孟俊被擒，亟與部下商議進兵，左右道：「韓令坤雄踞揚州，不易攻取，大王不如西攻六合，六合得下，揚州路斷，也指日可取了。」不能取揚州，烏能取六合？唐人全是呆鳥。景達依計行事，乃向六合出發，距城二十里下寨，掘塹設柵，固守不出。匡胤也按兵勿動。兩下相持，約有數天。周將疑匡胤怯戰，入帳稟白道：「揚州大捷，唐元帥必然喪膽，我軍若乘勢往擊，定可得勝。」匡胤道：「諸將有所未知，我兵只有二千，若前去擊他，他見我兵寥寥，反且膽壯起來，不若

待他來戰，我恰以逸待勞，不患不勝。」前時攻清流關，妙在速進，此時屯兵六合，又妙在靜待。諸將道：「倘他潛師回去，如何是好？」匡胤道：「唐帥景達，是唐主親弟，他受命為諸道兵馬元帥，儼然到此，怎好不戰而遁，自損威風？我料他再閱數日，必前來挑戰了。」諸將始不敢多言。又數日，果有探馬來報，敵帥李景達，已發兵前來了。匡胤即整軍出城，擺好陣勢，專待唐兵到來。不一時，果見唐兵搖旗吶喊，蜂擁而至，匡胤即指揮將士，上前奮鬥。兩下金鼓齊鳴，喧聲震地，這一邊是目無全虜，誓掃淮南，那一邊是志在保邦，爭雄江右。自巳牌殺到未牌，不分勝負，兩軍都有飢色，匡胤即鳴金收軍，李景達也不相逼，退回原寨去了。

　　周兵聞金回城，由匡胤仔細檢點，傷亡不過數十名，恰也沒甚話說。既而令將士各呈皮笠，將士即奉笠獻上。匡胤親自閱畢，忽令數將士上前，瞋目語道：「你等為何不肯盡力？難道待敵人自斃麼？」言畢，即喝令親卒，把數將士縛住，推出斬首。眾將茫然不解，因念同袍舊誼，不忍見誅，乃各上前代求，籲請恩宥。匡胤道：「諸將道我冤誣他麼？今日臨陣，各戴皮笠，為何這數人笠上，留有劍痕？」言至此，即攜笠指示，一一無訛。眾將見了，愈覺不解。匡胤乃詳語道：「彼眾我寡，全仗人人效力，方可殺敵致功，我督戰時，曾見他們退縮不前，特用劍斫他皮笠，作為標記，若非將他正法，豈不要大家效尤，那時如何用兵？只好將這座城池，拱手讓敵了。」眾將聽到此言，嚇得面面相覷，伸舌而退。轉眼間已見有首級數顆，呈上帳前。軍令不得不嚴，並非匡胤殘忍。匡胤令傳示各營，才將屍首埋葬。翌日黎明，便即升帳，召集將士，當面誡諭道：「若要退敵，全在今日，爾等須各自為戰，不得後顧！果能人人奮勇，哪怕他兵多將廣，管教他一敗塗地哩。」諸將一一允諾。匡胤復召過牙將張瓊，溫顏與語道：「你前在壽春時，翼我過濠，城上強弩驟發，矢下如注，你能冒

第三回　憂父病重託趙則平　肅軍威大敗李景達

死不退，甚至箭鏃入骨，尚無懼色，確是忠勇過人。今日撥兵千名，令你統率。先從間道繞至江口，截住唐兵後路，倘若唐兵敗走，渡江南歸，你便可乘勢殺出，我亦當前來接應，先後夾攻，我料景達那廝，不遭殺死，也要溺死了。獨操勝算（壽春事，從匡胤口中敘出，可省一段文字）。張瓊領命去訖。

匡胤令將士飽食一餐，俟至辰牌時候，傳令出兵。將士等踴躍出城，甫行里許，適見唐兵到來，大家爭先突陣，不管什麼刀槍劍戟，越是敵兵多處，越要向前殺入。唐兵招抵不上，只得倒退。景達自恃兵眾，命部下分作兩翼，包抄周軍，不意圍了這邊，那邊衝破；圍了那邊，這邊衝破。忽有一彪人馬，持著長矛，搠入中軍，竟將景達馬前的大纛旗鉤倒。景達大驚，忙勒馬退後，那周兵一闖前進，來取景達首級。虧得景達麾下，拚命攔截，才得放走景達，逃了性命。唐兵見大旗已倒，主帥驚逃，還有何心戀戰？頓時大潰，沿途棄甲拋戈，不計其數。匡胤下令軍中，不准拾取軍械，只准向前追敵。軍士不敢違慢，大都策馬疾追。可憐唐帥景達等，沒命亂跑，看看到了江邊，滿擬乘船飛渡，得脫虎口。驚聞號炮一響，鼓角齊鳴，斜刺裡閃出一支生力軍，截住去路。景達不知所措，險些兒跌下馬來。還是唐將岑樓景，稍有膽力，仗著一柄大刀，出來抵敵，兜頭碰著一員悍將，左手持盾，右手執刀，大呼：「來將休走！俺張瓊在此，快獻頭來！」張瓊出現。樓景大怒，掄刀躍馬，直取張瓊。張瓊持刀相迎，兩馬相交，戰到二十餘合，卻是棋逢敵手，戰遇良材，偏匡胤率軍追至，周將米信、李懷忠等，都來助戰，任你岑樓景力敵萬夫，也只可挑出圈外，拖刀敗走。這時候的李景達，早已跑到江濱，覓得一隻小舟，亂流徑渡。唐兵尚有萬人，急切尋不出大船，如何渡得過去？等到周兵追至，好似斫瓜切菜，一些兒不肯留情，眼見得屍橫遍野，血流成渠。有幾個善泅水

的，解甲投江，鳧水逃生，有幾個不善泅水的，也想鳧水逃命，怎奈身入水中，手足不能自主，漩渦一繞，沉入江心。岑樓景等都跨著駿馬，到無可奈何的時節，加了一鞭，躍馬入水，半沉半浮，好容易過江去了。這是匡胤第三次立功。

南唐經這次敗仗，精銳略盡，全國奪氣。獨周世宗自攻壽州，數月未克，正擬下令班師，忽接六合奏報，知匡胤已獲大勝，亟召宰相范質等入議，欲改從揚州進兵，與匡胤等聯絡一氣，下攻江南。范質奏道：「陛下自孟春出師，至今已入盛夏，兵力已疲，餉運未繼，恐非萬全之策。依臣愚見，不如回駕大梁，休息數月，等到兵精糧足，再圖江南未遲。」世宗道：「偌大的壽州城，攻了數月，尚未能下，反耗我許多兵餉，朕實於心不甘。」范質再欲進諫，帳下有一人獻議道：「陛下儘可還都，臣願在此攻城！」世宗瞧著，乃是都招討使李重進，便大喜道：「卿肯替朕任勞，尚有何說。」遂留兵萬人，隨李重進圍攻壽州，自率范質等還都；並因趙匡胤等在外久勞，亦飭令還朝，另遣別將駐守滁、揚。

匡胤在六合聞命，引軍還滁，入城省父。見弘殷病已痊可，並由弘殷述及，全賴趙判官一人，日夕侍奉，才得漸癒。匡胤再拜謝趙普。至別將已來瓜代，即奉父弘殷，與趙普一同還汴。既至汴都，復隨父入朝。世宗慰勞有加，且語匡胤道：「朕親征南唐，歷數諸將，功勞無出卿右，就是卿父弘殷，亦未嘗無功足錄，朕當旌賞卿家父子，為諸臣勸。」匡胤叩首道：「此皆陛下恩威，諸將戮力，臣實無功，不敢邀賞。」何必客氣。世宗道：「賞功乃國家大典，卿勿過謙！」匡胤道：「判官趙普，具有大材，可以重用，幸陛下鑑察！」以德報德。世宗點首。退朝後，即封弘殷為檢校司徒，兼天水縣男；匡胤為定國節度使，兼殿前都指揮使；趙普為節度推官。三人上表謝恩，自是匡胤父子，分典禁兵，橋梓齊榮，一時無兩。相

第三回　憂父病重託趙則平　肅軍威大敗李景達

傳唐李淳風作推背圖，曾留有詩讖一首云：

此子生身在冀州，開口張弓立左猷。

自然穆穆乾坤上，敢將火鏡向心頭。（近見推背圖中，此詩移置後文，聞由宋祖將圖文互易，眩亂人目，故不依原次。）

匡胤父子，生長涿郡，地當冀州，開口張弓，就是弘字，穆穆乾坤，就是得有天下，宋祖定國運，以火德王，所以稱作火鏡，還有梁寶誌銅牌記，亦有「開口張弓左右邊，子子孫孫萬萬年」二語。南唐主璟，因名子為弘冀，吳越王亦嘗以弘字名子，統想符應圖讖，哪知適應在弘殷身上，這真是不由人料了。欲知匡胤如何得國，且看下回表明。

宋太祖之婉謝寶儀，器重趙普，皆具有知人之明，而引為己用。至激責韓令坤數語，亦無一非用人之法。蓋駕馭文士，當以軟術牢籠之，駕馭武夫，當以威權驅使之，能剛能柔，而天下無難馭之材矣。若斫皮笠而誅惰軍，作士氣以挫強敵，皆駕馭武人之良策，要之不外剛柔相濟而已。觀此回，可以見宋太祖之智，並可以見宋太祖之勇。

第四回

紫金山唐營盡覆　瓦橋關遼將出降

第四回　紫金山唐營盡覆　瓦橋關遼將出降

卻說周世宗還都後，尚擬再征江南，因思水軍不及南唐，未免相形見絀，乃於城西汴水中，造了戰艦百艘，命唐降將督練水師，一面搜乘補卒，連日閱操，約期水陸大舉。適唐遣員外郎朱元，出兵江北，攻奪舒、和、蘄各州，兵鋒直至揚、滁。揚、滁守城諸周將，聞風遁走，轉入壽春，周主聞知，正是忿恨，只因水師尚未練就，不得不忍待時日，唯遙飭李重進，嚴行戒備，休為唐兵所乘。重進圍攻壽州，又閱半年，唐節度使劉仁贍，扼守壽州城，多方抵禦，無懈可擊，所以重進仍頓兵城下，不能攻入，自接奉周主詔命，格外小心，把步兵分為兩隊，一隊屯駐城下，專力圍攻，一隊遏守要衝，專防敵援，自己居中排程，日夕不怠。(重進係周室忠臣，故敘筆亦較從詳)。會唐將朱元、邊鎬、許文縝等率師數萬，來援壽州，各軍據住紫金山，共立十餘寨，與城中烽火相應。又南築甬道，輸糧入城，綿亙數十里。重進乘夜襲擊，殺敗唐將，奪了數十車糧草，得勝回營。朱元等吃了敗仗，不敢逼攻，只守住紫金山，遙作聲援。

周主聞唐兵援壽，恐重進有失，遂命王環為水軍統領，自己親督戰船，從閔河沿潁入淮，旌旗蔽空，舳艫橫江。這消息傳到唐營，朱元等不勝驚駭，飛向金陵乞援。唐主再遣齊王景達，及監軍使陳覺，率兵五萬，來援唐軍。過了數日，周主渡淮抵壽春城，朱元登山遙望，但見戰船如織，順流而來，縱橫出沒，無不如意，不禁大驚道：「嘗謂南人使船，北人使馬，誰料北人今日，也能乘船飛駛，反比我南人敏捷，這真是出人不料了。」事在人為，何分南北。既而復見一艨艟大艦，蔽江前來，正中坐著一位袞衣龍袍的大元帥，料知是周世宗，旁邊有一位威風凜凜相貌堂堂的大將，比周主還要威武，禁不住稱羨起來，便指問將校道：「他是何人？」將校有經過戰陣，認識周將，便道：「這便叫做趙匡胤。」朱元嘆息道：「我聞他智勇兼全，屢敗吾將，今日遙望豐儀，才知名不虛傳了。」

後來傾寨降周，已伏於此。說著，周主已薄紫金山，號炮三聲，即飭軍士登岸。周主親環甲冑，率兵攻城。趙匡胤領著偏師，來攻紫金山唐寨，唐將邊鎬、許文縝，開寨搦戰，兩陣對圓，刀槍並舉。戰不多時，匡胤忽勒兵退去，邊鎬、許文縝不知有計，驅兵大進。匡胤且戰且走，行到壽州城南，突然翻身殺轉，各用長槍大戟，刺入唐陣。唐兵前隊，紛紛落馬。邊、許兩將，才知中計，正擬整隊奮鬥，忽左邊衝入一隊，乃是周將李懷忠的人馬，右邊又衝入一隊，又是周將張瓊人馬。兩隊周軍，搗入陣內，好似虎入羊群，大肆吞嚼，急得邊鎬、許文縝，無法攔阻，慌忙退還原路。哪知部兵已被攔數截，首尾不能相顧，連退避都來不及，只剩了數十騎，隨著邊、許，奔回紫金山。匡胤復率眾大呼：「降者免死！」於是進退兩難的唐兵，都下馬投甲，跪降道旁。是匡胤第四次立功。歷敘匡胤戰事，無一重複，是筆法矯變處。匡胤收了降軍，再逼紫金山下寨。邊鎬、許文縝已喪失全師，只望朱元寨中，出來救應，不防朱元寨內，已豎起降旗，輸款周軍。看官！試想這妙手空空的邊、許兩將，如何退敵？沒奈何卸甲改裝，潛越紫金山後，抱頭竄去。

　　唐齊王景達，及監軍陳覺，正率兵入淮，巧遇周水師統領王環，迎頭痛擊，兩下裡正在酣鬥，那周主已經聞著，自率數百騎，夾岸督戰。水軍見周主親到，越戰越勇。還有趙匡胤一軍，也因紫金山已經蕩平，分兵相助。景達、陳覺尚未知邊、許敗耗，兀自勉強支持，及見周兵越來越多，不勝驚訝，方令弁目緣桅遙望。不瞧猶可，瞧將過去，那紫金山，已遍懸大周旗號了。當下報知景達，景達語陳覺道：「莫非紫金山各寨，已被周兵奪去？」陳覺道：「若不奪去，如何懸著周字旗號？看來我等只好回軍。再或不退，也要全軍覆沒哩。」正是鼠膽。景達遂傳令回軍。軍士接到此令，自然沒有鬥志，戰艦一動，被周軍乘勢追殺，奪去艦械無算，唐兵或

第四回　紫金山唐營盡覆　瓦橋關遼將出降

乞降，或溺死，共失去二萬餘人。景達、陳覺都逃回金陵去了。

壽州城內的劉仁贍，連年防守，已是鼓衰力竭，械盡食空，此次又聞援軍敗衄，急得疾病交乘，臥不能起。周主耀兵城下，且射入詔書，勸令速降，唐監軍使周廷構，與左騎都指揮使張全約議道：「主帥病重，不能理事，況又兵疲糧盡，如何保守此城？與其被敵陷入，致遭屠戮，不如見機迎降，尚望瓦全，君意以為何如？」全約連聲贊成，乃代仁贍草定降表，並舁仁贍出降。仁贍已不省人事，由周主仍令還城，傳諭仁贍家屬，安心侍奉，並封他為天平節度使，兼中書令。仁贍即日逝世，追賜爵為彭城郡王，並改名清淮軍為忠正軍。

壽州已下，周主還都，匡胤亦隨駕北歸，加拜義成軍節度使，晉封檢校太保。未幾，周主又出攻濠、泗，匡胤自請為前鋒，兵至十八里灘，見岸上唐營森列，周主擬用橐駝濟師，匡胤獨躍馬入水，截流先渡，騎兵追隨恐後，霎時間盡登彼岸。唐營中不及防備，驟被匡胤搗入，害得腳忙手亂，紛紛潰散，營外泊有戰艦，艦內已虛無一人，匡胤乘勢下船，進薄泗州城下。泗州守將范再遇，驚慌的了不得，當即開城乞降。匡胤入城後，禁止擄掠，秋毫無犯，人民大悅，爭獻芻粟給軍。是匡胤第五次立功。周主聞泗州已定，移師攻濠，濠州團練使郭廷謂，自知力不能支，命參軍李延鄒草表降周。延鄒不允，被廷謂殺死，自作降表，舉城歸降。周主即遣郭廷謂徇天長，別派指揮使武守琦趨揚州，南唐守將，望風披靡，天長、揚州陸續平定，泰州、海州亦相率歸附。於是周主進攻楚州，楚州防禦使張彥卿，與都監鄭昭業，督兵登陴，誓死固守，周主猛攻不克。唐節度使陳承詔，復出兵清口，與城中連為犄角，互相呼應，因此楚城益固。周主愁煩得很，乃調趙匡胤助戰。

匡胤即調集水師，泝淮北上，將到清口，已值黃昏時候，諸將請覓

港寄泊，匡胤道：「清口聞有唐營，他不意我軍驟至，勢必無備，我正好乘夜掩襲，搗破唐營，奈何中流停泊呢？」言訖，即命揚帆疾駛，直達清口。是夕天色沉陰，淡月無光，唐營中雖有邏卒，巡至夜半，不見什麼動靜，便都回營安睡。匡胤正率兵駛至，悄悄登岸，熱起火炬，吶一聲喊，竟向唐營奔入。營兵方入睡鄉，及至驚醒，見營帳已是通明，連忙起床，不及攜械，憑著赤手空拳，如何對敵？周兵已殺進寨門，順手亂剁，殺死唐兵數千名，屍如山積。匡胤踹入後帳，不見什麼陳承詔，料他先行逃走，遂帶著百騎，從帳後越出，向前追趕，約行五六里，已至山陽境內，方見前面有一黑影，隱約奔馳，當即加鞭疾驅，急行里許，才得追著。這黑影正是陳承詔，他自夢中驚覺，孤身潛遁，好容易跑了若干里，偏偏冤家路狹，不肯放手，沒奈何束手就擒，任他縛去。匡胤既擒住承詔，遂轉趨楚州，獻俘軍前。是匡胤第六次立功。周主大喜，便與匡胤并力攻城，城中勢孤援絕，哪裡抵擋得住？當被周兵攻入。張彥卿與鄭昭業，尚率眾巷戰，殺到矢盡刀缺，彥卿尚舉起繩床，捨命抗拒，卒被亂軍殺死，鄭昭業拔劍自刎，守兵千餘人，一律鬥死，無一生降。周主不禁嗟嘆，命將張、鄭兩人的屍首，棺殮安葬，隨即出示安民，休息數天，再行南下。

　　唐主聞報大懼，寢食俱廢，若坐針氈。嗣聞周主復出揚州，乃遣陳覺奉表，願傳位太子弘冀，聽命中國，並獻廬、舒、蘄、黃四州地，畫江為界，哀懇息兵。周主道：「朕興師只取江北，今爾主舉國內附，尚有何求？」乃賜書唐主，通好罷兵。唐主自去帝號，奉周正朔，江北悉平，周主奏凱還朝，大小百官，依次行賞；賜賚匡胤，特別從優。既而唐主遣使至周，私貽匡胤書，並饋白金三千兩。匡胤笑道：「這明明是反間計，我難道為他所算麼？」遂將書函白金，悉行呈入，周主嘉他忠藎，溫言褒獎；嗣復改授忠武軍節度使，會弘殷舊疾復發，醫藥無效，竟至謝世。周

第四回　紫金山唐營盡覆　瓦橋關遼將出降

主又厚賜賻儀，追贈太尉，並武清節度使官銜；封匡胤母杜氏為南陽郡太夫人（匡胤世受周恩，不為不厚，歷敘封贈，以著匡胤負周之罪）。匡胤居喪守制，不聞政事。越年為周世宗顯德六年（周統終於是年，故特筆點醒），周主以北鄙未復，北漢嘗引遼入寇，屢為邊患，乃下詔親自征遼，當召匡胤入朝，命為水路都部署，另簡親軍都虞侯韓通，為陸路都部署。兩將先行出發，水陸並進，車駕自御龍舟，作為後應。

匡胤帶領戰艦，剋日出發，順風順水，駛過瀛、莫各州，遼地兵民，毫不防備，驟見周兵到來，都心驚膽落，逃得不知去向。遼寧州刺史王洪，也接到周兵入境消息，正擬請兵守城，誰知遼兵尚沒有影響，周師已飛薄城河。王洪居守空城，自知不能抵敵，便即開城乞降。匡胤乃收降王洪，令為嚮導，進抵益津關。關中守將終廷輝，登關南望，但見河中敵艦，一字兒排著，旌旗招颭，戈戟森嚴，不覺大驚失色；正在徬徨失措，忽聞關下有人大叫道：「快快開關！」當下俯視來人，乃是寧州刺史王洪，便問道：「你來此何事？」王洪道：「我為關內生靈，單騎到此，特欲與君商議。」廷輝乃下關迎入。相見後，王洪便言：「周兵勢大，未易迎敵，不如降周為是。」廷輝躊躇半晌，想不出什麼方法，只好依王洪言，隨他出降。匡胤好言撫慰，並問廷輝路徑。廷輝道：「此去到瓦橋關，不過數十里，但水路狹隘，不便行船，大帥若要前行，須舍舟登陸，方可前進。」匡胤乃即派遣裨將，與王洪返守寧州，並留兵數百，助廷輝守益津關；自思韓通未至，不應久待，索性乘勢前行，入搗瓦橋關，於是令軍士一齊登岸，鼓行而西。

不一日，即至瓦橋關下，守將姚內斌，率著馬兵數千騎，出來截擊，不值匡胤一掃，內斌遁回關中。由匡胤攻撲一晝夜，未曾得手。翌日，韓通亦到，報稱莫州刺史劉楚信，瀛州刺史高彥暉，俱已降服了（韓通一路

用虛寫法，因本書注重宋祖，故詳此略彼）。匡胤大喜，便親至關下，召姚內斌答話。內斌在關上相見，匡胤朗聲道：「守將聽著！天軍到此，所有瀛、莫各州，及寧州益津關諸吏，都已望風降順，畏威懷德。獨你據住此關，不肯歸服，難道我不能搗破麼？但念南北生民，莫非赤子，若為你一人，害得玉石俱焚，你心何忍？不如早日投降，免致糜爛。」內斌道：「且待明日報命。」匡胤道：「大丈夫一言既出，駟馬難追，你若明日不降，管教你粉骨碎身，悔無可及。」言畢返營。巧值都指揮使李重進等，帶領禁軍，呼喝前來。匡胤知周主親到，便與韓通出營接駕，行橐鞬禮。周主入營巡視，慰問勞苦，三軍無不欣躍。是夕，周主便留宿營中。到了次日，姚內斌親至營前，奉表請降。是匡胤第七次立功。匡胤引見周主，由內斌拜跪畢，周主亦嘉他效順，溫語褒獎。內斌復叩首謝恩（敘述各降將，亦無一條重複）；隨起導周主入關。

周主置酒大會，遍宴群臣，席間議進取幽州，諸將奏對道：「陛下離京，不過四十二日，兵不血刃，即得燕南各州，此正陛下威靈遠播，所以得此奇功。唯遼主聞失燕南，勢必大集虜騎，扼守幽州，還望陛下先機審慎，幸勿輕入。」周主默然不答。已露不悅之意。散宴後，便召先鋒都指揮使李重進入帳，與語道：「朕志在統一，削平南北，今已出兵到此，幸得燕南各州，難道就此罷手不成？你率兵萬人，明日出發，朕即統軍後至。不搗遼都，決不返師！」李重進唯唯而退。又傳諭散騎指揮孫行友，令帶騎卒五千，即日往攻易州。孫行友亦奉命去訖。

越日，李重出發兵先行，到了固安，守吏已逃避一空，城門大開，一任周兵擁入，重進略命休息，轉眼間周主亦到，當下奉駕前進，行至固安縣北，只見一帶長河，流水潺潺，望將下去，深不可測；詢問土人，叫做安陽水，水中本有渡筏，因對岸遼人，聞有敵軍，將筏收藏，眼見得汪洋

第四回　紫金山唐營盡覆　瓦橋關遼將出降

浩淼，不便輕涉。周主乃命各軍採木作橋，限日告竣，自率親軍還宿瓦橋。不意夜間竟發寒疾，本是孟夏天氣，偏覺挾纊不溫，到了翌晨，尚未痊可，一臥兩日，孫行友捷報已至，並押獻遼刺史李在欽。周主抱病升帳，見左右綁入囚犯，便問他願降願死？在欽卻瞋目道：「要殺就殺，何必多言！」周主便喝令梟首。自覺頭暈目眩，急忙退入寢室。又越兩日，疾仍未瘳，諸將欲請駕還都，因恐觸動主怒，未敢請奏。匡胤獨奮然道：「主疾未癒，長此羈留，倘或遼兵大至，反為不美，待我入請還蹕便了。」乃徑入周主寢門，力請還駕。正是：

雄主一生期掃虜，老臣片語足迴天。

未知周主曾否邀准，且看下回表明。

周世宗為五季英主，而拓疆略地之功，多出匡胤之力，史家記載特詳，雖未免有溢美之辭，而後此受禪以後，除韓通諸人外，未聞與抗，是必其平日威望，足以制人，故取周祚如反掌耳。本回敘匡胤破紫金山，降瓦橋關，寫得聲容突兀，如火如荼，且妙在與前數回戰仗，敘筆不同，令閱者賞心豁目。至若舊小說中捏造杜撰，概不採入，無徵不信，著書人固不敢妄作也。

第五回

陳橋驛定策立新君　崇元殿受禪登大位

第五回　陳橋驛定策立新君　崇元殿受禪登大位

卻說趙匡胤入諫周主，至御榻前，先問了安，然後談及軍事。周主道：「本想乘此平遼，不意朕躬未安，延誤戎機，如何是好？」匡胤道：「天意尚未絕遼，所以聖躬未豫，不能指日蕩平。若陛下順天行事，暫釋勿問，臣意天必降福，聖躬自然康泰了。」援天為解，可謂獸諫。周主遲疑半晌，方道：「卿言亦是，朕且暫時回都，卿可調還各處兵馬，明日就啟鑾罷！」匡胤退出，即傳旨調回李重進、孫行友等，一面準備返蹕。到了次日，周主起床升座，飭改瓦橋關為雄州，命韓令坤留守；益津關為霸州，命陳思讓留守，然後乘輿啟行。匡胤以下，均隨駕南歸。周主在道，病勢略痊，就從囊中取出文書，重行披閱。忽得直木一方，約長三尺，上有五個大字，不禁奇怪得很。看官道是何字？便是從前異僧所傳，「點檢作天子」一語（應第二回）。當下把玩一回，仍收貯囊中。及還至大梁，便免都點檢張永德官。永德妻即郭威女。張與世宗有郎舅誼，世宗恐他暗蓄異圖，將仿石敬瑭故事（事見五代史），所以將他免職，改用趙匡胤為殿前都點檢，兼檢校太傅。故意使錯，豈冥冥中果有主宰耶？匡胤威名，自是益盛。宰相范質等，因世宗病未痊癒，請立太子以正國本，世宗乃立子宗訓為梁王。宗訓年僅七齡，未諳國事，不過徒掛虛名罷了。是年世宗后符氏去世，改冊橫妹為繼后。入宮未幾，世宗又復病劇。數日大漸，亟召范質等入受顧命，重言囑託，令他善輔儲君，且與語道：「翰林學士王著，係朕藩邸故人，朕若不起，當召他入相，幸勿忘懷！」既欲王著為相，何勿先時召人，必待身後乃用，殊為不解。質等應諾。既出宮門，大家私語道：「王著日在醉鄉，乃是一個酒徒，豈可入相？此必主子亂命，不便遵行，願彼此勿洩此言。」大家各點頭會意。是夜，周主崩於寢殿。范質等奉梁王宗訓即位，尊符后為皇太后，一切典禮，概從舊制，不必細表。

唯匡胤改受歸德軍節度使，兼檢校太尉，仍任殿前都點檢，以慕容延

釗為副都點檢。延釗與匡胤，夙稱莫逆（見第一回），至是復同直殿廷，格外親暱。平居往來密議，人不能知。著此二語，含有深意。光陰易過，又是殘年，轉眼間便是元旦，為幼帝宗訓紀元第一日，文武百官，朝賀如儀。過了數日，忽由鎮、定二州，飛報京都，說是：「北漢主劉鈞，約連遼兵入寇，聲勢甚盛，請速發大兵防邊！」幼主宗訓，只知嬉戲，曉得什麼緊急事情。符太后聞報，亟召范質等商議。范質奏道：「都點檢趙匡胤，忠勇絕倫，可令作統帥，副都點檢慕容延釗，素稱驍悍，可令作先鋒；再命各鎮將會集北征，悉歸匡胤調遣。統一事權，定保無虞。」不過將周祚讓與他，此外原無他虞。符太后准奏，即命趙匡胤會師北征；慕容延釗帶著前軍，先行出發。延釗領命，簡選精銳，剋日起程。匡胤調集各處鎮帥，如石守信、王審琦、高懷德、張令鐸、張光翰、趙彥徽等，陸續到來，乃馮纛興師，逐隊出發。都下謠言甚盛，將冊點檢為天子，市民驚駭，相率逃匿。其實宮廷裡面，並沒有這般消息，不知何故出此新聞，真正令人莫測呢？若非有人暗中運動，哪有這等新聞？

　　匡胤率著大軍，按驛前進，看看已到陳橋驛，天色漸晚，日影微昏，便令各軍就驛下營，寓宿一宵，翌晨再進。前部有散指揮使苗訓，獨在營外立著，仰望雲氣。旁邊走過一人，向他問訊道：「苗先生！你在此望什麼？」原來苗訓素習天文學，凡遇風雲雷雨，都能先時逆料，就是國家災祥，又往往談言微中，因此軍中呼他為苗先生。苗訓見過問的人，乃是匡胤麾下的親吏楚昭輔，便用手西指道：「你不見太陽下面，復有一太陽麼？」昭輔仔細遠眺，果見日下有日，互相摩蕩，熔成一片黑光。既而一日沉沒，一日獨現出陽光，格外明朗，日旁復有紫雲環繞，端的是祥光絢彩，乾德當陽，好一歇方才下山。昭輔很是驚異，問苗訓道：「這兆主何吉凶？」苗訓道：「你是點檢親人，不妨與你實說，這便叫做天命，先沒

第五回　陳橋驛定策立新君　崇元殿受禪登大位

的日光，應驗在周，後現的日光，是應驗在點檢身上了。」昭輔道：「何日方見實驗？」苗訓道：「天象已現，就在眼前了。」天道遠，人道邇，恐苗先生亦借天惑人。說著，兩人相偕歸營。昭輔免不得轉告別人，頓時一傳十，十傳百，軍中都詫為異徵。

都指揮領江寧節度事高懷德，首先倡議道：「主上新立，況兼幼弱，我等身臨大敵，雖出死力，何人知曉？不如應天順人，先立點檢為天子，然後北征，未識從徵諸公，以為何如？」眾將應聲道：「高公所言甚當，我等就依計速行。」都押衙李處耘道：「這事須稟明點檢，方可照行，但恐點檢未允，好在點檢親弟匡義，亦在軍中，且先與他說明底細，令他入白點檢，才望成功。」大眾齊聲稱善，便邀匡義入商。匡義道：「此事非同小可，且與趙書記計議，再行定奪。」看官閱過上文，可記得節度推官趙普麼？趙普此時，適任歸德掌書記，從匡胤出征，匡義即以此事語普。普答道：「主少國疑，怎能定眾？點檢威望素著，中外歸心，一入汴京，即可正位，乘今夜安排停當，明晨便可行事。」有志久了。匡義乃偕普出庭，部署諸將，環列待旦。看看天色將明，大眾齊逼匡胤寢所，爭呼萬歲。寢門傳卒，搖手禁止道：「點檢尚未起床，諸公幸勿高聲！」大眾道：「今日策點檢為天子，難道你尚未知麼？」言未已，匡義排眾趨入。正值匡胤驚覺，起問何事？匡義略言諸將情形。匡胤道：「這、這事可行得麼！」匡義道：「曾聞兄長述及僧言，兩日重光，囊木應讖，這語已經表現，兄長不妨就為天子。」再應第二回。匡胤道：「且待我出諭諸將，再作計較。」言畢趨出。見眾校露刃環列，齊聲呼道：「諸軍無主，願奉太尉為皇帝。」匡胤尚未及答，那高懷德等已捧進黃袍，即披在匡胤身上，眾將校一律下拜，三呼萬歲。匡胤道：「事關重大，奈何倉猝舉行？況我曾世受國恩，亦豈可妄自尊大，擅行不義？」趙普即進言道：「天命攸歸，人心傾向，

明公若再推讓，反至上違天命，下失人心。若為周家起見，但教禮遇幼主，優待故后，亦好算始終無負了。」只好自己解嘲。說至此，各將士已擁匡胤上馬。匡胤攬轡語諸將道：「我有號令，你等能從我否？」諸將齊稱聽令。匡胤道：「太后主上，我當北面事他，你等不得冒犯！京內大臣，與我並肩，你等不得欺凌，朝廷府庫，及士庶人家內，你等不得侵擾！如從我命，後當重賞，否則戮及妻孥，不能寬貸！」諸將聞令載拜，無不允諾。匡胤乃整軍還汴，當遣楚昭輔及客省使潘美，加鞭先行。

　　潘美是先去授意宰輔，楚昭輔是先去安慰家人，兩人馳入汴都，都中方得消息。時值早朝，突聞此變，統嚇得不知所為。符太后召諭范質道：「卿等保舉匡胤，如何生出這般變端？」語至此，已將珠喉嗌住，撲簌簌的流下淚來。婦女們只有此法。范質囁嚅道：「待臣出去勸諭便了。」這是脫身之策。符太后也不多說，灑淚還宮。范質退出朝門，握住右僕射王溥手道：「倉猝遣將，竟致此變，這都是我們過失，為之奈何？」你若能為周死節，還好末減。王溥噤不能對，忽口中撥出呻吟聲來。范質急忙釋手，哪知這指甲痕已掐入溥腕，幾乎出血。若輩不啻巾幗，應該有此柔荑。質正向他道歉。適值侍衛軍副都指揮使韓通，從禁中趨出，遇著范質、王溥等人，便道：「叛軍將到，二公何尚從容敘談？」范質道：「韓指揮有什麼良法？」韓通道：「火來水淹，兵來將擋，都中尚有禁軍，亟宜請旨調集登陴守禦，一面傳檄各鎮，速令勤王，鎮帥不乏忠義，倘得他星夜前來，協力討逆，何患亂賊不平？」雖是能說不能行，然忠義之概，躍然紙上。范質道：「緩不濟急，如何是好？」韓通道：「二公快去請旨。由通召集禁軍便了。」言畢，急忙馳去。質與溥尚躊躇未決，但見有家役馳報道：「叛軍前隊，已進城來了。相爺快回家去！」他兩人聽到這個急報，還管什麼請旨不請旨，都一溜煙跑到家中去了。只知身家，真是庸夫，這時匡胤前部都校

第五回　陳橋驛定策立新君　崇元殿受禪登大位

王彥昇，果已帶著鐵騎，馳入城中，湊巧與韓通相遇，大聲道：「韓侍衛快去接駕！新天子到了。」通大怒道：「哪裡來的新天子？你等貪圖富貴，擅謀叛逆，還敢來此橫行麼？」說著，亟向家門馳回。彥昇素性殘忍，聞得通言，氣得三屍暴炸，七竅生煙，當下策馬急追，緊緊的隨著通後。通馳入家門，正想闔戶。不防彥昇已一躍下馬，持刀徑入，手起刀落，將韓通劈死門內；再闖將進去，索性把韓通妻子，盡行殺斃，然後出來迎接匡胤。通固後周忠臣，然前嘗臣漢臣唐，至是獨為周死節，當亦豫讓一流人物。

匡胤領著大軍，從明德門入城，命將士一律歸營，自己退居公署。過了片刻，軍校羅彥瓌等，將范質、王溥諸人擁入署門。匡胤見了嗚咽流涕道：「我受世宗厚恩，被六軍逼迫至此，違負天地，怎不汗顏？」還要一味假惺惺，欺人乎？欺己乎？質等正欲答言，羅彥瓌厲聲道：「我輩無主，眾議立點檢為天子，哪個再有異言？如或不肯從命，我的寶劍，卻不肯容情哩。」言已，竟拔劍出鞘，挺刃相向。王溥面如土色，降階下拜。范質不得已亦拜。匡胤忙下階扶住兩人，賜他分坐，與議即位事宜。范質道：「明公既為天子，如何處置幼君？」趙普在旁進言道：「即請幼主法堯禪舜，他日待若虞賓，便是不負周室。」何堯、舜之多也？匡胤道：「太后幼主，我嘗北面臣事，已早下令軍中，誓不相犯。」總算你一片好意。范質道：「既如此，應召集文武百官，準備受禪。」匡胤道：「請二公替我召集，我決不忍薄待舊臣。」范質、王溥當即辭出，入朝宣召百僚。待至日晡，百官始齊集朝門，左右分立。少頃，見石守信、王審琦等，擁著一位太平天子，從容登殿。翰林承旨陶谷即從袖中取出禪位詔書，遞與兵部侍郎竇儀，由儀朗讀詔書道：

天生烝民，樹之司牧。二帝推公而禪位，三王乘時而革命，其揆一也。唯予小子，遭家不造，人心已去，天命有歸，諮爾歸德軍節度使殿前

都點檢，兼檢校太尉趙匡胤，稟天縱之姿，有神武之略，佐我高祖，格於皇天，逮事世宗，功存納麓，東征西討，厥績隆焉。天地鬼神，享於有德，謳歌訟獄，歸於至仁，應天順人，法堯禪舜，如釋重負，予其作賓。

於戲欽哉，畏天之命！

寶儀讀詔畢，宣徽使引匡胤退至北面，拜受制書，隨即掖匡胤登崇元殿，加上袞冕，即皇帝位，受文武百官朝賀。萬歲萬歲的聲音，響徹殿廡。無非一班趙家狗。禮成，即命范質等入內，脅遷幼主及符太后，改居西宮。可憐這二十多歲的嫠婦，七齡有奇的孤兒，只落得悽悽楚楚，嗚嗚咽咽，哭向西宮去了。唐虞時有此慘狀否？當下由群臣會議，取消周主尊號。改稱鄭王。符太后為周太后，命周宗正郭玘祀周陵廟，仍飭令歲時祭享。一面改定國號，因前領歸德軍在宋州，特稱宋朝，以火德王，色尚赤，紀元建隆，大赦天下。追贈韓通為中書令，厚禮收葬。首賞佐命元功，授石守信為歸德節度使，高懷德為義成軍節度使，張令鐸為鎮安軍節度使，王審琦為泰寧軍節度使，張光翰為江寧軍節度使，趙彥徽為武信軍節度使，並皆掌侍衛親軍。擢慕容延釗為殿前都點檢，所遺副都點檢一缺，令高懷德兼任。賜皇弟匡義為殿前都虞侯，改名光義。趙普為樞密直學士，周宰相范質，依前守司徒兼侍中。王溥守司空，兼門下侍郎。魏仁甫為尚書右僕射，兼中書侍郎，均同平章事。一班攀龍附鳳的人員，一併進爵加祿，不可殫述。從此，方面大耳的趙匡胤，遂安安穩穩地做了宋朝第一代祖宗，史稱為宋太祖皇帝。後人有詩嘆道：

周祚已移宋鼎新，首陽不食是何人？
片言未合忙投拜，可惜韓通致殺身。

還有一切典禮，依次舉行，容至下回續敘。

第五回　陳橋驛定策立新君　崇元殿受禪登大位

　　陳橋兵變，黃袍加身，史家具言非宋祖意，吾謂是皆為宋祖所欺耳。北漢既結遼為寇，何以不聞深入，其可疑一；都下甫事發兵，點檢作天子之謠，自何而來？其可疑二；諸將謀立新主，而匡義、趙普何以未曾入白，即部署諸將，詰朝行事？其可疑三；奉點檢為天子，而當局尚未承認，何來黃袍，即可加身？其可疑四；韓通為王彥昇所殺，並且戮及妻孥，而宋祖入都以後，何不加彥昇以擅殺之罪？其可疑五；既登大位，於尊祖崇母諸典，尚未舉行，何以首賞功臣，疊加寵命？其可疑六。種種疑竇，足見宋祖之處心積慮，固已有年，不過因周世宗在日，威武過人，憚不敢發耳。世宗殂而婦寡兒孤，取之正如拾芥，第借北征事瞞人耳目而已。吾誰欺？欺天乎？本回雖就事敘事，而微意已在言表，閱者可於夾縫中求之。

第六回

公主鍾情再婚誌喜　孤臣敗死一炬成墟

第六回　公主鍾情再婚誌喜　孤臣敗死一炬成墟

卻說宋太祖既登大位，追崇祖考，用兵部尚書張昭言，立四親廟，尊高祖朓為僖祖文獻皇帝，曾祖珽為順祖惠元皇帝，祖敬為翼祖簡恭皇帝，妣皆為皇后，父弘殷為宣祖昭武皇帝，每歲五享，朔望薦食薦新，三年一祫，五年一禘。廟祀既定，尊母杜氏為皇太后。先是楚昭輔入都，馳慰太祖家屬，杜氏聞報，驚語道：「我兒素有大志，今果然成功了。」杜氏此言，已將宋祖陰謀，和盤托出。及尊為太后，御殿受朝，太祖下拜，群臣皆行朝賀禮，杜氏並無喜色，反覺滿面愁容。左右進言道：「臣聞母以子貴，今子為天子，太后反有憂色，究為何事？」杜氏道：「先聖有言：『為君難。』天子置身民上，果能制治得宜，原可尊榮過去，倘或失道，恐將來欲做一匹夫，尚不可得，你等道可憂不可憂麼？」卻是名言。太祖聞言再拜道：「謹遵慈訓，不敢有違！」既退殿，宋祖又復臨朝，擬冊立夫人王氏為皇后。太祖元配賀氏（見第一回），生一子二女，子名德昭，顯德五年病歿；嗣聘彰德軍節度使王饒女為繼室，周世宗曾賜給冠帔，封琅邪郡夫人，至是冊立為后，免不得又有一番典儀，這且毋庸細表。

唯宋祖有妹二人，一已夭逝，追封為陳國長公主，一曾出嫁米福德，不幸夫亡，竟致寡居，太祖封她為燕國長公主。公主韶年守孀，寂寞蘭閨，時增傷感，對著春花秋月，尤覺悲從中來。自從宋祖為帝，及尊母冊后諸隆儀，陸續舉行，闔宮統是歡忻，獨公主勉強入賀，整日裡攢著雙眉，並不見有解頤的時候。太祖情篤同胞，瞧著這般情形，自然格外憐憫。可巧殿前副點檢高懷德，適賦悼亡，他遂想出一個移花接木的法兒，玉成兩美。這高懷德係真定郡人，父名行周，曾任周天平節度使。懷德生長將門，素有膂力，且生得一副好身材，虎臂猿軀，豹頭燕頷，此時正在壯年，理應速續鸞膠，再敦燕好。太祖遂與太后商議，擬將燕國長公主，嫁與懷德。杜太后遲疑道：「這事恐未便做得。」太祖道：「我妹華

年，不過逾笄，怎忍令她長守空閨，終身抱恨？」阿兄既可負君，阿妹何妨變節！杜太后道：「且待問明女兒，再作計較。」太祖退出，太后即召入公主，與她密談。公主聽到再嫁二字，不禁兩頰微酡，俯首無語。春心已動。杜太后道，「為母的也不便教妳變節，但妳兄恰憐妳寂寂寡歡，是以設此一法。」公主支吾對付道：「我兄貴為天子，無論宮廷內外，均應遵他命令，女兒怎好有違？」說到「違」字，臉上的桃花，愈現愈紅，自覺不好意思，即拜別出室去了。原來高懷德入直殿廷，公主曾窺他儀表過人，暗中嘆羨，今承母兄意旨，欲與他結為夫婦，真是意外遭逢，三生有幸，也顧不得什麼柏舟操、松筠節了。嫠婦失節，往往為此一念所誤。宋太祖聞妹有允意，即諭意趙普、竇儀，浼他們作伐。兩人欣然領命，即與懷德面商。懷德也嘗見過公主，姿色很是可人，況又是天子胞妹，娶為繼室，就是現成的皇親，樂得滿口應允，毫不支吾。有愧漢宋弘多矣。普、儀大喜，即去復旨。得喝媒酒，如何不喜。當飭太史擇定吉日，行合婚禮，並賜第興寧坊。藏嬌合築金屋。

屆期這一日，高第備了全副儀仗，擁著鳳輿，由懷德乘馬親迎。到了宮門，下馬而入。司禮官引就甥館，當有詔書頒下，特拜為駙馬都尉。懷德北面叩謝，鹵簿使整備送親儀仗，陳列宮中。司禮官再引懷德出館，至內東門外，鞠躬西向，令隨員執雁敬呈，司禮官奉雁以進，至奠雁禮成，笙簧疊韻，琴瑟諧聲，但見這位燕國長公主，裝束與天仙相似，由宮娥綵女等簇擁出來，緩步登輿。懷德再拜，拜畢，司禮官即匯出宮門，看懷德上馬，才行退去。懷德回至本第，下馬恭候，待鳳輿到來，向輿一揖，至公主下輿，乃三揖引入，升階登堂。公主東向，懷德西向，行相見禮。既而彼此易位，行交拜禮。禮成，匯入寢室，洞房合巹，一一如儀。是時文武百官，相率趨賀，賓筵豐備，雅樂鏗鏘，說不盡的繁華，描不完的熱

第六回　公主鍾情再婚誌喜　孤臣敗死一炬成墟

鬧。懷德出房陪賓,等到酒闌席散,方才歸寢。公主已易淺妝,和顏相迎,彼此在燈下窺視,一個是盛鬋豐容,倍增豔麗,一個是廣頤方額,綽有豐神,大家都是過來人,當即攜手入幃,同圓好夢。這一夜的枕蓆風光,比那第一次婚嫁時,更添幾倍,從此情天補恨,缺月重圓,好算是內無怨女,外無曠夫了。逐層寫來,語多諷刺。

哪知麼弦方續,鼙鼓復興,一道詔書,傳入高第,竟令高懷德同討李筠,即日出師。燕國長公主又不免有陌頭春色之感,應暗怨阿兄太不解事。李筠,太原人,歷事唐、晉、漢三朝,累積戰功。至周擢檢校太尉,領昭義軍節度使,駐節潞州。正與宋祖比肩。宋祖受禪,加筠中書令,遣使賜冊。筠即欲拒命,因賓佐切諫,勉強拜受。及延使升階,張樂設宴,酒過數巡,忽命懸周太祖畫像,瞻望再三,涕泣不已。賓佐在徬徨駭,亟語使臣道:「令公被酒,致失常度,幸弗懷疑!」及罷宴後,使臣拜別還京,奏陳詳情,太祖尚擱置不提。會北漢主劉鈞,聞筠有拒宋意,遂遣人馳遞蠟書,約筠一同起兵。筠即欲舉事,長子守節進諫道:「潞州一隅,恐不足當大梁,還乞父親持重,幸勿暴舉!」筠怒道:「你曉得什麼?趙匡胤欺弄孤寡,詐稱遼、漢犯邊,出兵陳橋,買囑將士歸己,回軍逼宮,廢少主,幽太后,大逆不道,我還好北面事他麼?今日為周討逆,就使不成,死亦甘心。」說一死字,已伏禍讖。守節復涕泣道:「父親即欲舉兵,亦須預策萬全,依兒想來,不如將北漢來書,寄上汴都,宋主見我效忠,當然不生疑忌,那時我可相機行事,襲他不備了。」筠答道:「這卻是條好計,我就遣你南去,齎遞北漢來書,一面窺伺宋廷舉動。倘遇故人,亦可預約內應。事關機密,你應慎行!」守節領了父命,即日南下。既至汴都,便入朝太祖,呈上北漢書信。太祖閱畢,便道:「你父有此忠誠,朕深嘉慰。你可在此為皇城使,朕當命使慰諭便了。」守節謝恩而出。太祖

即親寫詔書，派使復往潞州。守節留仕汴中，見都下很是安穩，各鎮俱奉表歸誠，毫無異言，料知潞州不便竊發，乃作書寄父，勸父效順宋廷，勿生異圖。不意李筠不從，反將朝使羈住，不肯放歸。宋祖聞得此信，便召諭守節道：「你父逆跡已著，你應在此抵罪。」前留為皇城使，已是不懷好意。守節慌忙叩首道：「臣嘗泣諫臣父，勿生異心。」太祖道：「朕早知道了。留意已久，故無不察悉。朕特赦你，著你歸語你父，朕未為天子時，你父可自由行動，朕既為天子，奈何不守臣節哩？」守節復叩頭辭歸。返至潞州，入見李筠，備陳一切，且勸父切勿用兵，歸使謝罪。筠復怒道：「你既得歸來，還怕什麼？」當下囑幕府草定檄文，歷數宋祖不忠不孝的罪狀，布告天下，並執監軍周光遜等，押送北漢，求即濟師。一面遣驍將儋珪，往襲澤州。儋珪善馳馬，每日能行七百里，受遣後，帶兵數百，飛行至澤州。澤州刺史張福，尚未聞潞州變事，當即開城迎珪，未及開口，已被珪一刀殺死，珪即麾兵入城，據住澤州，馳書告捷，李筠大喜。從事閭丘仲卿獻議道：「公孤軍起事，勢甚危險，雖有河東援師，恐未必足恃（河東指北漢）。大梁甲兵精銳，難與交鋒，不如西下太行，直抵懷孟，寨虎牢，據雒邑，東向爭天下，方為上計。」原是良策。筠毅然道：「我乃周朝宿將，與世宗義同兄弟，禁衛軍皆我舊部，聞我起兵討逆，勢必倒戈歸我，況有儋珪等驍悍絕倫，何愁不踏平汴梁哩？」慢著！仲卿見計議不用，默然退去。嗣聞北漢主劉鈞，率兵到來，筠即至太平驛迎謁，拜伏道旁。不願臣宋，胡甘拜漢。漢主即面封筠為平西王，賜馬三百匹，召入與語。筠略言：「受周厚恩，不敢愛死。」劉鈞默然不答。原來周、漢係是世仇，李筠提及周朝，反惹漢主疑忌，因此不願答言，反令宣徽使盧贊，監督筠軍。筠與贊偕返潞州，心甚不平，時與贊有齟齬。贊密報漢主，漢主復遣平章事衛融，替他和解。筠總是不樂。且見漢兵甚少，越加悔恨，怎

第六回　公主鍾情再婚誌喜　孤臣敗死一炬成墟

奈箭在弦上，不得不發，只好留守節居守，自率部眾南來。

警報傳達宋廷，太祖即詔命石守信為統帥，高懷德為副，興師北征。懷德正在私第，與燕國長公主小飲，把酒言歡，驀聞詔書頒到，即忙出廳拜受，俟齎詔官已去，入語公主道：「北漢劉鈞，此次與李筠連兵，真來入寇了。」前借劉鈞口中，敘及宋祖詐謀，此復借高懷德言，以證實之。可見陳橋出師，並非真因防寇，故受禪後，全未提及寇警。公主聞言，不覺惹起情腸，含著三分憂色。極力揶揄，不肯放過一筆。懷德道：「公主休憂！區區小丑，有什麼難平？我軍一出，指日即可凱旋了。」公主含淚道：「但願馬到成功，免得深閨懸念。」懷德復勸慰數語，再與公主飲了數杯，便冠帶入朝。石守信既在朝聽訓，懷德搶步入殿，朝見禮畢，聞太祖宣諭道：「兩卿此行，慎勿縱李筠西下太行，須迅速進兵，扼住要隘，自可破敵，朕親為後應便了。」間丘仲卿之計，宋祖也自防著。懷德與守信，叩領袖旨，退朝整軍，準備出發。

瀕行時，懷德又回第別過公主，公主諄囑小心，送出門外，然後啟行。再添一筆。途次，復聞太祖詔命，遣慕容延釗、王全斌出兵東路，夾擊李筠，越覺放膽前進。行至長平，望見前面有敵營駐紮，當即列陣搦戰。李筠躍馬而出，望見石守信、高懷德，便大呼道：「石、高兩將軍，為何甘心附逆，快快倒戈，隨我殺入汴都，尚可悔罪補過！」石守信怒道：「李筠匹夫聽著！你是唐、晉舊臣，為什麼改事周室？唐、晉亡國，你卻坐視，目今大宋受禪，故君無恙，你反跋扈猖獗，是何道理？快快下馬受縛，免你一死！」無瑕者始可戮人，李筠亦未免失著。高懷德不待說畢，便挺槍出陣，麾兵大進。李筠也率兵抵敵，彼此鏖鬥一場。看看天色將晚，各自收軍。次日復戰，正殺得難解難分，忽見慕容延釗一軍殺到。突入李筠陣內。李筠部下，頓時散亂。石守信、高懷德等，乘勢掩殺，把

筠軍衝作數截。李筠不敢戀戰，斜刺衝出，撥馬返奔。

宋軍追了一程，方才退回。

諸將紛紛獻功，呈上首級，共約三千餘顆，石守信一一記錄，復與慕容延釗、高懷德商議進兵。慕容延釗道：「王將軍全斌，已繞道進搗澤州，我等須前去接應為是。」石守通道：「這卻不宜遲緩，應即刻進行。」當下傳令拔營，三軍並進。約行數十里，已至大會寨。這寨倚山為固，勢甚扼要，李筠收集敗軍，在此把守，幾有一夫當關，萬夫莫開的形狀。宋軍鼓著銳氣，猛撲數次，都被矢石射回。高懷德大憤，擬親冒矢石，引兵攻寨。不念公主諄囑麼？延釗道：「且慢！王將軍若至澤州，寨內必有消息，待他軍心一亂，便容易攻入了。」於是擇地立營，休息一宵。次日再去進攻，仍不能下。又越日依然未克。石守信復語延釗道：「寨中堅守如故，並沒有內潰情狀，想是王將軍未到澤州呢。」延釗道：「這也未能臆料。且設法攻入此寨，再作計較。」守通道：「計將安出？」延釗遂與守信附耳數語，守信大喜，便依計而行。翌日，由延釗出馬，直至寨前，大呼李筠叛賊，快出寨來，與我鬥三百合。寨卒入報李筠，李筠忍耐不住，即出寨迎敵。兩下相見，也不答話，便掄刀酣鬥，戰了二十餘合，高懷德縱馬前來，大呼道：「待我來殺這叛賊罷！」延釗聞聲，就虛晃一刀，勒馬回陣。懷德挺槍出鬥，又是二三十合，故意的裝著力怯，倒退下來。延釗又復接戰，殺得李筠性起，高叫道：「任你一齊都來，我也不怕。」說著，舞動大刀，越戰越緊。寨內復趨出盧贊、衛融兩人，各執兵器，前來助陣，慕容延釗佯為失色，勒馬奔回。李筠見已得勢，步步緊逼，延釗、懷德，索性招兵退走，奔馳了五六里。筠與盧贊、衛融等，奮力追趕，驀聽得一聲炮響，石守信伏兵齊起，從旁突出，殺入筠軍。延釗、懷德，也即殺回。盧贊、衛融，料不能勝，竟返軍北走，此所謂勝不相讓，敗不相救。剩得

第六回　公主鍾情再婚誌喜　孤臣敗死一炬成墟

　　李筠一支孤軍，如何支撐，慌忙返奔。那手下兵士，已傷亡無算，及奔至寨旁；但見寨外已豎起大宋赤幟，有一員金盔鐵甲的宋將，領著宋軍，從寨內殺出，嚇得李筠莫名其妙，只好大吼一聲，向西北角遁去。那將也不追趕，便迎接石守信等，一同入寨。看官道此將是誰？原來就是王全斌。全斌本欲潛往澤州，因看路上多山，崎嶇得很，恐孤軍有失，所以中途返轡，繞出大會寨，來會石守信、高懷德等軍。入寨後表明一切，彼此統是歡喜，忽有殿前侍衛到來，報稱御駕將至，石守信等忙出寨十里，恭迓御蹕。既與太祖相見，行過了禮，便擁護入寨，暫憩一宿。

　　翌日即下令親征，途次山嶺複雜，亂石嵯峨，太祖親自下馬，先負數石，將校不敢少懈，爭將大石搬去，立刻平為大道。各隊陸續啟行，將近澤州，見敵寨據住要隘，阻兵前進。原來李筠向北遁去，與盧贊、衛融遇著，擇險扼守，紮下數營。太祖便令進攻，李筠、盧贊，並馬出來，慕容延釗、高懷德上前廝殺，李筠接住延釗，盧贊接住懷德，四匹馬攪做一團，盤旋了好幾合，但聽懷德叫聲「下去！」把盧贊刺落馬下。筠軍中一將趨出，大呼道：「懷德休得逞威！我來也。」懷德視之，乃是河陽節度范守圖，與李筠串同一氣，便道：「叛賊！你也來尋死麼？」隨即挺槍再戰。王全斌也舞槍撥馬，來助懷德，雙槍並舉，害得范守圖手忙腳亂，一個破綻，被懷德活擒過去。李筠見兩將失手，只好撇下延釗，與衛融一同回馬，跑入澤州。宋軍追至城下，四面圍攻，都校馬全義攻打南門，率敢死士數十人，攀堞登城，城中霎時火起，只見得黑煙遍地，烈焰沖天，小子有詩嘆道：

　　　拚將一死效孤忠，臣力窮時恨不窮。
　　　唇火積薪甘燼骨，滿城煙霧可憐紅。

畢竟城中何故火起，且看下回說明。

　　宋史公主列傳，燕國長公主初適米福德，福德卒，再適高懷德，是公主再醮事，確有證據，且載明係建隆元年事。夫男得重聘，婦無再嫁，經義俱存，不容廢易，況宋祖初登帝位，禮樂制度，正待振興，顧可令寡妹再醮，有乖名節乎？本回敘述特詳，隱含譏刺，是所以垂戒後世，而為名教之樹防也。若李筠為周拒宋，涕泣興師，不得謂非義舉，但彼嘗臣事唐、晉、漢、週四朝矣，不為唐、晉、漢出死力，獨為郭氏表孤忠，是豈郭家以國士待之，乃以國士報乎？然不從閭丘仲卿之計，徒欲借北漢為後援，所倚非人，所為未善，徒付諸煨燼而已，可悲亦可嘆也！

第六回　公主鍾情再婚誌喜　孤臣敗死一炬成墟

第七回

李重進闔家投火窟　宋太祖杯酒釋兵權

第七回　李重進闔家投火窟　宋太祖杯酒釋兵權

　　卻說澤州城中，忽然火起，看官道火從何來？說來又是話長，小子只好大略敘明。原來李筠遁入澤州，即遣儋珪守城。珪見宋軍勢大，竟縋城遁去，本是善馳，不走何待？急得李筠倉皇失措。筠妾劉氏，隨至軍中，勸筠備馬夜遁，返保潞州，筠猶豫未決。或謂城門一發，部下或劫公出降，悔不可及，不如固守為是。筠乃決計死守。會宋將馬全義登城，城已被破，筠遂擬取薪自焚。劉妾亦欲從死，筠嘆道：「我自問已無生理，所以甘心赴火，你肯從死，志節可嘉；但你方有娠，倘得生男，將來或可報仇，快自去逃生罷！」劉氏號泣而去。筠遂縱火焚死，火隨風猛，轉眼間紅光四映，照徹全城，守卒均已駭散。宋將馬全義下城開門，放入宋軍。王全斌首先殺入，正遇衛融匹馬奔逃，當即喝聲休走，衛融勉強抵敵，不到三合，便被全斌擒住。城內兵民，亦多被全斌殺斃。經太祖入城，先令人救滅了火，然後揭榜安民。軍士推上衛融，太祖勸他降順。衛融奮然道：「你敢負周；我不負漢！」痛快！這兩語惹動太祖怒意，命衛士用鐵撾猛擊中衛融額，血流滿面。融大呼道：「死不負主，死也值得了。」太祖見他語直氣壯，又不覺憐憫起來，並非不忍殺融，實由自己心虛。即令衛士罷手，將融釋縛，善言勸慰，使為太府卿。融乃願降。有始無終。

　　越日，復進攻潞州，守節大驚，飛向漢主處求援。哪知漢主劉鈞，早已遁去，一時沒法擺布，只好束手待斃。至太祖已到城下，諭令守節速降，免罪不究，守節乃出城迎駕，匍匐乞死。太祖道：「你父為逆，你卻知忠，朕豈不分善惡，專事孥戮麼？今特赦你，且授你為團練使，你好好幹盡，毋負朕恩！」守節叩謝。太祖入潞州城，安民已畢，遍宴從臣，並令守節預宴，賜他襲衣錦帶，銀鞍勒馬。守節感激萬分，匍伏地上，磕了好幾個響頭。如死父何。待至宋祖還蹕，方查訪父妾劉氏。劉氏逃入民家，經守節尋還，後來果生一男。守節歷任單濟和三州團練使，才逾壯

年,病歿無子,幸劉氏所生的男孩兒,得承李祀,不致絕後,這或是李筠孤忠的報應,亦未可知。意在勉人。

話休敘煩,且說宋太祖既平潞州,班師還都。過了數日,有南唐使臣入朝,齎表賀捷,並附呈淮南節度使李重進密書,由太祖展閱,內云:

周淮南節度使李重進,奉書南唐主麾下:重進,周室之懿親,藩鎮之舊臣,世受先帝深恩,不忍背負,今將舉兵入汴,乞大王援助一旅之師,聯鑣齊進,聲罪致討,若幸得成功,重進當拱手聽命,還爵朝廷,少效臣節於萬一,寧敢窮兵黷武為哉?唯大王垂諒焉!

太祖覽畢,勃然道:「重進竟敢叛朕麼?我曾遣陳思誨前去,賜他鐵券,優旨撫慰,今思誨尚未回來,他卻潛結南唐,竟敢為逆,情殊可恨!」又語唐使道:「爾主竭誠事朕,朕心甚慰。爾可回去,轉告爾主,守住要隘,勿使叛兵侵入,朕即日發兵平淮便了。」唐使領命去訖。太祖即飭石守信、王審琦、李處耘、宋偓四將,分領禁兵,出征重進。此次不及高懷德,想是憐念胞妹。四將亦啟程去了。小子敘到此處,不得不將重進履歷,略行表明。重進係周太祖郭威甥,生長太原,歷事晉、漢、週三朝。週末任為淮南節度使,鎮守揚州。太祖禪位,加授中書令,命移鎮青州。重進本與太祖比肩事周,分握兵柄,至聞太祖受禪,恐為所忌,常不自安;及移鎮命下,心益怏怏。李筠舉兵,消息傳到揚州,重進特遣親吏翟守珣,往潞聯盟,定議南北夾攻,哪知守珣反潛至汴都,求見太祖。太祖問明底細,便語守珣道:「他無非防朕加罪,因蓄異圖,朕今賜他鐵券,誓不相負,他可能相信否?」守珣道:「臣見重進終有異志,願陛下先事預防!」太祖點首道:「朕與你相識有年,所以你特報朕,可謂不負故交了。但朕欲親征潞州,恐重進乘虛掩襲,多一掣肘,煩你歸勸重進,令他緩發,休使二凶並作,分我兵勢。待朕平潞後,再徵重進,較易為力了。」

第七回　李重進闔家投火窟　宋太祖杯酒釋兵權

　　守珣唯唯遵旨。太祖復厚賜守珣，命返揚州。守珣見了重進，說了一派謊語，止住重出發兵，重進乃按兵不動。誤了，誤了。至太祖北征，尚恐重進襲他後路，特遣六宅使（宋初武職諸司，有六宅正副使），陳思誨，齎奉詔書，賜重進鐵券。重進留住思誨，只說待太祖還汴，一同入朝。既而太祖奏凱回來，重進頗有懼意，擬即整理行裝，隨思誨朝汴，偏部將向美、湛敬等，入阻重進道：「公是周室至親，總不免見忌宋主，若再入朝，適中他計，恐一去不得復還了。」重進道：「倘或宋主加責，奈何？」向美道：「古人有言：『寧我薄人，毋人薄我。』今當宋主平潞，兵力已疲，何不即日興兵，直搗汴京，這乃叫做先發制人呢。」重進道：「兵力不足，恐不濟事。」湛敬答道：「可拘住汴使，向唐乞援，若得唐兵相助，何愁大事不成？」李筠乞師北漢，並未成功，豈湛敬獨未聞知麼？重進道：「事宋拒宋，始終難免一死，我就依你照辦罷！」又是一個死譏。當下拘住思誨，投書南唐，一面修城繕甲，準備戰守。

　　轉瞬數日，忽有探卒來報，宋軍已南來了，重進大驚道：「唐兵未出，宋軍已至，如何是好？」向美、湛敬統不免有些驚惶，但此次兵禍，是由他兩人惹引出來，也只好硬著頭皮，請兵前往。重出發兵萬人，令他帶去對仗，自己在城居守，靜聽戰陣消息。誰知警報迭來，都是敗耗。嗣聞太祖又親自南征，更驚慌得了不得，正擬添募兵士，接應前敵，忽見湛敬狼狼逃回，報稱向美陣亡，兵士多半喪失了（揚州戰事，全用虛寫，蓋因重進兵力，不逮李筠，史家概從簡略，故本書亦用簡筆）。重進經此一驚，更嚇得面色如土，驚聞城外喊聲大震，鼓角齊鳴，料知宋軍殺到，勉勉強強的登城一望，但見軍士如蟻，矛戟如林，迤邐行來，長約數里；最後擁著一位宋天子，全身甲冑，耀武揚威，端的是開國英君，不同凡主，當下長嘆一聲，下城語眾道：「我本週室舊臣，理應一死報主，今將舉族自焚，

你等可自往逃生罷！」左右請殺思誨，聊以洩恨。重進道：「我已將死，殺他何益？」言已，即令家人取薪舉火，先令妻子投入火中，然後奮身躍入，一道青煙，都化為焦骨了。想與李筠同事祝融去了。重進已死，全城大亂，還有何人防守？宋軍當即登城，魚貫而進，拿住湛敬等數百人。至太祖入城，查繫逆黨，盡令梟首。復問及陳思誨，當有將士探報，已被逆黨殺斃，橫屍獄中，太祖很是嘆惜，命厚禮殮葬。再訪翟守珣，好容易才得尋著，太祖慰諭道：「揚州已平，卿可隨朕同去！」守珣道：「臣恐重進懷疑，所以避死，今日復見陛下，不啻重逢天日。但臣事重進有年，不忍見他暴骨揚灰，還乞陛下特別開恩，許臣收拾燼餘，藁葬野外，臣雖死亦無恨了。」太祖道：「依卿所奏，朕不汝罪！」守珣乃自去拾骨，貯棺出埋，然後隨駕還朝。

　　太祖將發揚州，唐主李景（原名璟，改名為景），遣使犒師，並遣子從鎰朝見，太祖慰勞有加。忽有唐臣杜著、薛良二人，投奔軍前，獻平南策。太祖怒道：「唐主事朕甚謹，你乃欲賣主求榮，良心何在！」隨喝左右道：「快與我拿下！」全是權術。衛士將兩人縛住，由太祖當面定刑，命將杜著斬首，薛良戍邊。其實他兩人本得罪南唐，乘間逃來，意欲脫罪圖功，不料弄巧反拙，一殺一戍，徒落得身名兩喪，悔已無及，這也所謂自作孽，不可逭哩。為賣主求榮者，作一般鑑。

　　且說揚州已平，太祖還汴，飲至受賞，不消細說。唯翟守珣得補官殿直，未幾即為供奉官，有時且命守珣等，隨駕微行。守珣進諫道：「陛下幸得天下，人心未安，今乘輿輕出，倘有不測，為之奈何？」太祖笑道：「帝王創業，自有天命，不能強求，亦不能強拒。從前周世宗在日，見有方面大耳的將士，時常殺死，朕終日侍側，未嘗遭害，可見得天命所歸，斷不至被人暗算呢。」這也是聰明人語，看官莫被瞞過。一日，又微行至

第七回　李重進闔家投火窟　宋太祖杯酒釋兵權

趙普第，趙普慌忙出迎，匯入廳中，拜謁已畢，亦勸太祖慎自珍重。太祖復笑語道：「如有人應得天命，任他所為，朕亦不去禁止呢。」普又答道：「陛下原是聖明，但必謂普天之下，人人悅服，無一與陛下為難，臣卻不敢斷言。就是典兵諸將帥，亦豈個個可恃？萬一乘間竊發，禍起蕭牆，那時措手不及，後悔難追。所以為陛下計，總請自重為是！」太祖道：「似石守信、王審琦等，俱朕故人，想必不致生變，卿亦太覺多慮。」趙普道：「臣亦未嘗疑他不忠，但熟觀諸人，皆非統馭才，恐不能制服部下，倘或軍伍中脅令生變，他亦不得不唯眾是從了。」太祖不禁點首，尋復語普道：「朕未嘗耽情花酒，何必出外微行，正因國家初定，人心是否歸向，尚未可料，所以私行察訪，未敢少怠哩。」趙普道：「但教權歸天子，他人不敢覬覦，自然太平無事了。」太祖復談論數語，隨即回宮。

　　一日復一日，又是建隆二年，內外各將帥，依然如故，並沒有變動消息。趙普私下著急，但又不便時常進言，觸怒武夫，沒奈何隱忍過去。到了閏三月間，方調任慕容延釗為山南東道節度使，撤銷殿前都點檢一職，不復除授。拔去一釘。嗣是過了兩三月，又毫無動靜，直至夏秋交界，太祖召趙普入便殿，開閣乘涼，從容座談。旁無別人，太祖喟然道：「自從唐季至今，數十年來，八姓十二君，篡竊相繼，變亂不休，朕欲息兵安民，定一個長久計策，卿以為如何而可？」普起對道：「陛下提及此言，正是人民的幸福。依臣愚見，五季變亂，統由方鎮太重，君弱臣強，若將他兵權撤銷，稍示裁制，何患天下不安？臣去歲也曾啟奏過了。」太祖道：「卿勿復言，朕自有處置。」普乃退出。

　　次日，太祖晚朝，命有司設宴便殿，召石守信、王審琦、張令鐸、趙彥徽等入宴。酒至半酣，太祖屏退左右，乃語眾將道：「朕非卿等不及此。但身為天子，實屬大難，不若為節度使時，尚得逍遙自在。朕自受禪以

來，已是一年有餘，何從有一夕安枕哩。」守信等離座起對道：「陛下還有什麼憂慮？」太祖微笑道：「朕與卿等統是故交，何妨直告。這皇帝寶位，哪個不想就座呢。」守信等伏地叩首道：「陛下奈何出此一諭？目今天下已定，何人敢生異心？」太祖道：「卿等原無此心，倘麾下貪圖富貴，暗中慫恿，一旦變起，將黃袍加汝身上，汝等雖欲不為，也變做騎虎難下了。」推己及人。守信等泣謝道：「臣等愚不及此，乞陛下哀矜，指示生路！」太祖道：「卿等且起！朕卻有數語，與卿等熟商。」守信等遵旨起來，太祖道：「人生如白駒過隙，忽壯忽老忽死。總沒有幾百年壽數，所以縈情富貴，無非欲多積金銀，厚自娛樂，令子孫不至窮苦罷了。朕為卿等打算，不如釋去兵權，出守大藩，揀擇良好田園，購置數頃，為子孫立些長業，自己多買歌童舞女，日夕歡飲，借終天年，朕且與卿等約為婚姻，世世親睦，上下相安，君臣無忌，豈不是一條上策麼？」守信等又拜謝道：「陛下憐念臣等，一至於此，真所謂生死肉骨了。」是日盡歡乃散。越日均上表稱疾，乞罷典兵，太祖遂命石守信為天平節度使，王審琦為忠正節度使，張令鐸為鎮寧節度使，趙彥徽為武信節度使，皆罷宿衛就鎮。就是駙馬都尉高懷德，也出為歸德節度使，撤去殿前副都點檢。防之耶？抑借之以解嘲耶？諸將先後辭行，太祖又特加賜賚，都歡歡喜喜的去了。從此安享天年，不再出現。

過了數年，太祖欲召天雄軍節度使符彥卿，入典禁兵。這彥卿係宛邱人，父名存審，曾任後唐宣武軍節度。彥卿幼擅騎射，壯益驍勇，歷晉、漢兩朝，已累鎮外藩；周祖即位，授天雄軍節度使，晉封衛王。世宗迭冊彥卿兩女為后，就是光義的繼室，也是彥卿第六女。所以周世宗加封彥卿為太傅，宋太祖更加封他為太師。至此因將帥多已就鎮，乃欲召彥卿入值。趙普聞知消息，忙進諫道：「彥卿位極人臣，豈可再給兵柄？」太祖

第七回　李重進闔家投火窟　宋太祖杯酒釋兵權

道：「朕待彥卿素厚，諒他不至負朕。」妹夫尚令他就鎮，難道姻長獨可靠麼？趙普突然道：「陛下奈何負周世宗？」兜心一拳。太祖默然，因即罷議。既而永興軍節度使王彥超，安遠軍節度使武行德，護國軍節度使郭從義，定國軍節度使白重贊，保大軍節度使楊廷璋等，同時入朝，太祖與宴後苑，從容與語道：「卿等均國家舊臣，久臨劇鎮，王事鞅掌，殊非朕優禮賢臣的本意。」說至此，彥超即避席跪奏道：「臣素乏功勞，忝膺榮寵，今年已衰朽了，幸乞賜骸骨，歸老田園！」太祖亦離座親扶，且嘉慰道：「卿可謂謙謙君子了。」武行德等不知上意，反歷陳平昔戰功，及履歷勞苦。太祖冷笑道：「這是前代故事，也不值再談呢。」行德等碰這釘子，實是笨伯。至散席後，侍臣已料有他詔，果然次日下旨，將武行德等俱罷節鎮，唯王彥超留鎮如故。小子有詩嘆道：

尾大原成不掉憂，日尋禍亂幾時休？
誰知杯酒成良策，盡有兵權一旦收。

宿衛藩鎮，先後裁制，太祖方高枕無憂，誰知國事粗安，大喪又屆，究竟何人歸天，俟至下回分解。

李重進為周室懿親，如果效忠周室，理應於宋祖受禪之日，即起義師，北向討逆，雖或不成，安得謂為非忠？至於李筠起事，始遣翟守珣往潞議約，晚矣。然使與筠同時並舉，南北夾攻，則宋祖且跋前躓後，事之成敗，尚未可知也，乃遲徊不決，直至潞州已平，乃思發難，昧時失機，莫此為甚。且令後世目為宋之叛臣，不得與韓通、李筠相比，謂非死有餘憾乎？趙普懲前毖後，力勸宋祖裁抑武夫，百年積弊，一旦革除，讀史者多豔稱之。顧亦由宋祖智勇，素出諸將右，石守信輩憚其雄威，不敢立異，乃能由彼操縱耳。不然，區區杯酒，寥寥數言，寧能使若輩帖服耶？

然後世子孫，庸弱不振，卒受制於夷狄，未始非由此成之。內寧即有外憂，此方正學之所以作深慮論也。

第七回　李重進闔家投火窟　宋太祖杯酒釋兵權

第八回

遣師南下戡定荊湘　冒雪宵來商徵巴蜀

第八回　遣師南下戡定荊湘　冒雪宵來商徵巴蜀

卻說建隆二年夏六月，杜太后寢疾，宋祖日夕侍奉，不離左右，奈病勢日重一日，未幾痰喘交作，勢且垂危。太后自知不起，乃召集子孫，並樞密使趙普，同至榻前，先語太祖道：「你身登大寶，已一年有餘，可知得國的緣由麼？」太祖答道：「統是祖考及太后餘慶，所以得此幸遇。」太后道：「你錯想了！周世宗使幼兒主天下，所以你得至此。你百年後，帝位當先傳光義，光義傳光美，光美傳德昭，國有長君，乃是社稷幸福，你須記著！」太祖泣道：「敢不遵教！」太后復顧趙普道：「你隨主有年，差不多似家人骨肉，我的遺言，煩你亦留心記著，不得有違！」趙普受命，就於榻前寫立誓書，先書太后遺囑，末後更連帶署名，寫了臣趙普謹記五字，即收藏金匱中，著妥當宮人掌管，總道是開國成規，世世勿替了。為後文背誓張本。原來杜太后生五子，長匡濟，次即太祖，三匡義，四匡美，五匡贊。匡濟、匡贊早亡，太祖即位，為了避諱的緣故，將所有兄弟原名，統改匡為光，所以太后遺囑中，也稱光義、光美。德昭乃太祖子，即元配賀夫人所出，前已敘過，想看官亦應接洽了（事關國祚，不嫌復筆）。自金匱立誓後，不到兩日，太后即崩於滋德殿，年六十，諡曰明憲。乾德二年，復改諡昭憲，合祔安陵，這且擱下不提。

且說太祖用趙普計，既盡收宿將兵柄，及藩鎮重權，乃選擇將帥，分部守邊，命趙贊屯延州，姚內斌守慶州，董遵誨屯環州，王彥昇守原州，馮繼業鎮靈武，控扼西陲。李漢超屯關南，馬仁瑀守瀛州，韓令坤鎮常山，賀維忠守易州，何繼筠領棣州，防禦北狄。又令郭進鎮西山，武守琪戍晉州，李謙溥守隰州，李繼勳鎮昭義，駐紮太原。諸將家族，留居京師，撫養甚厚。所有在鎮軍務，盡許便宜行事。每屆入朝，必召對命坐，賜宴賚金，因此諸將多盡死力，西北得以無虞。羈留家屬以防其叛，優加賜賚以買其歡，馭將之道，無逾於此。唯關南汛地，忽有人民來京控訴，

籲稱李漢超強占己女，及貸錢不償事。太祖召語道：「汝女可適何人？」該民答道：「不過農家。」太祖又問道：「漢超未到關南時，遼人曾來侵擾否？」該民道：「年年入寇，苦累不堪。」太祖道：「今日若何？」該民答言沒有。宋祖怫然道：「漢超係朕貴臣，汝女畀他為妾，比出嫁農家，應較榮寵。且使關南沒有漢超，你的子女，你的家資，能保得全否？區區小事，便值得來此控訴麼？下次再來刁訟，決不寬貸！」言畢，喝左右將該民逐出，此種言動，全是權術，不足與言盛王之治。該民涕泣回鄉。太祖卻遣一密使，傳諭漢超道：「你亟還民女，並清償貸款，朕暫從寬典，此後慎勿再為！如果入不敷出，儘可告朕，何必向民借貸哩！」錢財可向你乞濟，妻妾不肯令之蒞任，奈何？漢超聞言，感激涕零，即遵旨將人財歸還，並上表謝罪。嗣是益修政治，吏民大悅。

　　還有環州守將董遵誨，係高懷德外甥，父名宗本，曾仕漢為隨州刺史。太祖微時，嘗客遊漢東，至宗本署中。宗本頗器重太祖，留住數日，獨遵誨瞧他不起，常多侮慢。一夕，語太祖道：「我嘗見城上紫雲如蓋，又夢登高臺，遇一黑蛇，約長百尺，忽飛騰上天，化龍竟去，這是何故？」太祖微笑不答。越數日，又與太祖談論兵事，遵誨理屈詞窮，反惱羞成怒，竟奮袂起座，欲與太祖角力。太祖匆匆避出，遂向宗本處辭別，自行去訖。至週末宋初，遵誨已任驍武指揮使，太祖在便殿召見，遵誨惶恐得很，伏地請死。太祖令左右扶起，因慰諭道：「卿尚記從前紫雲化龍的事情麼？」遵誨復再拜道：「臣當日愚駭，不識真主，今蒙赦罪，當銜環報德。」驕子失勢，往往如是。太祖大笑。俄而遵誨部下，有軍卒擊鼓鳴冤，控告不法事數十件。遵誨益惶恐待罪。太祖復召諭道：「朕方赦過賞功，何忍復念舊惡，卿勿復憂！但教此後自新，朕且破格重用。」遵誨又叩首謝恩。遵誨父宗本，世籍范陽，舊隸遼降將趙延壽部下。及延壽

第八回　遣師南下戡定荊湘　冒雪宵來商徵巴蜀

被執，乃挈子南奔，唯妻妾陷入幽州，太祖因令人納賂邊民，贖歸遵誨生母，送與遵誨。遵誨更加感激，誓以死報。太祖特授為通遠軍使，鎮守環夏。遵誨至鎮，召諸族酋長，宣諭朝廷威德，眾皆悅服。未幾復來擾邊，由遵誨發兵深入，斬獲無算，邊境乃寧。虎狼非不可用，在用之得其道耳。太祖復令文臣知州事，置諸州通判，設諸路轉運使，選諸道兵入補禁衛，無非是裁制鎮帥，集權中央，於是五代藩鎮之積弊，一掃而空了。煞費苦心，方得百年保守。

　　會太祖復改元乾德，以建隆四年為乾德元年，百官朝賀，適武乎節度使周保權，遣使告急。保權係周行逢子，行逢當周世宗時，因平定湖南，受封為朗州大都督，兼武平軍節度使，管轄湖南全境。宋初任職如故，且加授中書令。行逢在鎮，頗盡心圖治，唯境內一切處置，概仍方鎮舊態，行動自由。太祖初定中原，不遑過問，行逢得坐鎮七年，安享寵榮。既而病重將死，召囑將校道：「我子保權，才十一歲，全仗諸公保護，所有境內各官屬，大都恭順，當無異圖。唯衡州刺史張文表，素性凶悍，我死後，他必為亂，幸諸公善佐吾兒，無失土宇，萬不得已，寧可舉族歸朝，無令陷入虎口，這還不失為中策哩。」言訖遂逝，保權嗣位，果然訃至衡州，文表悍然道：「我與行逢俱起家微賤，同立功名，今日行逢已歿，不把節鎮屬我，乃教我北面事小兒，何太欺人！」當下帶領軍士，襲據潭州，殺留後廖簡，又聲言將進取朗州，盡滅周氏。朗州大震。保權遣楊師璠往討，並遣使至宋廷乞援。荊南節度使高繼沖，亦拜表上聞。繼沖係高保勗姪兒，保勗祖季興，唐末為荊南節度使，歷梁及後唐，晉封南平王。季興死後，子從誨襲爵。從誨傳子保融，保融傳弟保勗，保勗復傳姪繼沖，世鎮江陵。荊南與湖南毗連，繼沖恐文表侵入，所以馳奏宋廷。太祖聞報，先下詔荊南，令發水師數千名，往討潭州。已寓深意。然後令慕容

延釗為都部署，李處耘為都監，率兵南下。臨行時，面諭二將道：「江陵南逼長沙，東距建康，西迫巴、蜀，北近大梁，乃是最要的區域。現聞他四分五裂，正好乘勢收歸，卿等可向他假道，伺隙入城，豈不是一舉兩得麼？」這便是假道滅虞之計。二將領命而去。到了襄州，即遣閤門使丁德裕，先赴江陵，向他假道。高繼沖正遣水軍三千人，令親校李景威統率，出發潭州。已墮宋祖計中。至丁德裕到來，說明假道情形，乃即召僚屬會議。部將孫光憲進言道：「中國自周世宗，已有統一天下的志向，今宋主規模闊大，比周世宗還要雄武，江陵地狹民貧，萬難與宋主爭衡，不若早歸疆土，還可免禍。就是明公的富貴，當也不至全失哩。」知機之言。繼沖躊躇未決，再與叔父保寅密商。保寅道：「且準備牛酒，借犒師為名，往覘強弱，再作計較。」繼沖道：「即請叔父前往便了。」保寅乃採選肥牛數十頭，美酒百甕，往荊門犒師。既至軍前，由李處耘接待，很是殷勤，保寅大喜。次日復由慕容延釗召保寅入帳，置酒與宴，相對甚歡。保寅已遣隨卒飛報繼沖，令他安慰，哪知李處耘即帶領健卒，夤夜前進，竟達江陵。繼沖正待保寅回來，忽聞大兵掩至，急得束手無策，只得出城相迎，北行十餘里，正與處耘遇著。處耘揖繼沖入寨，令待延釗，自率親軍入江陵城。及繼沖得還，見宋軍已分據要衝，越覺惶懼，不得已繳出版籍，將全境三州十六縣，盡獻宋廷，當遣客將王昭濟，奉表齎納。太祖自然欣慰，遂遣王仁贍為荊南都巡檢使，仍令齎衣服玉帶，器幣鞍勒，賞給繼沖，並授為馬步都指揮使，仍官荊南節度如故。且因孫光憲勸使歸朝，命為黃州刺史。荊南自高季興據守，傳襲三世五帥，凡四十餘年，至是納土歸宋，繼沖尋改任武寧節度使，至開寶六年病歿，總算富貴終身，了卻一世。應了孫光憲之言。

　　唯慕容延釗、李處耘，既襲據江陵，遂進圖潭州。是時湖南將校楊師

第八回　遣師南下戡定荊湘　冒雪宵來商徵巴蜀

璠，已在平津亭大破敵軍，擒住張文表，臠割而食。潭州城守空虛，延釗等乘虛掩入，不費兵刃，即得潭州，復率兵進攻朗州。保權尚屬沖年，毫無主見，牙將張從富道：「目下我兵得勝，氣勢方盛，不妨與宋軍決一勝負。且此處城郭堅完，就使不能戰勝，尚可據城固守，待他食盡，自然退去，何足深慮！」以張文表目宋軍，擬於不倫。諸將亦多半贊同，遂整繕兵甲，決計抗命。慕容延釗，令丁德裕先往宣撫，勸朗州獻土投誠。德裕率從騎數百人，直抵朗州城下，呼令開門。張從富在城上應聲道：「來將為誰？」丁德裕道：「我是閤門使丁德裕，特來傳達朝旨，宣諭德意！」從富冷笑道：「有什麼德意？無非欲竊據朗州。汝去歸語宋天子，我處封土，本是世襲，張文表已經蕩平，不勞汝軍入境，彼此各守境界，毋傷和氣！」德裕怒道：「你敢反抗王師麼？」從富道：「朗州不比江陵，休得小覷！若要強來占據，我也不怕，請看此箭！」言已，即將一箭射下。德裕乃退，返報延釗。延釗即日奏聞，太祖又遣中使往諭道：「汝本請師救援，所以出發大軍，來拯汝厄。今妖孽既平，汝等反以怨報德，抗拒王師，究是何意？」從富又拒而不納，反盡撤境內橋梁，沉船沮河，伐樹塞路，一意與宋軍為難。延釗、處耘乃陸續進兵。處耘先到澧江，遙見對岸擺著敵陣，旗幟飄揚，恰也嚴整得很。處耘陽欲渡江，暗中卻分兵繞出上游，潛行南渡。那朗州牙將張從富，只知防著處耘，不料刺斜裡殺到一支宋軍，衝入陣內，慌忙麾兵對仗，戰不數合，那對岸宋軍，又復渡江殺來，害得手足無措，只好逃回朗州。宋軍俘獲甚眾，至處耘前報功。處耘檢閱俘虜，視有肥壯的人，割肉作糜，分啖左右。又擇少壯數名，黥字面上，縱還朗州。被黥的逃入城中，報稱宋軍好啖人肉，頓時全城驚駭，紛紛逃避。朗州軍曾吃過張文表的肉，奈何聞宋軍食人，乃驚潰至此？及處耘進抵城南，城中愈亂，張從富自知不支，遁往西山，別將汪端，護出周保

權，及周氏家屬，避匿江南岸僧寺中。處耘一鼓入城，待延釗兵到，復出搜逃虜，尋至西山下，巧值從富出來，意欲再往別處，冤冤相湊，與宋軍遇著，眼見得是束手成擒，身首異處了。再探訪至僧寺，又將保權獲住，周氏家眷，亦盡做俘囚，只汪端被逃，擁眾四掠，復經宋軍追剿，把他擊死，湖南乃平。保權解至京師，上章待罪，太祖令釋縛入朝，一個十一二歲的小孩子，驟睹天威，嚇得殺雞似的亂抖，連「萬歲」兩字，都模模糊糊的叫不清楚。彷彿劉盆子。太祖不禁憐惜，便優旨特赦，授右千牛衛上將軍，葺京城舊邸院，令與家屬同居。後來保權年長，累遷右羽林統軍，並出知并州，也與高繼沖同一善終，這未始非宋祖厚恩呢。

　　荊、襄既平，太祖復擬蕩平南北，因恐兵力過勞，暫令休養。忽軍校史珪、石漢卿，入白太祖，誣稱殿前都虞侯張瓊，擁兵自盜，擅作威福等情，太祖召瓊入殿，面訊一切。瓊未肯認罪，反挺撞了幾句，引起太祖怒意，喝令掌嘴。那時走過了石漢卿，用鐵櫃猛擊瓊首，頓時血流如注，暈厥過去。漢卿並將他曳出，錮置獄中，及瓊已甦醒，自覺傷重，痛不可忍，乃泣呼道：「我在壽春時，身中數矢，當日即死，倒也完名全節，今反死得不明不白，煞是可恨！」（應第三回。）言畢，遂解下所繫腰帶，託獄吏寄家遺母，自己咬著牙齒，把頭向牆上撞去，創破腦裂，霎時斃命。太祖既聞瓊言，復探得瓊家毫無餘財，未免自悔，命有司厚恤瓊家，且嚴責石漢卿粗莽，便即了案。張瓊死讒，咎在宋祖，故特赦之以表其冤。

　　乾德二年，范質、王溥、魏仁浦三相併罷，用趙普同平章事（宋初官制，多仍唐舊，同平章事一職，在唐時已有此官，就是宰相的代名）。太祖既相趙普，復擬置一副相，苦無名稱，問諸翰林承旨陶谷。陶谷謂唐有參知政事，比宰相稍降一級。太祖乃命樞密，直學士薛居正，兵部侍郎呂餘慶，並以本官參知政事，敕尾署銜，隨宰相後，月俸雜給，視宰相減

第八回　遣師南下戡定荊湘　冒雪宵來商徵巴蜀

半，自是垂為定例。唯趙普入相，任職獨專，太祖也格外信任，遇有國事，無不諮商。有時在朝未決，到了夜間，太祖且親至普宅，商及要政，所以普雖退朝，尚恐太祖親到，未敢驟易衣冠。一日大雪，輦轂蕭條，普退朝後，吃過晚膳，語門客道：「主上今日，想必不來了。」門客答道：「今夜寒甚，就是尋常百姓，尚不願出門，況貴為天子，豈肯輕出？丞相儘可早寢了。」普乃易去冠服，退入內室，閒坐片時，將要就寢，忽聞叩門有聲，正在動疑，司閽已馳入報道：「聖上到了。」普不及冠服，匆匆趨出，見太祖立風雪中，慌忙迎拜，且云臣普接駕過遲，且衣冠未整，應該待罪。太祖笑道：「今夜大雪，怪不得卿未及防，何足言罪？」一面說著，一面既扶起趙普，趨入普宅。太祖復道：「已約定光義同來，渠尚未到麼？」趙普正待回答，光義已經馳至。君臣骨肉，齊集一堂，太祖戲問趙普道：「羊羔美酒，可以消寒，卿家可有預備否？」普答言有備。太祖大喜，且命普就地設筵，閉門共坐。普一一領旨，即就堂中熾炭燒肉，喚出妻室林氏，令司酒炙。林氏登堂，叩見太祖，並謁光義，太祖呼林氏道：「賢嫂！今日多勞你了。」趙普代為謙謝。須臾，肉熟酒熱，由林氏供奉上來。普斟酒侍飲，酒至半酣，太祖語普道：「朕因外患未寧，寢不安枕，他處或可緩徵，唯太原一路，時來侵擾，朕意將先下太原，然後削平他國，卿意以為何如？」普答道：「太原當西北二面，我軍若下太原，便與契丹接壤，邊患要我當衝了。臣意不如先徵他國，待諸國削平，區區彈丸黑子，哪裡保守得住？當然歸入版圖呢。」老成有識，不愧良相。太祖微笑道：「朕意也是這般，前言不過試卿，但今日欲平他國，當先從何處入手？」普答道：「莫如蜀地。」太祖點首，嗣複議及伐蜀計策，又談論了一兩時，夜色已闌，太祖兄弟，方起身辭去，普送出門外而別。小子有詩詠道：

風雪漫天帝駕來，重裀坐飲相臣陪。
興酣商畫平西策，三峽煙雲付酒杯。

西征議定，戰鼓重鳴，宋廷上面，又要遣將調兵，向西出發了。欲知征蜀勝負，請看下回便知。

荊、襄兩處，唇齒相依，即并力拒宋，亦恐不逮，況外交未善，內亂相尋，寧能不相與淪亡乎？宋太祖欲收荊、湖，何妨以堂堂之師，正正之旗，平定兩境，而必師假虞伐虢之故智，襲據荊南，次及湖南，是毋乃所謂雜霸之術，未足與語王道者。且觀其羈縻李漢超，籠絡董遵誨，無一非噢咻小惠之為。至於擊死張瓊，信讒忘勞，而真態見矣。厚恤家屬，亦胡益哉？迨觀其雪夜微行，至趙普家，定南征北討之計，後人方侈為美談，夫征伐大事也，不議諸大廷，乃議諸私第，鬼鬼祟祟，君子所勿取焉。

第八回　遣師南下戡定荊湘　冒雪宵來商徵巴蜀

第九回

破川軍屛王歸命　受蜀俘美婦承恩

第九回　破川軍屛王歸命　受蜀俘美婦承恩

卻說蜀主孟昶，係兩川節度使孟知祥子，後唐明宗封他為蜀王，歷史上叫做後蜀，詳見五代史。唐末僭稱蜀帝，未幾病歿，子仁贊嗣立，改名為昶。昶荒淫無度，濫任臣僚，所用王昭遠、伊審徵、韓保正、趙崇韜等，均不稱職。昶母李氏，本唐莊宗嬪御，賜給孟知祥，嘗語昶道：「我見莊宗及爾父，滅梁定蜀，當時統兵將帥，必須量功授職，所以士卒畏服。今王昭遠本給事小臣，韓保正等又紈褲子弟，素不知兵，一旦有警，如何勝任？」昶母頗有見識。昶不肯從。及宋平荊湖，蜀相李昊又進諫道：「臣觀宋氏啟運，不類漢周，將來必統一海內，為中國計，不如遣使朝貢，免啟戎機。」昶頗以為是，商諸昭遠。昭遠道：「蜀道險阻，外扼三峽，豈宋兵所得飛越？主上儘可安心，何必稱臣納貢，轉受宋廷節制呢。」昶乃罷朝貢議，並增兵水陸，防守要隘。既而昭遠從張廷偉言，勸昶通好北漢，夾攻汴梁。昶乃遣部校趙彥韜等，齎送蠟書，令由間道馳往太原。偏彥韜陽奉陰違，竟入汴都，奏聞太祖，太祖展書略閱，但見上面寫著：

早歲曾奉尺書，遠達睿聽，丹素備陳於翰墨，歡盟已保於金蘭，洎傳吊伐之嘉音，實動輔車之喜色。尋於襃漢添駐師徒，只待靈旗之濟河，便遣前鋒而出境。

太祖覽書至此，不禁微笑道：「朕正擬發兵西征，偏他先來尋釁，益令朕師出有名了。」遂把原書擲下，安排選將，命忠武軍節度王全斌，為西川行營都部署，都指揮使劉光義、崔彥進為副，樞密副使王仁贍，樞密承旨曹彬為都監，率部兵六萬人，分道入蜀。全斌等入朝辭行，太祖面諭道：「卿以為西川可取否？」全斌道：「臣等仰仗天威，謹遵廟算，想必剋日可取哩。」右廂都校史延德前奏道：「西川一方，倘在天上，人不能到，原是無法可取。若在地上，難道如許兵力，尚不能平定一隅麼？」太祖喜

道：「卿等勇敢如此，朕復何憂！但若攻克城寨，所得財帛，儘可分給將士，朕止欲得他土地，此外無所求了。」恐尚有一意中人。全斌等叩首受訓。太祖又道：「朕已為蜀主治第汴濱，共計五百餘間，供帳什物，一切具備，倘或蜀主出降，所有家屬，無論大小男婦，概不准侵犯一人，好好的送他入都，來見朕躬，朕當令他安居新第哩。」言中有意，請看下文。全斌等領旨而出，遂分兩路進兵。全斌及彥進等，由鳳州進，光義及曹彬等，由歸州進，浩浩蕩蕩，殺奔西川。

蜀主昶聞得警報，亟命王昭遠為都統，趙崇韜為都監，韓保正為招討使，李進為副，率兵拒宋，且令左僕射李昊，在郊外餞行。昭遠酒酣起座，攘臂大言道：「我此行不止克敵，就是進取中原，也容易得很，好似反手一般哩。」李昊暗暗笑著，口中只好敷衍數語，隨即告別。昭遠率兵啟行，手執鐵如意，指揮軍事，自比諸葛亮。我說他可比王衍。到了羅川，聞宋帥王全斌等，已攻克萬仞、燕子二寨，進拔興州，乃亟派韓保正、李進率軍五千，前往拒敵。韓、李二人，行至三泉寨，正值宋軍先鋒史延德，帶著前隊，驟馬衝來。李進舞戟出迎，戰未數合，被延德用槍撥戟，輕舒左臂，將李進活擒過去。保正大怒，掄刀出戰，延德毫不懼怯，挺槍接鬥，又戰了十餘合，殺得保正氣喘吁吁，正想回馬逃奔，不防延德的槍鋒，正向中心刺來，慌忙用刀遮攔，那槍枝便縮了回去，保正向前一撲，又被延德活捉去了。正是紈褲子弟，不堪一戰。延德驅兵大進，亂殺一陣，可憐這班蜀兵，多做了無頭之鬼。還有三十萬石糧米，也由宋軍搬去，一粒不留。王昭遠聞著敗信，遂列陣羅川，準備拒敵。延德也不敢輕進，在途次暫憩，靜待後軍。至崔彥進率兵到來，方會同前進，遙見蜀兵依江為營，橋梁未斷。彥進前行張萬友，大呼道：「不乘此搶過浮橋，更待何時？」道言未絕，他已飛馬突出，馳上浮橋。蜀兵忙來攔阻，擋不住

第九回　破川軍屍王歸命　受蜀俘美婦承恩

萬友神力，左一槳，右一刀，都把他殺落水中。宋軍一齊隨上，霎時間馳過橋西，王昭遠見宋軍驍勇，不禁失色，便率兵退走，回保漫天寨。未戰先怯，豈諸葛軍師的驕兵計耶？一面調集各處精銳，并力守禦。

崔彥進帳兵三路，同時進擊，自與史延德為中路，先抵漫天寨下。寨在山上，勢極高峻，彥進知不易仰攻，只令兵士在山下辱罵，引他出來。昭遠仗著兵眾，傾寨出戰，彥進率軍迎敵，約略交鋒，就一齊退去。昭遠麾軍力追，鐵如意用得著了。看看趕了十餘里，自覺離寨太遠，擬鳴金收軍，遲了。偏偏左右兩面，殺到兩路宋軍，左路是宋將康延澤，右路便是張萬友，彥進、延德又領軍殺回，三路夾擊蜀軍，任你指揮如意的王昭遠，到此也心慌意亂，沒奈何驅馬奔歸，蜀兵隨即大潰，宋軍乘勝追趕，馳至寨下，憑著一股銳氣，踴躍登山。昭遠料難保守，復棄寨西奔。宋軍掩入寨中，奪得器甲芻糧，不可勝數，待王全斌馳到，再派崔彥進等進兵，王昭遠收集潰卒，復來拒敵，三戰三北，乃西渡桔柏江，焚去橋梁，退守劍門。

全斌因劍門險峻，恐急切難下，且探聽劉光義等消息，再定行止。未幾得光義來書，已攻克夔州，進定峽中了。原來夔州地扼三峽，為西蜀江防第一重門戶，劉光義、曹彬等，自歸州進兵，正要向夔州攻入，蜀寧江制置使高彥儔，與監軍武守謙，率兵扼守，就在夔州城外的鏁江上面，築起浮橋，上設敵柵三重，夾江列炮，專防敵船。劉光義等出發汴京，已由太祖指示地圖，令他水陸夾攻，方可取勝，至是光義等鏁江入蜀，距鏁江三十里，即捨舟步進，夤夜襲擊。蜀兵只管江防，不管陸防，驟被宋軍自陸攻入，立即潰散。光義等既奪浮梁，進薄城下，蜀監軍武守謙擬開城搦戰，高彥儔出阻道：「北軍跋涉前來，利在速戰，不如堅壁固守，休與交鋒，待他師老糧盡，士無鬥志，那時彼竭我盈，一鼓便足退敵了。」以逸

待勞，莫如此策。守謙不從，獨領麾下千餘騎，大開城門，躍馬出戰。正值光義騎將張廷翰，挺槍過來，兩馬相交，雙槍並舉，戰到一兩個時辰，廷翰槍法越緊，守謙抵敵不住，虛幌一槍，馳回城中。說是遲，那時快，廷翰緊追守謙，也縱馬入城，守卒亟欲閉門，被廷翰戳斃數人，門不及閉。宋軍一擁而進，曹彬、劉光義先後馳入，高彥儔忙來攔阻，已是招抵不上。守謙遁去，彥儔身中數十創，奔歸府第，整衣及冠，望西北再拜，自焚而亡。算是後蜀忠臣。光義等既克夔州，安撫百姓，禮葬彥儔遺骸，再向西北進兵，所過披靡。如萬、施、開、忠等州，次第收降，峽中郡縣悉定，乃馳書報知全斌。全斌聞東路大捷，即進次益光，途次獲得蜀中偵卒，厚賜酒食，勸他降順，並問入蜀路徑。該卒言：「益光江東，越大山數重，有一狹徑，地名來蘇，由此徑通過，即可繞出劍門南面，與官道會合，前途沒甚險阻了。」全斌大喜，遂依降卒言，自來蘇徑趨青疆，一面分兵與史延德，潛襲劍門。果然王昭遠聞警，令偏將在劍門居守，自引眾至漢源坡，來阻全斌。誰料全斌尚未遇著，劍門失守的信息，已經報到，嚇得昭遠魂不附體，舉措失常。既而塵頭大起，號炮連聲，全斌、崔彥進自青疆殺到，昭遠僵臥胡床，好像死去，鐵如意拿不動麼？還是都監趙崇韜，布陣出戰。看官！你想這時候的蜀軍，統已膽顫心寒，哪裡還敢對仗？一經接手，略有幾人受傷，就一鬨兒逃散了。崇韜還想支持，偏坐騎也像膽小，只向後倒退下去，累得崇韜坐不安穩，平白地翻落馬下，部下沒人顧著，活活的被宋軍縛住。力避詞復，故筆下特開生面。全斌本是個殺星，但教兵士砍殺過去，好似刀劈西瓜，滾滾落地，差不多有萬餘顆頭顱。有幾個敗兵，僥倖逃脫，奔回寨中，忙將昭遠掖坐馬上，加鞭疾奔，逃至東川，下馬匿倉舍中，悲嗟流涕，兩目盡腫。何不設空城計？俄而追騎四至，入舍搜尋，見昭遠縮做一團，也不管什麼都統不都統，把他鐵索

第九回　破川軍孱王歸命　受蜀俘美婦承恩

上頭，似猢猻般牽將去了。

蜀主孟昶，正與愛妃花蕊夫人，飲酒取樂，突然接到敗報，把酒都嚇醒了一半，忙出金帛募兵，令太子玄喆為統帥，李廷珪、張惠安等為副將，出赴劍門，援應前軍。玄喆素不習武，但好聲歌，當出發成都時，尚帶著好幾個美女，好幾十個伶人，笙簫管笛，沿途吹唱，並不像行軍情形。大約是出去迎親。廷珪、惠安又皆庸懦無識，行到綿州，得知劍門失守，竟遁還東川。孟昶惶駭，亟向左右問計，老將石斌獻議道：「宋師遠來，勢不能久，請深溝高壘，嚴拒敵軍。」蜀主嘆道：「我父子推衣解食，養士至四十年，及大敵當前，不能為我殺一將士，今欲固壘拒敵，敢問何人為我效命？」言已，淚下如雨。忽丞相李昊入報道：「不好了！宋帥全斌，已入魏城，不日要到成都了。」孟昶失聲道：「這且奈何？」李昊道：「宋軍入蜀，無人可當，諒成都亦難保守，不如見機納土，尚可自全。」孟昶想了一會，方道：「罷罷！我也顧不得什麼了，卿為我草表便是。」李昊乃立刻修表，表既繕成，由孟昶遣通奏伊審徵，齎送宋軍。全斌許諾，乃令馬軍都監康延澤，領著百騎，隨審征入成都，宣諭恩信，盡封府庫乃還。越日，全斌率大軍入城，劉光義等亦引兵來會，孟昶迎謁馬前，全斌下馬撫慰，待遇頗優。昶復遣弟仁贄詣闕上表，略云：

先臣受命唐室，建牙蜀川，因時勢之變遷，為人心之擁迫。先臣即世，臣方丱年，猥以童昏，謬承餘緒。乖以小事大之禮，闕稱藩奉國之誠，染習媮安，因循積歲。所以上煩宸算，遠發王師，勢甚疾雷，功如破竹。顧唯懦卒，焉敢當鋒？尋束手以雲歸，上傾心而俟命。當於今月十九日，已領親男諸弟，納降禮於軍門，至於老母諸孫，延殘喘於私第。陛下至仁廣覆，大德好生，顧臣假息於數年，所望全軀於此日。今蒙元戎慰

恤，監護撫安，若非天地之重慈，安見軍民之受賜？臣亦自量過咎，謹遣親弟詣闕奉表，待罪以聞！

這篇表文，相傳亦李昊手筆。昊本前蜀舊臣，前蜀亡時，降表亦出昊手。蜀人夜書昊門，有「世修降表李家」六字，這也是一段趣聞。總計後蜀自孟知祥至昶，凡二世，共三十二年。宋太祖接得降表，便簡授呂餘慶知成都府，並命蜀主昶速率家屬，來京授職。無非念著妙人兒。孟昶不敢怠慢，便挈族屬啟程，由峽江而下，徑詣汴京，待罪闕下。太祖御崇元殿，備禮見昶。昶叩拜畢，由太祖賜坐賜宴，面封昶為檢校太師兼中書令，授爵秦國公，所有昶母以下，凡子弟妻妾及官屬，均賜齎有差。就是王昭遠一班俘虜，也盡行釋放。

看官！你道太祖何故這般厚恩？他聞昶妾花蕊夫人，豔麗無雙，極思一見顏色，借慰渴念，但一時不便特召，只好藉著這種金帛，遍為賞賜，不怕她不進來謝恩。昶母李氏，因即帶著孟昶妻妾，入宮拜謝，花蕊夫人，當然在列。太祖一一傳見，捱到花蕊夫人拜謁，才至座前，便覺有一種香澤，撲入鼻中，仔細端詳，果然是國色天姿，不同凡豔，及折腰下拜，幾似迎風楊柳，嫋娜輕盈，嗣復聽嬌語道：「臣妾徐氏見駕，願皇上聖壽無疆！」或云花蕊夫人姓費，未知孰是？這兩句雖是普通說話，但出自花蕊夫人徐氏口中，偏覺得珠喉宛轉，嚦嚦可聽。當下傳旨令起，且命與昶母李氏，一同旁坐。昶母請入謁六宮，當有宮娥引導前去，花蕊夫人等，也即隨往。太祖尚自待著，好一歇見數人出來，謝恩告別。太祖呼昶母為國母，並教她隨時入宮，不拘形跡，醉翁之意不在酒。昶母唯唯而退。太祖轉著雙眸，釘住花蕊夫人面上，夫人亦似覺著，瞧了太祖一眼，乃回首出去。為這秋波一轉，累得這位英明仁武的宋天子，心猿意馬，幾乎忘寢廢餐。且因繼后王氏，於乾德元年崩逝，六宮雖有妃嬪，都不過尋

第九回　破川軍孱王歸命　受蜀俘美婦承恩

常姿色（王皇后之歿，就從此處帶過）。此時正在擇后，偏遇這傾國傾城的美人兒，怎肯輕輕放過？無如羅敷有夫，未便強奪，躊躇了好幾天，想出一個無上的法兒來。

一夕，召孟昶入宴，飲至夜半，昶才告歸。越宿昶竟患疾，胸間似有食物塞住，不能下嚥，迭經醫治，終屬無效。奄臥數日，竟爾畢命，年四十七歲。太祖廢朝五日，居然素服發哀，賻贈布帛千匹，葬費盡由官給，追封昶為楚王。好一種做作。昶母李氏，本奉旨特賜肩輿，時常入宮，每與太祖相見，輒有悲容。太祖嘗語道：「國母應自愛，毋常戚戚，如嫌在京未便，他日當送母歸。」李氏問道：「使妾歸至何處？」太祖答言歸蜀。李氏道：「妾本太原人氏，倘得歸老并州，乃是妾的素願，妾當感恩不淺了。」太祖欣然道：「并州被北漢占據，待朕平定劉鈞，定當如母所願。」李氏拜謝而出。及孟昶病終，李氏並不號哭，但用酒酹道地：「汝不能死殉社稷，貪生至此，我亦為汝尚存，所以不忍遽死。今汝死了，我生何為？」遂絕粒數日，也是嗚呼哀哉，伏唯尚饗。太祖命賻贈加等，令鴻臚卿范禹偁護理喪事，與昶俱葬洛陽。葬事粗畢，孟昶的家屬仍回至汴都，免不得入宮謝恩。太祖見了花蕊夫人，滿身縞素，愈顯得豐神楚楚，玉骨姍姍，是夕竟留住宮中，迫她侍宴。花蕊夫人也身不由主，只好唯命是從。飲至數杯，紅雲上臉，太祖越瞧越愛，越愛越貪，索性擁她入幃，同上陽臺，永夕歡娛，不消細述。次日即冊立為妃。這花蕊夫人，係徐匡璋女，綽號花蕊，無非因狀態嬌柔，彷彿與花蕊相似，嫩蕊嬌香，難禁痴蝶，奈何？她本與孟昶很是親愛，此次被迫主威，勉承雨露，唯心中總憶著孟昶，遂親手繪著昶像，早夕供奉，只託言是虔奉張仙，對他禱祝，可卜宜男。宮中一班嬪御，巴不得生男抱子，都照樣求繪，香花頂禮去了。俗稱張仙送子，便由這花蕊夫人捏造出來。小子有詩詠花蕊夫人道：

供靈詭說是張仙，如此牽情也可憐。
千古艱難唯一死，桃花移贈舊詩篇。

　　花蕊夫人入宮後，宋太祖非常鍾愛，欲知以後情事，容至下回表明。

　　蜀主孟昶，嬖倖寵妃，信任庸材，已有速亡之咎，乃反欲勾通北漢，自啟戰釁，雖欲不亡，其可得乎？王昭遠以侍從小臣，謬任統帥，反以諸葛自比，可嗤孰甚！宋祖算無遺策，其視蜀主孟昶，已如籠中之鳥，釜底之魚，其所以預築新第，特別優待者，無非欲買動花蕊夫人之歡心耳。正史於孟氏世家，載明孟昶入汴，受爵秦國公，數日即卒，而於花蕊夫人事，略而不詳，此由《宋史》實錄，為君諱惡，後人無從證實，乃特付闕如耳。然稗官野乘，已遍錄軼聞，卒之無從掩跡。且昶年僅四十有餘，而入汴以後，胡竟暴卒？大明殿之賜宴，明載史傳，蛛絲馬跡，確有可尋，著書人非無端誣古，揭而出之，微特足補正史之闕，益以見欲蓋彌彰者之終難文過也。

第九回　破川軍屬王歸命　受蜀俘美婦承恩

第十回

戡兵變再定西川　興王師得平南漢

第十回　戢兵變再定西川　興王師得平南漢

卻說宋太祖得了花蕊夫人，冊封為妃，待她似活寶貝一般，每當退朝餘暇，輒與花蕊夫人調情作樂。這花蕊夫人，卻是個天生尤物，不但工顰解媚，並且善繪能詩；太祖嘗令她詠蜀，她即得心應手，立成七絕數首，中有二語最為悽切，傳誦一時。詩云：「十四萬人齊解甲，也無一個是男兒。」太祖覽此二語，不禁擊節稱賞，且極口讚美道：「卿真可謂錦心繡口了。」唯孟昶初到汴京，曾賜給新造大廈五百間，供帳俱備，俾他安居。至孟昶與母李氏，次第謝世，花蕊夫人已經入宮，太祖便命將孟宅供帳，收還大內。衛卒等遵旨往收，把孟昶所用的溺器，也取了回來。看官！試想這溺器有何用處，也一併取來呢？原來孟昶的溺器，係用七寶裝成，精緻異常，要與花蕊夫人相配，應該有此寶裝。衛卒甚為詫異，所以取入宮中。太祖見了，也視為希罕，便嘆道：「這是一個溺器，乃用七寶裝成，試問將用何器貯食？奢靡至此，不亡何待！」即命衛卒將它撞碎，撲的一聲，化作數塊。溺器可以撞碎，花心奈何採用？既而見花蕊夫人所用妝鏡，背後鐫有「乾德四年鑄」五字（史稱蜀宮人入內，宋主見其鏡背有乾德四年鑄五字，蜀宮人想即花蕊夫人，第史錄諱言，故含混其詞耳）。不覺驚疑道：「朕前此改元，曾諭令相臣，年號不得襲舊，為什麼鏡子上面，也有乾德二字哩？」花蕊夫人一時失記，無從對答；乃召問諸臣，諸臣統不知所對，獨翰林學士竇儀道：「蜀主王衍，曾有此號。」太祖喜道：「怪不得鏡上有此二字，鏡係蜀物，應紀蜀年，宰相須用讀書人，卿確具宰相才呢。」竇儀謝獎而退。自是朝右諸臣，統說竇儀將要入相，就是太祖亦懷著此意，商諸趙普。普答道：「竇學士文藝有餘，經濟不足。」輕輕一語，便將竇儀抹煞。太祖默然。竇儀聞知此語，料是趙普忌才，心中甚是怏怏，遂至染病不起，未幾遂歿。太祖很是悼惜。

忽川中遞到急報，乃是文州刺史全師雄，聚眾作亂，王全斌等屢戰

屢敗，向京乞授。能平蜀主昶，不能制全師雄。可見嗜殺好貪，終歸失敗。太祖乃命客省使丁德裕（即前回之丁德裕，時已改任客省使），率兵援蜀，並遙命康延澤為東川七州招安巡檢使，剿撫兼施。看官道這全師雄何故作亂？原來王全斌在蜀，晝夜酣飲，不恤軍務，曹彬屢請旋師，全斌不但不從，反縱使部下擄掠子女，劫奪財物，蜀民咸生怨望。嗣由太祖詔令蜀兵赴汴，飭全斌優給川資。全斌格外剋扣，以致蜀兵大憤，行至綿州，竟揭竿為亂，自號興國軍，脅從至十餘萬；且獲住文州刺史全師雄，推他為帥。全斌遣將朱光緒，領兵千人，往撫亂眾，哪知光緒妄逞淫威，先訪拿師雄家族，一一殺斃，只有師雄一女，姿色可人，他便把她饒命，占為妾媵。上行下效，捷於影響。師雄聞報大怒，遂攻據彭州，自稱興蜀大王。兩川人民，群起響應，愈聚愈眾。崔彥進及弟彥暉等分道往討，屢戰不利，彥暉陣亡。全斌再遣張廷翰赴援，亦戰敗遁回，成都大震。

　　時城中降兵，尚有二萬七千名，全斌恐他們應賊，盡誘入夾城中，團團圍住，殺得一個不留。於是遠近相戒，爭拒官軍，西川十六州，同時謀變。全斌急得沒法，只好奏報宋廷，一面仍令劉光義、曹彬出擊師雄。劉光義廉謹有法，曹彬寬厚有恩，兩人入蜀，秋毫無犯，軍民相率畏懷。此次從成都出兵，仍然嚴守軍律，不准擾民。沿途百姓，望著劉、曹兩將軍旗幟，都已額手相慶。到了新繁，師雄率眾出敵，才一對壘，前隊多解甲往降，弄得師雄莫名其妙，沒奈何麾眾退回。哪知陣勢一動，宋軍即如潮入，大呼：「降者免死！」亂眾拋戈棄械，紛紛投順，剩得若干悍目，來鬥宋軍，不是被殺，就是受傷，眼見得不能支持，統回頭跑去。師雄奔投郫縣，復由宋軍追至，轉走灌口。此古人所謂仁者無敵也。全斌聞劉、曹得勝，也星夜前進，至灌口襲擊師雄。師雄勢已窮蹙，不能再戰，衝開一條血路，逃入金堂，身上已中數矢，鮮血直噴，僕地而亡。亂黨退據銅山，

第十回　戡兵變再定西川　興王師得平南漢

改推謝行本為主。巡檢使康延澤，用兵剿平，丁德裕亦已到蜀，分道招輯，亂眾乃定。西南諸夷，亦多歸附。

捷報傳達汴京，太祖乃促全斌等班師，及全斌還朝，由中書問狀，盡得黷貨殺降諸罪。因前時平蜀有功，姑從末減，只降全斌為崇義節度留後，崔彥進為昭化節度留後，王仁贍為右衛將軍。仁贍對簿時，歷詆諸將，冀圖自免，唯推重曹彬一人，且對太祖道：「清廉畏慎，不負陛下，只有曹都監，此外都不及了。」仁贍明知故犯，厥罪尤甚。太祖查得曹彬行囊，止圖書衣衾，餘無別物，果如仁贍所言，乃特加厚賞，擢為宣徽南院使。並因劉光義持身醇謹，亦賞功進爵，蜀事至此告終，以後慢表。

且說西蜀既平，宋太祖以乾德年號，與蜀相同，決意更改，並欲立花蕊夫人為后，密與趙普商議。普言：「亡國寵妃，不足為天下母，宜另擇淑女，才肅母儀。」太祖沉吟道：「左衛上將軍宋偓的長女，容德兼全，卿以為可立后否？」普對道：「陛下聖鑑，諒必不謬。」太祖乃決立宋女為后。這宋女年未及笄，乾德元年，曾隨母入賀長春節（太祖生日為長春節），太祖曾見她嬌小如花，令人可愛。越四年，復召見宋女，面賜冠帔，宋女年已二八，荳蔻芳年，芙蓉笑靨，模樣兒很是端妍，性情兒又很柔媚，當時映入太祖眼簾，便已記在心中；只因花蕊夫人，專寵後宮，乃把宋女擱置一邊。此次提及冊后事情，除了花蕊夫人，只有這個宋女，尚是縈情，當下通知宋偓，擬召他長女入宮。宋偓自然遵旨，當即將女兒送納。哪個不要做國丈？乾德五年殘臘，有詔改元開寶，開寶元年二月，由太史擇定良辰，冊立宋氏為后。是時宋氏年十七，太祖年已四十有二了。老夫得了少妻，倍增恩愛。宋氏又非常柔順，每值太祖退朝，必整衣候接，所有御饌亦必親自檢視，旁坐侍食，因此愈得太祖歡心。俗語說得好：「痴心女子負心漢。」那花蕊夫人，本有立后的希望，自被宋女奪去

此席，倒也罷了，誰知太祖的愛情，也移到宋女上去，長門漏靜，誰解寂寥？痛故國之云亡，悵新朝之失寵。因悲成怨，因怨成病，徒落得水流花謝，玉殞香消。數語可抵一篇弔花蕊夫人文。太祖回念舊情，也禁不住涕淚一番，命用貴妃禮安葬。後來境過情遷，也漸漸忘懷了。

　　會接得北方消息，北漢主劉鈞病歿，養子繼恩嗣立，太祖因有隙可乘，遂命昭化軍節度使李繼勳，督軍北征。乘喪北伐，不得為義。繼勳至銅鍋河，連破漢兵，將攻太原。北漢主繼恩，忙遣使向遼乞援。司空郭無為，與繼恩有嫌，竟密囑供奉官霸榮，刺死繼恩，另立繼恩弟繼元，太原危亂得很。宋太祖得悉情形，一面促李繼勳進兵，一面遣使齎詔，諭令速降，擬封繼元為平盧節度，郭無為為邢州節度。無為接詔，頗欲降宋，偏是繼元不從，可巧遼主兀律，發兵救漢，李繼勳恐孤軍輕進，反蹈危機，乃收兵南歸。北漢兵反結合遼兵，進寇晉、絳二州，大掠而去。太祖聞報大憤，下令親征，命弟光義為東京留守，自統兵進薄太原，圍攻三月，仍不能下。漢將劉繼業（即楊業，詳見下文）善戰善守，宋將石漢卿等陣亡。遼復出兵來援，宋太常博士李光贊，勸太祖班師。太祖轉問趙普，普意與光贊相同，乃分兵屯鎮潞州，回駕大梁。此係開寶二年事，厥後蕩平北漢，在太宗太平興國四年，非太祖時事，故此處不得不敘入。

　　越年，由道州刺史王繼勳上書，內稱：「南漢主劉鋹，殘暴不仁，屢出寇邊，請速興王師，弔民伐罪」等語。太祖尚不欲用兵，遺書南唐，令唐主轉諭劉鋹，勸他稱臣。這時唐主李景，已早去世，第六子煜繼立，煜仍事宋不怠，既得太祖詔書，即遣使轉告南漢。劉鋹不服，反拘住唐使，馳書答煜，語多不遜。煜乃將原書奏聞，太祖因命潭州防禦使潘美，朗州團練使尹崇珂，領兵南征。小子欲敘南漢亡國，不得不略述南漢源流。南漢始祖，叫做劉隱，朱梁時據有廣州，受梁封為南海王。隱歿後，

第十回　戢兵變再定西川　興王師得平南漢

弟陟襲位，僭號稱帝，改名為龑（龑讀若儼，古時字，書不載，想係劉陟杜撰）。龑傳子玢，玢為弟晟所弒。晟子名鋹，淫昏失德，委政宦官龔澄樞，及才人盧瓊仙，鎮日裡深居宮中，荒耽酒色。偶得一波斯女，豐艷善淫，曲盡房術，遂大加寵幸，賜號媚豬；更喜觀人交媾，選擇美少年，配偶宮人，裸體相接，自與媚豬往來巡察，見男勝女，乃喜，見女勝男，即將男子鞭撻，或加閹刑。群臣有過，及士人釋道，可備顧問，概下蠶室，蠶室即閹人之密室。令得出入宮闈。又作燒、煮、剝、剔、刀山、劍樹等刑，或令罪人鬥虎抵象，輒為所噬。每歲賦斂，異常煩重，所入款項，多築造離宮別館，及奇巧玩物。內宦陳延壽，製作精巧，出入必隨。延壽且勸鋹除去諸王，藉免後患，於是劉氏宗室，屠戮殆盡，故臣舊將，非誅即逃。內侍監李托，有二女，均饒姿色，鋹選他長女為貴妃，次為才人。進託任內太師，自是南漢宮廷，第一個有權力的就是李托，第二個有權力的要算龔澄樞。至宋將潘美等，率兵進攻，龔澄樞方握兵權，無從推諉，只好出赴賀州，畫策守禦。甫至中途，聞宋軍已至芳林，距賀州僅三十里，不禁大驚失色，慌忙引軍遁還。畢竟是個閹人，帶著一半女態。漢主劉鋹急得沒法，大將伍彥柔自請督兵，乃命率水師援賀。舟至城外，適當夜半，待至遲明，彥柔挾彈登岸，踞坐胡床，指揮兵士。王昭遠第二。不意宋軍已預伏岸側，突然殺出，把漢兵衝作數段，漢兵大亂，多半被殺。彥柔不及遁走，被宋軍擒住，梟首懸竿，曉示城中。守卒驚愕失措，遂於次日陷入。

劉鋹與李托等商議，李托等均束手無策。或請起用故將潘崇徹，鋹意尚不欲用，無如警耗迭來，急不暇擇，沒奈何召入崇徹，命領兵三萬，出屯賀江。崇徹本因讒被斥，居常怏怏，此時雖受命統軍，免不得心存芥蒂，坐觀成敗。急時抱佛腳，尚有何益？宋軍連拔昭、桂、連三州，進逼

韶州。韶州係嶺南鎖鑰，此城一失，廣州萬不可守。劉鋹令將國中銳卒，及所有馴象，悉數出發，遣都統李承渥為元帥，往韶防禦。承渥至韶州城北，駐軍蓮花峰下，列象為陣，每象載十餘人，均執兵仗，氣勢甚盛。宋軍猝睹此狀，也未免張皇起來。潘美道：「這有什麼可怕？眾將士可蒐集強弩，盡力攢射，管教他眾象返奔，自遭殘害呢。」將士得令，各用強弓勁矢，向前射去，果然象陣立解，各象向後返竄，騎象各兵，紛紛墜地。宋軍乘勢掩擊，殺得漢兵七歪八倒。承渥抱頭竄還，還算保全性命。宋軍遂攻入韶州。

　　劉鋹聞報，戰慄失容，環顧諸臣，統是面面相覷，沒人敢去打仗，不由的涕泣入宮。宮嫗梁鷥真，獨上前道：「妾有養子郭崇岳，頗嫻策略，主上若任他為將，定可退敵。」劉鋹大喜，亟命將崇岳召入，面加慰勞，授官招討使，令與大將植廷曉，統兵六萬，出屯馬徑。這郭崇岳毫無智勇，專知迷信鬼神，日夜祈禱，想請幾位天兵天將，來退宋軍，想由梁鷥真所教導。偏偏神鬼無靈，宋軍大進，英州、雄州均已失守，潘崇徹反顏降宋，大敵已進壓瀧頭。郭崇岳返報劉鋹道：「宋軍已到瀧頭了，看來馬徑也是難保，應請固守城池，再圖良策！」劉鋹大懼，半晌才道：「不如著人請和罷！」當下遣使赴潘美軍，願議和約。潘美不許，叱退來使，更進兵馬徑，立營雙女山下，距廣州城僅十里。鋹逃生要緊，命取船舶十餘艘，裝載妻女金帛，擬航海亡命。不意宦官樂範，先與衛卒千餘，盜船遁去。鋹益窮追，復遣左僕射蕭漼，詣宋軍乞降。潘美送漼赴汴，自率軍進攻廣州城。劉鋹再欲遣弟保興，率百官出迎宋師，郭崇岳入阻道：「城內兵尚數萬，何妨背城一戰。戰若不勝，再降未遲。」乃與植廷曉再出拒戰，據水置柵，夾江以待。宋軍渡江而來，廷曉、崇岳出柵迎敵。怎奈宋軍似虎似熊，當著便死，觸著便傷，漢兵十死六七，廷曉亦戰歿陣中，崇

第十回　戢兵變再定西川　興王師得平南漢

　　岳奔還柵內，嚴行扼守，劉鋹又遣保興出助。潘美語諸將道：「漢兵編木為柵，自謂堅固，若用火攻，彼必擾亂，這乃是破敵良策呢。」遂分遣丁夫，每人二炬，俟夜靜近柵，乘風縱火，萬炬齊發，列焰沖霄，各柵均被燃著，可憐柵內守兵，都變作焦頭爛額，逃無可逃，連崇岳也被燒死，只保興逃回城中。鬼神不為無靈，竟迎崇岳西去。

　　龔澄樞、李托，私自商議道：「北軍遠來，無非貪我珍寶財物，我不若先行毀去，令他得一空城，他不能久駐，自然退去了。」乃縱火焚府庫宮殿，一夕俱盡。城內大亂，沒人拒守，宋軍到了城下，立即登城，入擒劉鋹，並龔澄樞、李托等，及宗室文武九十七人。保興逃入民舍，亦被擒住，悉押送闕下。媚豬曾否在內？有奄侍數百人，盛服求見。潘美道：「我奉詔伐罪，正為此等，尚敢來見我麼？」遂命一一縛住，斬首示眾，廣州乃平。總計南漢自劉隱據廣州，至鋹亡國，凡五主，共六十五年。當時廣州有童謠云：「羊頭二四，白天雨至」，人莫能解，至劉鋹亡國，適當辛未年二月四日，天雨二字，取王師如時雨的意思。小子有詩詠道：

　　婦寺盈廷適召亡，王師南下效鷹揚。
　　羊頭戾氣由人感，童語寧真兆不祥？

　　劉鋹等解入汴京，能否保全首領，且待下回表明。

　　閱此回可知淫暴之徒，必至敗亡。王全斌已平兩川，乃以淫暴好殺，復召全師雄之亂，非劉光義、曹彬之尚得民心，出師征討，其有不功敗垂成乎？劉鋹淫暴稱最，宋師一入，如摧枯朽，雖有良將，亦且未克支持，況如龔澄樞、李承渥、郭崇岳之庸駑，用以禦敵，雖欲不亡，何可得也？彼宋祖不免好淫，未嘗好暴，故雖納蜀妃，尚無大害。後之有國有家者，當知所戒矣。

第十一回

懸繪像計殺敵臣　造浮梁功成採石

第十一回　懸繪像計殺敵臣　造浮梁功成採石

卻說南漢主劉鋹，被宋軍擒住，押送汴都。太祖御崇德門，親受漢俘，當即宣諭責鋹。鋹此時反不慌不忙，向前叩首道：「臣年十六僭位，龔澄樞、李托等，俱先考舊人，每事統由他作主，臣不得自專。所以臣在國時，澄樞等是國主，臣實似臣子一般，還乞皇上明察！」史稱鋹善口辯，即此數語，已見辯才。太祖聞奏，乃命大理卿高繼申，審訊澄樞等一干人犯，得種種奸諛情狀，當即請旨，將澄樞、李托推出午門外斬首，特詔赦鋹，授檢校太保右千牛衛大將軍，封恩赦侯。鋹有可誅之罪，赦且封之，刑賞兩失矣。鋹謝恩退朝，當有大宅留著，俾他居住。鋹弟保興，亦得受封為右監門左僕射，所有蕭滉以下各官屬，俱授職有差。潘美等凱旋後，載歸劉鋹私財，由太祖仍然給還，尚有美珠四十六甕，金帛相等。鋹用美珠結成一龍，頭角爪牙，無不畢具，且極巧妙，當下入獻大內。太祖瞧著，語左右道：「鋹好工巧，習與性成，若能移治國家，何至滅亡？」左右皆唯唯稱是。一日，太祖幸講武池，從官未集，鋹先稟見，由太祖賜酒一卮。鋹接酒不飲，竟叩頭流涕道：「臣承祖父基業，違拒朝廷，致勞王師征討，罪固當誅，陛下既待臣不死，臣願做個大梁百姓，沐德終身。承賜卮酒，臣未敢飲。」太祖道：「你疑此酒有毒麼？朕推心置腹，怎敢暗計殺人？」說著，命左右取過鋹酒，一飲而盡，復另酌一卮賜鋹。鋹飲畢拜謝，面上很有慚色。原來鋹在廣州，專用毒酒害死臣下，所以推己及人，也恐太祖用此一法。其實也應該鴆死。太祖不但無心加害，且加封鋹為衛公，這且擱下不提。

且說南漢既平，南唐主煜震恐異常，遣弟從善上表宋廷，願去國號，改印文為江南國主，且請賜詔呼名。太祖准他所請，唯厚待從善，除常賜外，更給他白銀五萬兩，作為贐儀。看官道是何因？原來江南主李煜，曾密貽趙普，計銀五萬兩，普據實入奏，太祖道：「卿儘可受用，但覆書答

謝，少贈來使，便可了事。」普對道：「人臣無私饋，亦無私受，不敢奉旨！」太祖道：「大國不宜示弱，當令他不測，朕自有計，卿不必辭。」至從善入朝，乃特地給銀，仍如李煜贈普的原數。從善還白李煜，君臣都驚訝不置。忽江都留守林仁肇上書闕下，略言：「淮南戍兵，未免太少，宋前已滅蜀，今又取嶺南，道遠師疲，有隙可乘，願假臣兵數萬，自壽春徑渡，規復江北舊境。宋或發兵來援，臣當據淮守禦，與決勝負。幸得勝仗，全國受福，否則陛下可戮臣全家，藉以謝宋，且請預先告知宋廷，只說臣叛逆，不服主命，那時宋廷也不能歸咎陛下，陛下儘可安心哩。」林仁肇此策，實足挑釁，李煜如或依言，滅亡當更早一年。李煜不從。

　　林仁肇夙負勇名，為江南諸將的翹楚，太祖亦聞他驍悍，未敢輕敵，所以暫從羈縻，劃江自守，但心中總不忘江南，屢思除去仁肇，以便進兵。可巧開寶四年，李從善又奉兄命，赴汴入朝。太祖把從善留住，特賜廣廈，授職泰寧軍節度使。從善不好違命，只得函報李煜，留京供職。李煜手疏馳請，求遣弟歸，偏偏太祖不許，只詔稱：「從善多才，朕將重用，當今南北一家，何分彼此，願卿毋慮」等語。明是就從善身上設計除仁肇，否則烏用彼為？李煜也未識何因，常遣使至從善處，探聽消息。嗣是南北通使，不絕於道。太祖即遣繪師同往，偽充使臣，往見仁肇，將他面目形容，竊繪而來。至從善入觀，即將仁肇繪像，懸掛別室，由廷臣引使入觀，佯問他認識與否？從善驚詫道：「這是敝國的留守林仁肇，何故留像在此？」廷臣故意囁嚅，半晌才道：「足下已在京供職，同是朝廷臣子，不妨直告。皇上愛仁肇才，特賜詔諭，令他前來，他願遵旨來歸，先奉此像為質。」言畢，又導往一空館中，並與語道：「聞皇上已擬把此館賜與仁肇，待他到汴，怕不是一個節度使麼？」從善口雖答應，心下甚覺懷疑。至退歸後，便遣使馳回江南，轉報乃兄，究竟仁肇有無異志？李煜即傳召

第十一回　懸繪像計殺敵臣　造浮梁功成採石

仁肇，問他曾受宋詔與否？仁肇毫不接洽，自然答稱沒有。那李煜也不訪明底細，便疑仁肇有意欺矇，當下賜仁肇宴，暗中置鴆。仁肇飲將下去，回至私第，毒性一發，七竅流血，竟到枉死城去了。這條反間計，也只可騙李煜兄弟，若中知以上，也不至中計。

太祖聞仁肇已死，大加歡慰，唯從善仍留住不遣，且令他轉達意旨，召煜入朝。煜只令使臣入貢方物，且再請遣弟歸國。太祖仍然不允，且促煜即日赴闕。煜佯言有疾，始終不肯入京，太祖乃擬發兵往徵。時故周主母子，已遷居房州，周主病歿，太祖素服發喪，輟朝十日，諡為周恭帝，還葬周世宗慶陵左側，號稱順陵（敘周恭帝之歿，文無漏筆，周恭帝年甫逾冠，即聞去世，也不免有可疑情事）。葬事才了，又值同平章事趙普，生出種種疑案，免不得要調動相位，所以將南征事又暫擱起。

原來太祖於嶺南平後，復乘暇微行，某夕至趙普第中，正值吳越王錢俶寄書與普，且贈有海物十瓶，置諸廡下。驟聞太祖到來，倉猝出迎，不及將海物收藏。等到太祖入內，已經瞧著，當即問是何物？普恰不敢虛言，據實奏對。太祖道：「海物必佳，何妨一嘗！」普不能違旨，便取瓶啟封，揭開一視，並不是什麼海物，乃是燦然有光的瓜子金。真是佳物。看官曾閱過上文，普曾謂人臣無私受，如何這種海物，卻陳列室中呢？這真是冤冤相湊，反令這位有膽有識的趙則平，弄得局蹐不安，沒奈何答謝道：「臣未發書，實不知情。」太祖嘆息道：「你也不妨直受。他的來意，以為國家大事，統由你書生作主，所以格外厚贈哩。」此語與前文大不相同。言已即去。趙普匆匆送出，懊喪了好幾天。嗣見太祖優待如初，方才放心。哪知一波未平，一波又起。普遣親吏往秦、隴間，購辦巨木，聯成大筏，至汴治第。親吏乘便影戲，多辦若干，轉鬻都中，藉取厚利。三司使趙玭，查得秦、隴大木，已有詔禁止私販，普潛遣往購，已屬違旨，且

販賣牟利，更屬不法，當將詳情奏聞。太祖大怒道：「他尚貪得無厭麼？」遂命翰林學士承旨，擬定草詔，即日逐普。虧得故相王溥，力為解救，方停詔不發。後因翰林學士盧多遜，與普未協，召對時屢談普短。太祖更滋不悅，待普益疏。普乃乞請罷政，當有詔調普出外，令為河陽三城節度使。

盧多遜得擢為參知政事。多遜父億，嘗任職少尹，時已致仕，聞多遜訐普事，不禁長嘆道：「趙普是開國元勳，小子無知，輕詆先輩，將來恐不能免禍。我得早死，不致親見，還算是僥倖哩！」（為後文多遜流配伏筆。）既而億即病歿，多遜丁憂去位，奉詔起復，他即入朝視事，很得太祖信任。太祖復封弟光義為晉王，光美兼侍中，子德昭同平章事。內顧無憂，乃複議及外事，仍召江南主李煜入朝。煜迭次奉詔，頗慮入京被留，奪他土地，因此託疾固辭，陰修戰備。無如聲色縈情，憂樂無常，他本立周氏為后，嗣見后妹秀外慧中，遂借姻戚為名，召她入宮，密與交歡。后憤恚成疾，遽爾謝世。后妹即入為繼后，憑著這天生慧質，曲意獻媚，按譜徵聲，得楊玉環霓裳羽衣曲，日夕研摩，竟得神似，自是朝歌暮舞，惹得李煜意蕩神迷，無心國事。亡國禍胎，多由女色，歷敘之以示炯戒。太祖屢徵不至，遂命曹彬為西南路行營都部署，潘美為都監，曹翰為先鋒，將兵十萬，往伐江南。彬等受命後，即日陛辭，太祖諭彬道：「前日全斌平蜀，多殺降卒，朕時常嘆恨。此次出師，江南事一概委卿，切勿暴掠生民，須要威信兼全，令自歸順，幸得入城，慎毋殺戮！設若城中困鬥，亦當除暴安良，李煜一門，不應加害，卿其勿忘！」觀此數語，似不愧仁人之言。彬頓首聽命。太祖令起，拔劍授彬道：「副將而下，如不用命，准卿先斬後奏。卿可將此劍帶去！」彬受劍而退。潘美等聞到此語，無不失色，彼此相戒，各守軍律，乃隨彬出都南下。

第十一回　懸繪像計殺敵臣　造浮梁功成採石

　　先是江南池州人樊若水，在南唐考試進士，一再被黜，遂謀歸宋。他於平居無事時，在採石江上，借釣魚為名，暗測江面的闊狹。嘗從南岸繫著長繩，用舟引至北岸，往還十數次，盡得江面尺寸，不失纖毫。至是聞宋廷出師，即潛詣汴都，上書陳平南策，請造浮梁濟師。太祖立即召見，若水呈上長江圖說，由太祖仔細審視，所有曲折險要，均已載明。至採石磯一帶，獨注及水面闊狹，更加詳細，不禁大喜道：「得此詳圖，虜在吾目中了。」遂面授若水為右參贊大夫，令赴軍前效用。復遣使往荊、湖造黃黑龍船數千艘，又用大船載運巨竹，自荊渚東下。是時江南屯戍，見宋軍到來，尚疑是江上巡卒，只備牛酒犒師，未嘗出兵攔阻。宋軍順流徑下，直抵池州。池州守將戈產，遣偵騎探視，方知宋軍南征確音，急得手足無措，竟棄城遁去。曹彬等馳入池州，不戮一人，復進兵銅陵，才有江南兵前來抗禦。怎禁得宋軍一陣驅殺，不到數時，統已無影無蹤。宋軍再進至石牌口，先由樊若水規造浮橋，作為試辦，然後移置採石，三日即成，不差尺寸。曹彬令潘美帶著步兵，先行渡江，好似平地一般。當有探馬報入金陵，煜召群臣會議，學士張洎進言道：「臣遍覽古書，從沒有江上造浮橋的故事，想係軍中訛傳，否則宋軍即來，似這般笨伯，怕他什麼？」趙括徒讀父書，無救長平之敗，張洎亦如是爾。煜笑道：「我亦說他是兒戲囉，不足深慮。」言未已，又有探卒來報，宋軍已渡江了。煜略覺著急，乃遣鎮海節度使同平章事鄭彥華，督水軍萬人，都虞侯杜真領步兵萬人，同拒宋師，並面囑道：「兩軍水陸相濟，方可取勝，幸勿互諉為要！」鄭、杜兩人，唯唯趨出。鄭彥華帶領戰船，泝江鳴鼓，急趨浮梁。潘美聞他初至，選弓弩手五千人，排立岸上，一聲鼓號，箭如飛蝗，射得來艦檣折帆摧，東歪西倒，急切無從停泊，只好倒槳退去。未幾，杜真所領的步軍，從岸上馳到，潘美也不待列陣，便殺將過去，人人奮勇，個個

爭先，又將杜軍殺得七零八落，向南潰散。煜聞敗報，方下令戒嚴，一面募民為兵，民獻財粟，得給官爵。可奈江南百姓，素來文弱，更兼日久無事，一聞當兵兩字，多已膽顫心驚，哪個肯前去充役？就是家中儲著財粟，也寧可藏諸深窖，不願助國，因此文告迭頒，無人應命。南人之專顧身家，不自今始。

那宋師已搗破白鷺洲，進泊新林港，並分軍攻克溧水。江南統軍使李雄，有子七人，先後戰死。宋曹彬親督大軍，進次秦淮。秦淮河在金陵城南，水道可達城中，江南兵水陸數萬，列陣城下，扼河防守。潘美率兵渡河，因舟楫未集，各軍相率裹足，臨河待舟。潘美勃然道：「我提兵數萬，自汴到此，戰必勝，攻必克，無論什麼險阻，我也要親去一試，況區區這衣帶水，難道不好徒涉麼？」說畢，將馬一拍，竟躍入水中，截流而渡。各軍見主將渡河，自然跟了過去。就是未曾騎馬的步卒，也梟水徑達對岸。江南兵前來爭鋒，均被宋軍殺敗。宋都虞侯李漢瓊，用鉅艦入河，載著葭葦，因風縱火，毀壞城南水寨。寨內守卒，多半溺死。這時候的江南主李煜，信用門下侍郎陳喬及學士張洎等計策，堅壁固守，自謂無恐。至若兵士指揮，專屬都指揮使皇甫繼勳，毫不過問，他卻在後院召集僧道，誦經唸咒，專祈仙佛默佑。霓裳羽衣曲，想已聽厭了。及宋軍已逼城下，方聽得炮聲震耳，自出巡城，登陣一望，見城外俱駐著宋軍，列柵為營，張旗遍野，便顧問守卒道：「宋軍已到城下，如何不來報我？」守卒答道：「皇甫統帥，不准入報，所以未曾上達。」煜不禁忿怒，此時才覺發忿，尚有何用？即召見皇甫繼勳，問他何故隱蔽？繼勳答道：「北軍強勁，無人可敵，就令臣日日報聞，徒令宮廟震驚，想陛下亦沒有什麼法兒！」倒也說得爽快。煜拍案道：「照你說來，就使宋軍入城，你也只好任他殺掠，似你這等人物，賣國誤君，敢當何罪！」遂喝令左右，把他拿下，付獄定

第十一回　懸繪像計殺敵臣　造浮梁功成採石

讞，置諸死刑。

一面飛詔都虞侯朱令贇，令速率上江兵入援。

令贇駐師湖口，號稱十五萬，順流而下，將焚採石浮梁。曹彬聞知，即召戰櫂都部署王明，授他密計，命往採石磯防堵，王明受計去訖。且說朱令贇駕著大艦，懸著帥旗，威風凜凜，星夜前來。遙望前面一帶，帆檣林立，差不多有幾千號戰艦，他不覺驚疑起來，當命水手停橈，暫泊皖口。時至夜半，忽聞戰鼓聲響，水陸相應，江中來了許多敵船，火炬通明，現出帥旗，乃是一個斗大的「王」字，岸上覆來了無數步兵，也是萬炬齊爇，帥旗面上現出一個「劉」字。兩下裡殺將過來，也不辨有若干宋師。令贇恐忙中有失，不便分軍相拒，只命軍士縱火，先將來船堵住。不意北風大起，自己的戰船，適停泊南面，那火勢隨風吹轉，剛剛燒著自己，霎時全軍驚潰，令贇亦驚惶萬狀，也想拔碇返奔，偏是船身高大，行動不靈，敵兵四面相逼，躍上大船，同舟都成敵國，嚇得令贇魂飛天外，正思跳水脫身，巧值一敵將到來，一聲呼喝，奔上許多健卒，把他打倒船中，用繩捆縛，似扛豬般扛將去了。敘筆離奇，令人莫測。看官道來將為誰？就是宋戰櫂都部署王明。他依著曹彬密囑，在浮梁上下，豎著無數長木，上懸旗幟，彷彿與帆檣相似，作為疑兵。復約合步將劉遇，乘夜襲擊，令他自亂。統共不過五千名水軍，五千名步軍，把令贇部下十萬人，半夜間掃得精光，這真是無上的妙計。閱此始知上文之妙。金陵城內，眼巴巴的望著這支援軍，驟聞令贇被擒，哪得不魂膽飛揚？沒奈何遣學士徐鉉，至汴都哀懇罷兵。正是：

　　謀國設防須及早，喪師乞好已嫌遲。

未知太祖曾否允許，且看下回表明。

國有良臣，為敵之忌，自古至今，罔不如是。但如江南之林仁肇，欲乘宋師之敝，規復江北，志雖足嘉，而謀實不臧。宋方新造，戰勝攻取，何畏一江南。此時為仁肇計，亟宜勸李煜勤修內政，親賢遠色，方足維持於不敝，輕開邊釁胡為者？故即令反間之計，無目得行，仁肇其能免為朱令贇乎？不過江南國中，除仁肇外，更不足譏。李雄父子，較為忠藎，俱戰死無遺，殆亦忠有餘而智勇不足者。然以李煜之昏庸不振，雖有良將，亦無能為力，霓裳羽衣，法鼓僧鐃，安在其不足亡國乎？本回純敘江南國事，中述鄭王之歿，趙普之罷，係為時事次序，乘便敘入，但承上啟下，亦關緊要，閱者勿輕輕滑過也。

第十一回　懸繪像計殺敵臣　造浮梁功成採石

第十二回

明德樓綸音釋俘　萬歲殿燭影生疑

第十二回　明德樓綸音釋俘　萬歲殿燭影生疑

　　卻說江南使臣徐鉉，馳入汴都，謁見太祖，哀求罷兵。太祖道：「朕令爾主入朝，爾主何故違命？」鉉答道：「李煜以小事大，如子事父，並沒有什麼過失，就是陛下徵召，無非為病體纏綿，因致逆命。試思父母愛子，無所不至，難道不來見駕，就要加罪？還願陛下格外矜全，賜詔罷兵！」太祖道：「爾主既事朕若父，朕待他如子，父子應出一家，哪有南北對峙，分作兩家的道理？」鉉聞此諭，一時也不好辯駁，只頓首哀請道：「陛下即不念李煜，也當顧及江南生靈。若大軍逗留，玉石俱焚，也非陛下恩周黎庶的至意。」太祖道：「朕已諭令軍帥，不得妄殺一人，若爾主見機速降，何至生民塗炭？」鉉又答道：「李煜屢年朝貢，未嘗失儀，陛下何妨恩開一面，俾得生全。」太祖道：「朕並不欲加害李煜，只教李煜獻出版圖，入朝見朕，朕自然敕令班師了。」鉉複道：「如李煜的恭順，仍要見伐，陛下未免寡恩呢。」這句話，惹動太祖怒意，竟拔劍置案道：「休事多言！江南有什麼大罪，但天下一家，臥榻旁怎容他人鼾睡？能戰即戰，不能戰即降，你要饒舌，可視此劍。」有強權，無公理，可視此語。鉉至此才覺失色，辭歸江南。

　　李煜聞宋祖不肯罷兵，越覺惶急，忽由常州遞到急報，乃是吳越王錢俶，遵奉宋命，來攻常州。煜無兵可援，只命使遣書致俶道：「今日無我，明日豈有君？一旦宋天子易地酬勳，恐王亦變作大梁布衣了。」語亦有理，但也不過解嘲罷了。俶仍不答書，竟進拔江陰、宜興，並下常州。江南州郡，所存無幾，金陵愈圍愈急。曹彬遣人語李煜道：「事勢至此，君僅守孤城，尚有何為？若能歸命，還算上策，否則限日破城，不免殘殺，請早自為計！」李煜尚遲疑不決，彬乃決計攻城。但轉念大兵一入，害及生民，雖有禁令，亦恐不能遍及，左思右想，遂定出一策，詐稱有疾，不能視事。眾將聞主帥有恙，都入帳請安。彬與語道：「諸君可知我病源

麼？」眾將聽了，或答言積勞所致，或說由冒寒而成。彬又道：「不是，不是。」眾將暗暗驚異，只稟請延醫調治。彬搖首道：「我的病，非藥石所能醫治，但教諸君誠心自誓，等到克城以後，不妄殺一人，我病便可痊癒了。」眾將齊聲道：「這也不難。末將等當對著主帥，各宣一誓。」言畢，遂焚起香來，宣誓為證，然後退出。

越宿，彬稱病癒，督兵攻城。又越日，陷入城中。侍郎陳喬入報道：「城已被破了。今日國亡，皆臣等罪愆，願加顯戮，聊謝國人。」李煜道：「這是歷數使然，卿死何益？」陳喬道：「即不殺臣，臣亦有何面目，再見國人？」當下退歸私宅，投繯自盡。勤政殿學士鍾蒨，朝冠朝服，坐在堂上，聞兵已及門，召集家屬，服毒俱盡。張洎初與喬約，同死社稷，至喬死後，仍舊揚揚自得，並無死志。彰善癉惡，褒貶悉公。李煜至此，無法可施，只好率領臣僚，詣軍門請罪。彬好言撫慰，待以賓禮，當請煜入宮治裝，即日赴汴，煜依約而去。彬率數騎待宮門外，左右密語彬道：「主帥奈何放煜入宮？倘他或覓死，如何是好？」彬笑道：「煜優柔寡斷，既已乞降，怎肯自裁？何必過慮！」既而煜治裝已畢，遂與宰相湯悅等四十餘人，同往汴京。彬亦率眾凱旋。太祖御明德樓受俘，因煜嘗奉正朔，詔有司勿宣露布，只令煜君臣白衣紗帽，至樓下待罪。煜叩首引咎，但聽得樓上宣詔道：

上天之德，本於好生，為君之心，貴乎含垢。自亂離之云瘼，致跨據之相承，諭文告而弗賓，申吊伐而斯在。慶茲混一，加以寵綏。江南偽主李煜，承弈世之遺基，據偏方而竊號，唯乃先父，早荷朝恩，當爾襲位之初，未嘗稟命，朕方示以寬大，每為含容，雖陳內附之言，罔效駿奔之禮。聚兵峻壘，包蓄日彰，朕欲全彼始終，去其疑間，雖頒召節，亦冀來朝，庶成玉帛之儀，豈願干戈之役？寒然勿顧，潛蓄陰謀，勞銳旅以徂

第十二回　明德樓綸音釋俘　萬歲殿燭影生疑

徵，傅孤城而問罪。洎聞危迫，累示招攜，何迷復之不悛；果覆亡之自掇。昔者唐堯光宅，非無丹浦之師，夏禹泣辜，不赦防風之罪。稽諸古典，諒有明刑。朕以道在包荒，恩推惡殺，在昔騾車出蜀，青蓋辭吳，彼皆閏位之降君，不預中朝之正朔，及頒爵命，方列公侯。爾戾我恩德，比禪與皓，又非其倫。特升拱極之班，賜以列侯之號，式優待遇。盡捨愆尤，今授爾為光祿大夫、檢校太傅右千牛衛上將軍，封違命侯，爾其欽哉！毋再負德！此詔（平蜀平南漢，不錄原詔，而此特備錄者，以宋祖之加兵藩屬，語多掩飾故也）。

　　李煜惶恐受詔，俯伏謝恩。太祖還登殿座，召煜撫問，並封煜妻為鄭國夫人，子弟等一併授官，餘官屬亦量能授職，大眾叩謝而退。總計江南自李昪簒吳，自謂係唐太宗子吳王恪後裔，立國號唐，稱帝六年。傳子李璟，改名為景，潛襲帝號十九年。嗣去帝號，自稱國主凡四年。又傳子煜，嗣位十九年。共歷三世，計四十八年。

　　先是彬伐江南，太祖曾語彬道：「俟克李煜，當用卿為使相。」潘美聞言，即向彬預賀。彬微哂道：「此次出師，上仗廟謨，下恃眾力，方能成事。我雖身任統帥，幸而奏捷，也不敢自己居功，況且是使相極品呢？」潘美道：「天子無戲言，既下江南，自當加封了。」彬又笑道：「還有太原未下哩。」潘美似信未信，及俘煜還汴，飲至賞功，太祖語彬道：「本欲授卿使相，但劉繼元未平，容當少待。」彬叩首謙謝。適潘美在側，視彬微笑。巧被太祖瞧著，便問何事？美不能隱，據實奏對，太祖亦不禁大笑，彬為宋良將第一，太祖何妨擢為使相。乃動其弗予，背約失信，殊非王者氣象。當賜彬錢五十萬。彬拜謝退，語諸將道：「人生何必做使相，好官亦不過多得錢呢。」總算為太祖解嘲。未幾，乃得拜樞密使。潘美得升任宣徽北院使。唯曹翰因江州未平，移師往徵。江州指揮使胡則，集眾

固守,翰圍攻五月,始得入城,擒殺胡則。且縱兵屠戮,民無噍類,所掠金帛,以億萬計,用鉅艦百餘艘,載歸汴都。太祖敘錄翰功,遷桂州觀察使,判知潁州。彬不好殺而猶靳使相,翰大肆屠掠,乃得升遷,誰謂太祖戒殺之命,果出自本心耶?

　　吳越王錢俶,遣使朝賀,太祖面諭使臣道:「爾主帥攻克常州,立有大功,可暫來與朕相見,借慰朕思,朕即當遣歸。上帝在上,決不食言!」使臣領命去訖。錢俶祖名鏐,曾販鹽為盜。唐僖宗時,糾眾討黃巢,平定吳、越,唐乃封俶為越王,繼封吳王,梁又加封為吳越王。傳子元瓘,元瓘傳子弘佐,弘佐傳弟弘倧,弘倧被廢,弟弘俶嗣位,因避太祖父弘殷偏諱,單名為俶。太祖元年,封俶為天下兵馬元帥。俶歲貢勿絕,至是奉太祖命,與妻孫氏、子維濬入朝。太祖遣皇子德昭,出郊迎勞。並特賜禮賢宅,親視供帳,令俶寓居。俶入覲太祖,賜坐賜宴,且命與晉王光義,敘兄弟禮,俶固辭乃止。太祖又親倖俶宅,留與共飲,歡洽異常。嗣又詔命劍履上殿,書詔不名。封俶妻孫氏為吳越國王妃,賞賚甚厚。開寶九年三月,太祖將巡幸西京,行郊祀禮,俶請扈蹕出行。太祖道:「南北風土不同,將及炎暑,卿可早日還國,不必隨往西京。」俶感謝泣下,願三歲一朝。太祖道:「水陸迂遠,也不必預定限期,總教詔命東來,入覲便是。」俶連稱遵旨。太祖乃命在講武殿餞行,俟宴飲畢,令左右捧過黃袱,持以賜俶,且言途中可以啟視,幸無洩人。俶受袱而去。及登程後,啟袱檢視,統是群臣奏乞留俶,約有數十百篇。安知非太祖授意群臣,特令上疏,借示羈縻。俶且感且懼,奉表申謝。太祖遣俶歸國,即啟蹕西幸。

　　原來太祖仍周舊制,定都開封,號為東京,以河南府為西京。是時江南戡定,淮甸澄清,乃西往河洛,祭告天地,且欲留都洛陽。群臣相率諫

第十二回　明德樓綸音釋俘　萬歲殿燭影生疑

阻，太祖不從。及晉王光義入陳，力言未便，太祖道：「我不但欲遷都洛陽，還要遷都長安。」光義問是何故？太祖道：「汴梁地居四塞，無險可守，我意徙都關中，倚山帶河，裁去冗兵，復依周、漢故事，為長治久安的根本，豈不是一勞永逸麼？」光義道：「在德不在險，何必定要遷都？」太祖嘆息道：「你也未免迂執了。今日依你，恐不出百年，天下民力已盡敝哩。」都汴原不若都陝，太祖成算在胸，所見固是。但子孫不良，即都陝亦無救於亡。乃悵然歸汴。過了月餘，復定議北征，遣侍衛都指揮使黨進，宣徽北院使潘美，及楊光美、牛光進、米文義等，率兵北伐，分道攻漢。黨進等依詔前進，連敗北漢軍，將及太原。太祖又命行營都監郭進等，分攻忻、代、汾、沁、遼、石等州，所向克捷。

　　北漢主劉繼元，急向遼廷乞師，遼相耶律沙統兵援漢，正擬鏖戰一場，互決雌雄，忽接得汴都急報，有太祖病重消息，促令班師，黨進等乃返斾還朝。太祖自西京還駕，已覺不適，後因療治得瘉。到了孟冬，自覺身體康健，隨處遊幸，順便到晉王光義第，宴飲甚歡。太祖素性友愛，兄弟間和好無忤，光義有疾，太祖與他灼艾，光義覺痛，太祖亦取艾自灸，嘗謂光義龍行虎步，他日必為太平天子，光義亦暗自欣幸，因此對著乃兄，亦頗加恭謹。偏太祖壽數將終，與宴以後，又覺舊疾復發，漸漸的不能支持；嗣且臥床不起，一切國政，均委光義代理。光義晝理朝事，夜侍兄疾，恰也忙碌得很。一夕，天方大雪，光義入宮少遲，忽由內侍馳召，令他即刻入宮。光義奉命，起身馳入，只見太祖喘急異常，對著光義，一時說不出話來。光義待了半晌，未奉面諭，只好就榻慰問。太祖眼睜睜的瞧著外面，光義一想，私自點首，即命內侍等退出，只留著自己一人，靜聽顧命。其跡可疑。內侍等不敢有違，各退出寢門，遠遠的立著外面，探看那門內舉動。俄聽太祖囑咐光義，語言若斷若續，聲音過低，共覺辨不

清楚。過了片刻，又見燭影搖紅，或暗或明，彷彿似光義離席，逡巡退避的形狀。既而聞柱斧戳地聲，又聞太祖高聲道：「你好好去做！」這一語音激而慘，也不知為著何故，驚見光義至寢門側，傳呼內侍，速請皇后皇子等到來。內侍分頭去請，不一時，陸續俱到，趨近榻前，不瞧猶可，瞧著後，大家便齊聲悲號。原來太祖已目定口開，悠然歸天去了。看官！你想這次燭影斧聲的疑案，究竟是何緣故？小子遍考稗官野乘，也沒有一定的確證。或說是太祖生一背疽，苦痛的了不得，光義入視，突見有一女鬼，用手搥背，他便執著柱斧，向鬼劈去，不意鬼竟閃避，那斧反落在疽上，疽破肉裂，太祖忍痛不住，遂致暈厥，一命嗚呼。或說由光義謀害太祖，特地屏去左右，以便下手，至如何致死，旁人無從窺見，因此不得證實。獨《宋史‧太祖本紀》，只云帝崩於萬歲殿，年五十，把太祖所有遺命，及燭影斧聲諸傳聞，概屏不錄，小子也不便臆斷，只好將正史野乘，酌錄數則，任憑後人評論罷了。以不斷斷之。

且說皇后宋氏，及皇子德昭、德芳等，撫床大慟，哀號不已。就是皇弟光美，亦悲泣有聲。獨不及晉王光義，意在言表。內侍王繼恩入勸宋后，並言先帝奉昭憲太后遺命傳位晉王，金匱密封，可以複視，現請晉王嗣位，然後準備治喪。宋后聞言，索性擗踊大號，愈加哀感。光義瞧不過去，亦勸慰數語。宋后不禁泣告道：「我母子的性命，均託付官家。」光義道：「當共保富貴，幸毋過慮！」宋后乃稍稍止哀。原來皇子德芳，係宋后所出，宋后欲請立為太子，因太祖孝友性成，誓守金匱遺言，不欲背盟，所以宋后無法可施，沒奈何含忍過去。此次太祖驟崩，自思孤兒寡婦，如何結果？且晉王手握大權，勢不能與他相爭，只好低首下心，含哀相囑。光義樂得客氣，因此滿口承認，敷衍目前。太祖奪國家於孤兒寡婦之手，故一經晏駕，即有宋后之悲。報應之速，如影隨形。越日，光義即皇帝

第十二回　明德樓綸音釋俘　萬歲殿燭影生疑

位,大赦改元,即以本年為太平興國元年,號宋后為開寶皇后,授弟光美為開封尹,進封齊王,所有太祖、廷美子女,並稱皇子皇女(光美因避主諱,易名廷美)。封兄子德昭為武功郡王,德芳為興元尹,同平章事。薛居正為左僕射,沈倫為右僕射,盧多遜為中書侍郎,曹彬仍為樞密使,並同平章事,楚昭輔為樞密使,潘美為宣徽南院使,內外進秩官有差,並加封劉鋹衛國公,李煜隴西郡公。越年孟夏,乃葬太祖於永昌陵。總計太祖在位,改元三次,共一十三年。小子有詩詠太祖道:

帝位原從篡竊來,孤雛嫠婦也罹災。
可憐燭影搖紅夜,盡有雄心一夕灰。

晉王光義嗣位後,史家因他廟號太宗,遂稱為太宗皇帝。欲知後事,下回再詳。

江南主李煜,耽酒色,信浮屠,固足以致亡,前回已評論及之。然其事宋之道,不可謂不備,宋祖亦不能指斥過惡,第以屢徵不至,遂興師以伐之。古人所謂國不競亦陵,何國之為者?觀於李煜而益信矣。明德樓之宣詔,語多掩護自己,要不若「臥榻之側,豈容他人鼾睡」兩語,較為直截了當。彼恃人不恃己者,其盍援為殷鑑乎?若夫燭影斧聲一案,事之真否,無從懸斷,顧何不於太祖大漸之先,內集懿親,外召宰輔,同詣寢門,面請顧命,而乃屏人獨侍,自啟流言?遺詔未聞,遽爾即位,甚至宋后有母子相托之語,此可見當日宮廷,實有不可告人之隱情,史家無從錄實,因略而不詳耳。謂予不信,盍觀後文!

第十三回

吳越王歸誠納土　北漢主窮蹙乞降

第十三回　吳越王歸誠納土　北漢主窮蹙乞降

卻說太宗即位以後，當即改元，轉瞬間即為太平興國二年。有詔改御名為炅（音炯）。至太祖葬後，即將開寶皇后，遷居西宮。太宗元配尹氏，為滁州刺史尹廷勳女，不久即歿，繼配魏王符彥卿第六女，於開寶八年病逝。太宗嗣立為帝，追冊尹氏為淑德皇后，符氏為懿德皇后，唯中宮尚在虛位，只有李妃一人，與太宗很相親愛，生女二人，以次夭歿，繼生子名元佐，後封楚王，又次生子名元侃，就是將來的真宗皇帝，開寶中封隴西郡君。太宗進封夫人，正擬冊她為后，偏李氏又復生病，病且日劇，於太平興國二年夏月，竟爾去世。后位未定，何必急急徙嫂，此與暮冬改元更名為炅之意，同一無兄之心，寧待後日之逼死二姪耶？翌年，始選潞州刺史李處耘第二女入宮，至雍熙元年，乃立李氏為后，這且慢表。

且說太平興國三年三月，吳越王錢俶，與平海軍節度使陳洪進，相繼入朝。錢俶履歷，已見前文，獨陳洪進未曾提及，容小子約略敘明。洪進，泉州人，係清源節度使留從效牙將，從效受南唐冊命，節度泉、漳等州，號為清源軍，並封鄂國公晉江王。從效歿後無嗣，兄子紹鎡繼立，年尚幼，洪進誣紹鎡將附吳越，執送南唐，另推副使陳漢思為留後，自為副使。尋復迫漢思繳印，將他遷居別墅，復遣人請命南唐，只說是漢思老耄，不能治事，自己為眾所推，權為留後。唐主李煜，信為真情，即命他為清源軍節度使。嗣因宋太祖平澤、潞，下揚州，取荊、湖，威震華夏，旁達海南。洪進大懼，忙遣衙將魏仁濟間道至汴，上表宋廷，自稱清源軍節度副使，權知泉南州軍府事。因漢思昏耄無知，暫攝節度印，恭候朝旨定奪，太祖遣使慰問，自是朝貢往來，累歲不絕。乾德二年，詔改清源軍為平海軍，即以洪進為節度使，賜號推誠順化功臣。開寶八年，江南平定，洪進心益不安，遣子文灝入貢。太祖因詔令入朝，洪進不得已起行，至南劍州，聞太祖駕崩，乃回鎮發喪。太宗三年，加洪進檢校太師，次年

春季，洪進入覲宋廷，太宗賜錢千萬，白金萬兩，絹萬匹，禮遇優渥。洪進遂獻上漳、泉二州版圖，有詔嘉納，授洪進為武寧節度同平章事，賜第京師（敘陳洪進事，簡而不漏）。為這一番納土，遂令吳、越十三州土地，亦情願拱手出獻，歸入宋朝。吳越王錢俶，正在入覲，聞洪進納土事，未免震悚，乃上表乞罷所封吳越國王，及撤銷天下兵馬大元帥，並書詔不名的成命，情願解甲歸田，終享天年。真是鼠膽。太宗不許。俶臣崔冀進言道：「朝廷意旨，不言可知。大王若不速納土，禍且立至了。」俶尚在遲疑，左右俱爭言未可。崔冀復厲聲道：「目今我君臣生命，已在宋主手中，試思吳、越距此，約有千里，除非身生羽翼，或得飛還，否則如何脫離？不若見機納土，免蹈危機。」俶聞言乃決，當於次日奉表道：

臣俶慶遇承平之運，遠修肆覲之儀，宸眷彌隆，寵章皆極。斗筲之量，實覺滿盈，丹赤之誠，輒茲披露。臣伏念祖宗以來，親提義旅，尊戴中京，略有兩浙之土田，討平一方之僭逆，此際蓋隔朝天之路，莫諧請吏之心。然而稟號令於闕廷，保封疆於邊徼，家世承襲，已及百年。今者幸遇皇帝陛下，嗣守丕基，削平諸夏，凡在率濱之內，悉歸輿地之圖，獨臣一邦，僻介江表，職貢雖陳於外府，版籍未歸於有司；尚令山越之民，猶隔陶唐之化，太陽委照，不及葑家，春雷發聲，不為聾俗，則臣實使之然也。莫大焉！不勝大願，願以所管十三州，獻於闕下執事，其間地裡名數，別具條析以聞，伏望陛下念奕世之忠勤，察乃心之傾向，特降明詔，允茲至誠。謹再拜上言。

表既上，太宗當然收納，下詔褒美道：

表悉！卿世濟忠純，志遵憲度，承百年之堂構，有千里之江山。自朕纂臨，聿修覲禮，睹文物之全盛，喜書軌之混同，願親日月之光，遽忘江海之志。甲兵樓櫓，既悉上於有司，山川土田，又盡獻於天府，舉宗效

第十三回　吳越王歸誠納土　北漢主窮蹙乞降

順，前代所無，書之簡編，永彰忠烈。所請宜依，借光卿德！

越日，又封俶為淮海國王，及他子弟族屬，也有一篇駢體的詔諭道：

蓋聞漢寵功臣，聿著帶河之誓，周尊元老，遂分表海之邦。其有奮宅勾吳，早綿星紀，包茅入貢，不絕於累朝，羽檄起兵，備嘗於百戰；適當輯瑞而來勤，爰以提封而上獻。宜遷內地，別錫爰田，彌昭啟土之榮，俾增書社之數。吳越國王錢俶，天資純懿，世濟忠貞，兆積德於靈源，書大勳於策府。近者，慶沖人之踐阼，奉國珍而來朝，齒革羽毛，既修其常貢，土田版籍，又獻於有司。願宿衛於京師，表乃心於王室。眷茲誠節，宜茂寵光，是用列西楚之名區，析長淮之奧壤，建茲大國，不遠舊封，載疏千里之疆，更重四征之寄，疇其爵邑，施及子孫，永夾輔於皇家，用對揚於休命。垂厥百世，不其偉歟！其以淮南節度管內，封俶為淮海國王，仍改賜寧淮鎮海崇文耀武宣德守道功臣，即以禮賢宅賜之。子唯俶為節度使兼侍中，唯治為節度使，唯演為團練使，唯灝暨姪郁昱，併為刺史，弟儀信併為觀察使，將校孫承祐、沈承禮併為節度使，各守爾職，毋替朕命！

嗣是命范質長子范旻，權知兩浙諸州軍事，所有錢氏緦麻以上親屬，及境內舊吏，統遣至汴京，共載舟一千零四十四艘。吳、越自錢鏐得國，歷五世，共八十一年而亡。東南一帶，盡為宋有，太宗乃力謀統一，擬興師往伐北漢。左僕射薛居正等，多言未可，更召樞密使曹彬入議，曹彬獨言可伐。太宗道：「從前周世宗及太祖俱親征北漢，何故未克？」想是薛居正等所陳之語。彬答道：「周世宗時，史彥超兵潰石嶺關，人情驚擾，所以班師。太祖頓兵草地，適值暑雨，軍士多疾，是以中止。這並非由北漢強盛，無可與敵呢。」太宗道：「朕今日北征，卿料能成功否？」彬又答道：「國家方盛，兵甲精銳，欲入攻太原，譬如摧枯拉朽，何患不成？」太宗

遂決意興師，任潘美為北路招討使，率崔彥進、李漢瓊、劉遇、曹翰、米信、田重進等，四路進兵，分攻太原。又命邢州判官郭進，為太原石嶺關都部署，阻截燕、薊援師。

北漢主劉繼元，聞宋師大舉，急遣使向遼求救。先是開寶八年，遼曾通使宋廷，願修和好，太祖曾答書許諾。至是遼遣撻馬官名，係扈從官。長壽南來，入謁太宗，問明伐漢的情由，太宗道：「河東逆命，應當問罪。若北朝不援，和約如故，否則唯有開戰呢。」長壽悻悻自去。太宗料遼必往助，恐有劇戰，因下詔親征，藉作士氣。當擬命齊王廷美職掌留務。廷美倒也愜意，唯開封判官呂端，入白廷美道：「主上櫛風沐雨，往申吊伐，王地處親賢，當表率扈從，若職掌留務，恐非所宜，應請裁奪為是。」廷美乃請扈駕同行，太宗改命沈倫為東京留守，王仁贍為大內都部署，自率廷美等北征。到了鎮州，接著郭進捷報，已將遼兵擊退石嶺關外，可無憂了。太宗大喜。原來遼主賢得長壽還報，遣宰相耶律沙為都統，冀王敵烈（一譯作迪里）為監軍，領兵救漢，至白馬嶺，遙見宋軍阻住前面，約有好幾營紮住。耶律沙語敵烈道：「前面有宋師扼守，不宜輕進，我軍且阻澗為營，申報主子，再乞添兵接應，方不致悞。」敵烈道：「丞相也太畏怯了。我看前面的宋營，至多不過萬人，我兵與他相較，眾寡相等，何勿趁著銳氣，殺將過去？丞相若果膽小，儘可在後押陣，看我上前踏平宋營哩。」要去尋死，儘可向前。耶律沙道：「並非膽怯，唯出兵打仗，總須小心為要。」虧有此著，才得免死。敵烈不從，耶律沙忙遣將校，返報遼主，一面隨敵烈前行。約里許，即至澗旁，敵烈自恃驍勇，爭先渡澗，部兵亦搶過澗去，三三五五，不復成列，猛聽得一聲炮響，宋軍自營內突出，來殺遼兵。遼兵尚未列陣，不意宋軍猝至，先嚇得手忙腳亂，膽落魂銷。敵烈不管死活，還是向前亂闖，湊巧碰著郭進，兩馬相交，戰到

第十三回　吳越王歸誠納土　北漢主窮蹙乞降

三四十合，被郭進賣個破綻，手起刀落，劈敵烈於馬下。該死得很！是時耶律沙尚未渡澗，正思上前救應，那遼兵已逃過澗來，反衝動耶律沙軍的陣腳。宋軍又乘勝追擊，盡行渡澗，爭殺耶律沙軍。耶律沙如何抵擋，只好策馬返奔。遼兵只恨腳短，逃得不快，要吃宋軍的刀頭面，宋軍也毫不容情，殺一個，好一個，追一程，緊一程，郭進且下令軍前，須擒住耶律沙，方准收軍。軍士得令，奮勇力追，不防斜刺裡殺到一支人馬，來救遼兵，截住宋軍。看官道是何來？乃是遼將耶律斜軫（斜軫一譯色軫）奉了主命，接應前軍，途次遇了耶律沙軍報，急從間道疾趨，來做幫手，剛遇耶律沙敗北，正好仗著一支生力軍，救應耶律沙，抵敵宋軍。郭進見遼兵得救，即勒馬止追，整隊回師。耶律沙亦引兵退去，兩下罷戰。

　　郭進回至石嶺關，馳書奏捷。太宗遂自鎮州出發，進逼太原。時北路招討使潘美等，屢敗漢兵，直抵太原城下，築起長圍，四面合攻，自春徂夏，累攻不息。城專科望遼援，日久不至，又遣健足從間道赴遼，齎奉蠟丸帛書，催促援師。哪知遼兵已被郭進擊退，所遣急足，又為進所捕住，斬首示眾。繼元聞報大懼，甚至寢食不安，虧得建雄軍節度使劉繼業，入城助守，晝夜不懈，尚得苟延。推重劉繼業。至太宗馳至，親督衛士，猛力攻撲，毀去城堞無數，均由劉繼業冒險修築，仍得堵住。太宗見城不能下，手書詔諭，勸繼元出降。守卒不納，繼元亦無從知悉。太宗再令攻城，城上矢石如雨，擊退宋軍。馬軍都軍頭輔超，氣憤的了不得，大呼道：「偌大城池，有這般難攻麼？如有壯士，快隨我來，好登城立功！」言畢，有鐵騎軍呼延贊等，踴躍而出，隨著輔超，駕梯而上。輔超攀堞欲登，適為劉繼業所見，急命長槍手攢刺輔超，輔超用刀格鬥，不肯退步，怎奈雙手不敵四拳，終被戳傷了好幾處，不得已退歸城下，解甲審視，身受十三創，血跡模糊。太宗嘉他忠勇，面賜錦袍銀帶，並令休息後營。輔

超尚不肯休，自言翌晨定要入城，雖死無恨。到了詰朝，果然一馬躍出，復去登城，梯甫架就，身上已疊中八矢，他左手執盾，右手執刀，尚擬冒死直上，幸由太宗聞悉，忙傳令輔超回營，才得不死。寫輔超處，正是寫劉繼業。太宗乃禁士登城，只命弓弩手萬名，排列陣前，蹲甲交射。矢集城上如蝟毛，每給矢必數萬。繼元用十錢購一矢，約得數百萬支，仍還射宋軍，又支持了月餘。外援不至，餉道又絕，太宗屢射書城中，招降將士。城中宣徽使范超，逾城出降，宋軍疑是奸細，不待細問，竟將他一刀兩段。繼元聞范超降宋，也將范超妻小，一一殺死，投首城下。真是冤枉。太宗聞范超枉死，又得他妻小首級，不禁悲悼，令將士置棺斂葬，親往賜祭。城內守將瞧著，又感動起來。指揮使郭萬超，復密令軍士縋城約降，太宗與他折矢為誓，決不加害。郭萬超遂潛行出城，投奔宋營。太宗格外優待。自是繼元帳下諸衛士，多半出降。太宗又草詔諭繼元道：

　　越王吳主，獻地歸朝，或授以大藩，或列於上將，臣僚子弟，皆享官封。繼元但速降，必保終始，富貴安危兩途，爾宜自擇！

　　這詔頒到城下，城中總算接待宋使，引見繼元。繼元讀詔畢，沉吟半晌，方答宋使道：「果蒙宋天子優禮，謹當遵旨！」宋使出城報命，待了半日，未見繼元出降消息，宋軍又憤不可遏，銳意攻城。太宗又出諭將士，只說是：「城陷害民，不如少待，俟明日尚未出降，當即破城」等語。無非籠絡城中士卒。宋軍乃少退。是夕，繼元遣客省使李勳奉表請降，太宗賜勳襲衣金帶，銀鞍勒馬，另遣通事舍人薛文寶，同勳入城，齎詔慰諭。翌日黎明，太宗幸城北，親登城臺，張樂設宴。繼元率官屬出城，縞衣紗帽，待罪臺下。太宗召使升臺，傳旨特赦，且封繼元為檢校太師右衛上將軍，授爵彭城郡公，給賜甚厚，繼元叩首謝恩。太宗即命繼元下臺，導宋軍入城，偏城上立著金甲銀盔的大將，高聲呼道：「主子降宋，我卻不降，

第十三回　吳越王歸誠納土　北漢主窮蹙乞降

願與宋軍拚個死活。」宋軍仰首上望，那將不是別人，就是北漢節度使劉繼業。當下走報太宗，太宗愛繼業忠勇，很欲引為己用，至是令繼元好言撫慰。繼元乃遣親信入城，與言不得已的苦衷，不如屈志出降，保全百姓為是。繼業大哭一場，北面再拜，乃釋甲開城，迎入宋軍。太宗入城後，召見繼業，立授右領軍衛大將軍，並加厚賜。繼業原姓楊，太原人氏，因入事劉崇，賜姓為劉。降宋后仍復原姓，以業字為名，後人稱為楊令公，便是此人，自是北漢遂亡。小子有詩詠道：

晉陽卅載據雄封，徒仗遼援保漢宗。
兩代螟蛉空入繼，速亡總自主昏庸。

欲知北漢降後情形，且待下回再表。

宋初各國，吳越最稱恭順，而其見機納土，免害生靈，亦不可謂非造福浙民。天下將定，一隅必不能終守，何若奉表齎獻之為愈乎？浙人拜賜，迄今未忘，廟祀而屍祝之，宜也。北漢則異是，恃遼為援，固守堅城，至於餉盡援絕，方出降宋，顧視軍民，傷亡已不少矣。且以數十萬銳卒，攻一太原，數月始下，宋師老矣，再圖燕、薊，尚可得耶？故北漢之降，不足為宋幸，而劉繼元之罪案，亦自此可定矣。

第十四回

高梁河宋師敗績　雁門關遼將喪元

第十四回　高梁河宋師敗績　雁門關遼將喪元

卻說劉繼元降宋后，太宗命中使康仁寶監督繼元，催他部署行裝，召齊族屬，限日離開太原，馳赴汴都。繼元除挈眷隨行外，所有宮妓，盡獻與太宗。太宗分賜立功將士，仍飭康仁寶監護繼元等，赴京去訖。北漢始祖劉崇，本後漢高祖劉知遠弟，受封太原，自郭氏篡漢，劉崇乃僭稱帝號，傳子劉鈞。有甥繼恩、繼元二人，繼恩姓薛，繼元姓何，都是崇女所出。崇女初適薛釗，生繼恩，再醮何氏，生繼元。崇以劉鈞無嗣，均命收為養子，鈞殁後，養子繼恩立，繼恩被弒，繼元入嗣。繼元弒鈞妻郭氏，幽殺劉崇諸子，又好殘殺臣民，至窮蹙乃降。或請太宗按罪加懲，太宗道：「亡國君主，非失諸暗懦，即失諸殘暴，否則何至滅亡？這等人只應憫惜，若朕也把他虐待，豈非與他相似麼？」此語亦似是而非。隨命毀太原舊城，改為平晉縣，以榆次縣為并州，遣使分部徙太原民往居。復縱火焚太原廬舍，老幼遷避不及，焚斃甚眾。

太宗即出發太原，意欲順道伐遼，奪取幽、薊，潘美等多以師老餉匱，不欲北行，獨總侍衛崔翰道：「勢所當乘，時不可失，臣意恰主張北伐，不難取勝。」太宗遂決計北行，進次東易州，遼刺史劉宇獻城出降，太宗留兵千人協守，復入攻涿州，遼判官劉原德亦以城降，乘勝至幽州城南，遼將耶律奚底（一譯作耶律希達）率著遼兵，自城北來攻宋軍，宋軍殺將過去，銳不可當，遼兵敗走。太宗乃命宋偓、崔彥進、劉遇、孟玄喆四將，各率部兵，四面攻城，另分兵往徇各地。薊州、順州次第請降，但幽州尚未攻克，守將耶律學古，多方守禦，經太宗親自督攻，晝夜猛撲，城中倒也恟懼起來，幾乎有守陴皆哭的形景。忽有探卒入報宋營，遼相耶律沙，來救幽州，前鋒已到高梁河了。太宗道：「敵援已到高梁河麼？我軍不如前去迎戰，殺敗了他，再奪此城未遲。」言畢，即拔營齊起，統向高梁河出發。將到河邊，果見遼兵越河而來，差不多有數萬人，宋將均躍

馬出陣，各執兵械，殺奔前去。耶律沙即麾兵抵拒，兩下裡金鼓齊鳴，旌旗飛舞，幾殺得天昏地黯，鬼哭神號。約有兩三個時辰，遼兵傷亡甚眾，漸漸的不能支持，向後退去。太宗見遼兵將卻，手執令旗，驅眾前進，驀聽得數聲炮響，又有遼兵兩翼，左右殺來，左翼是遼將耶律斜軫，右翼是遼將耶律休哥（哥一作格）。休哥係遼邦良將，智勇兼全，他部下很是精銳，無不以一當十，以十當百，況宋軍正戰得疲乏，怎禁得兩支勁卒橫衝過來，頓時抵擋不住，紛紛散亂。休哥趁這機會，衝入中堅，來取太宗。太宗亟命諸將護駕，無如諸將各自對仗，一時不能顧到，急得太宗也倉皇失措，幸虧輔超舞著鋼刀，呼延贊揮著鐵鞭，前遮後護，翼出太宗，南走涿州。宋將亦陸續逃回，檢查軍士，喪亡至萬餘人。這是宋軍第一次吃虧。時已日暮，正擬入城休息，不料耶律休哥，帶著遼兵，又復殺到，宋軍喘息未定，還有何心成列，一聞遼軍到來，大家各尋生路，統逃了開去，就是太宗的衛隊，也多奔散。太宗此時，除了三十六計的上計，簡直沒法，只好加鞭疾走，向南逃命；偏偏天色漸昏，蒼茫莫辨，路程又七高八低，蹀躞難行，後面喊殺的聲音，尚是不絕，那時心下越慌，途中越黯，連這馬也一蹶一突，跑不過去。太宗性急得很，只將馬韁收緊，用鞭亂捶，馬忍痛不住，不管什麼艱險，索性亂竄，撲塌一聲，陷入泥淖中，忙呼衛卒救駕，哪知前後左右，已無一人，自己欲下騎掀馬，猶恐馬足難拔，連自身先墜淵莫測，不禁仰天呼道：「我為崔翰所誤，親蹈危機，目今悔已無及了。」並非崔翰所誤，實是驕盈取敗。

　　言未已，但見前面火光熒熒，有一隊人馬到來，也不知是南軍，是北軍，越覺惶惑不定。待來軍行至附近，方見旗幟上面，現出一個楊字，又不覺喜慰道：「大約是楊業來了。」原來楊業降宋后，本已從征幽、薊，只因太宗命他再赴太原，搬運糧械，接濟軍需，所以去了好幾日，至此才運

第十四回　高梁河宋師敗績　雁門關遼將喪元

糧回軍，適值太宗遇險，中途接著，太宗急忙呼救，楊業躍馬入淖，把太宗輕輕掖起，遞交岸上的小將，然後再去牽引御馬，好容易才得登岸。太宗早在岸上坐著，業復率小將拜謁，自稱：「救駕來遲，應該負罪。」太宗道：「卿說哪裡話來，朕非卿到，恐性命都難保哩。」隨問小將何人？業答道：「這是臣兒延朗。」太宗道：「卿有此兒，也好算作千里駒了。」說著，後面塵頭起處，似有遼軍趕至，太宗皺眉道：「追軍又至，奈何？」業答道：「請陛下先行一程，由臣父子退敵便了。」言已，即去牽御馬過來。哪知馬已臥地，不能再騎，乃返奏太宗道：「御馬不堪再駕，請乘臣馬先行。」太宗道：「卿欲退敵，不能無馬，朕看卿裝載餉械，備有驢車，可騰出一乘，由朕暫坐先行罷。」楊業遵旨，遂命部卒騰出驢車，請太宗坐入，命部卒保護前行。所有餉械，亦一律載回，自與延朗勒馬待敵。未幾，有軍馬趨至，乃是孟玄喆、崔彥進、劉廷翰、李漢瓊等一班宋將，並帶著敗兵殘卒，均已垂頭喪氣，狼狽不堪。又未幾，潘美等亦復馳到，且問楊業道：「皇上到哪裡去了，將軍有無遇著？」你為招討使，如何連主子也不顧著。楊業述明情形，潘美道：「後面尚有追兵，如何是好？」楊業道：「業父子二人，尚思退敵，今得諸將帥到來，怕他什麼？」潘美自覺懷慚，即命楊業部勒殘兵，列陣以待。不到一時，果有遼兵追至，前隊二將，一名兀環奴，一名兀里奚，楊業策馬掄刀，當先出陣，大呼「胡虜慢走！」兀環奴、兀里奚大怒，上前迎戰，楊業雙戰二將，毫不懼怯。延朗恐乃父有失，急挺槍出戰，與兀里奚對仗。楊業與兀環奴，戰不數合，被楊業一刀砍死。兀里奚心中一慌，把刀一鬆，被延朗當胸一槍，也刺落馬下。宋將等見楊業父子，殺斃遼將，統來助陣，遼兵見不可支，慌忙退去，當由宋軍追殺數里，奪還貨械若干，方才收軍，馳至定州，得遇太宗。太宗命孟玄喆屯定州，崔彥進屯關南，劉廷翰、李漢瓊屯真定。又留

崔翰、趙延進等，援應各鎮，自率軍返汴梁，整日裡怏怏不樂。

　　武功郡王德昭，曾從徵幽州，當宋軍敗潰時，軍中不見太宗，多疑太宗被難，諸將謀立德昭為帝，未成事實，偏被太宗聞知，愈加憤悶。德昭尚未察悉，因見太宗還京，已有多日，並不聞戰下太原的例賞，且諸將多懷怨望，恐不免有變動情形，乃入謁太宗，即請敘功給賞。太宗不待詞畢，便怒目道：「戰敗回來，還有什麼功勞？什麼賞賜？」德昭道：「這也不可一概論的。征遼雖然失利，北漢究屬蕩平，應請陛下分別考核，量功行賞罷！」語雖合理，然適中太宗之忌。太宗復怒道：「待你為帝，賞亦未遲。」這兩語是把心中的疑恨，和盤說出。看官！試想這地處嫌疑的德昭，如何忍受得起？他低了頭，退出宮廷，還至私第，越想越惱，越惱越悲，默思父母早逝，無可瞻依；雖有繼母宋氏，季弟德芳，一個是被徙西宮，跡類幽囚，一個是才經弱冠，少不更事，痛幽衷之莫訴，覺生趣之毫無，一時情不自禁，竟從壁間懸著的劍囊中，拔出三尺青鋒，向頸一橫，頓時碧血模糊，暈倒地上，渺渺英魂，往鬼門關去尋父母去了。自尋短見，愚等申生。及他人得知，已是死去多時，無從解救，只好往報太宗。太宗亟往探視，但見他僵臥榻上，目尚未瞑，不覺良心發現，涕淚交橫，帶哭帶語道：「痴兒痴兒！何遽至此？」恐尚不免做作。隨即命家屬好生殮葬，自己即還至宮中，頒詔贈德昭為中書，令追封魏王，於是論平漢功，除賞生恤死外，加封弟齊王廷美為秦王，算是依從德昭的遺奏，這且慢表。

　　且說遼軍殺敗宋軍，回國報功，遼主賢尚欲報怨，遣南京留守韓匡嗣，與耶律沙、耶律休哥等，率兵五萬，入寇鎮州。劉廷翰聞警，忙約崔彥進、劉漢瓊等，商議抵禦方法。廷翰道：「我軍方敗，元氣未回，今遼兵又來侵擾，如何是好？」彥進道：「若與他對仗，勝負未可逆料，不如

第十四回　高粱河宋師敗績　雁門關遼將喪元

用詐降計，誘他入內，然後設伏掩擊，定可取勝。」廷翰道：「我聞耶律休哥，素有才名，恐他持重老成，未必納降。」漢瓊道：「先去獻他糧餉，令他信我情真，料無不納之理。」廷翰點首道：「且依計一試，再行定奪。」當下差人至遼營中，齎糧請降。匡嗣見有糧餉，問他何日出降？差人答以明日，匡嗣允諾，差人自去。耶律休哥進諫道：「宋軍未曾交鋒，即來請降，莫非具有詐謀，元帥不可不防！」也不出廷翰所料。匡嗣道：「他若用詐降計，怎肯到此獻糧？」休哥道：「這乃是欲取姑與的計策。」匡嗣道：「我兵銳氣方盛，殺敗宋師數十萬，理應人人奪氣，今聞我軍復出，怎得不驚？我想他是真情願降哩。就使詐降，我也不怕。」休哥見他不從，只得退出，自去號令部兵，不得妄動，待有自己軍令，方准出發。只匡嗣與耶律沙，約定明日入城，很是欣慰。彷彿做夢。

且說宋將劉廷翰，得差人回報，整點軍馬，令李漢瓊率步兵萬名，埋伏城東，掩擊遼兵來路，崔彥進率步兵萬名，埋伏城北，截斷遼兵去途。再約邊將崔翰、趙延進，連夜發兵，前來夾攻。分布已定，安宿一宵。翌晨，大開城門，自率兵往伏城西，專待遼兵到來。遼帥韓匡嗣，當先開道，耶律沙押著後軍，望鎮州城前來。將到城下，見城門開著，並無一人，匡嗣即欲揮眾入城，遼護騎尉劉雄武諫阻道：「元帥不可輕入，他既請降，如何城外不見一人？」匡嗣聞言，恰也驚異，猛聽得一聲號炮，響徹天空，城西殺出劉廷翰，城東殺出李漢瓊，匡嗣料知中計，拍馬便走，部眾隨勢奔回，衝動耶律沙後隊。耶律沙也禁遏不住，只好倒退，忽然間炮聲又響，崔彥進又復殺出，截住遼兵去路。遼兵腹背受敵，好似啞子吃黃連，說不出的苦痛，那時無法可施，沒奈何拚著性命，尋條血路。不料宋將崔翰、趙延進各軍，又遵約殺到，人馬越來越眾，把遼兵困在垓心。韓匡嗣、耶律沙領著將校，冒死衝突，怎奈四面八方，與鐵桶相似，幾乎

沒縫可鑽，宋軍又相繼射箭，眼見得遼邦士卒，紛紛落馬，傷亡無數。層層反跌，為耶律休哥作勢。韓匡嗣與耶律沙，正當危急萬分，忽有一大將挺刀躍馬，帶領健卒，從北面殺入，韓匡嗣瞧將過去，不是別人，正是耶律休哥，不覺大喜過望，急與耶律沙隨著休哥，殺出重圍。宋軍追了一程，奪得輜重無數，斬獲以萬計。比前日所獻之糧，獲利應加數倍。直至遂城，方收兵回屯原汛，隨即報捷宋廷。

　　太宗聞報，語群臣道：「遼兵入寇鎮州，不能得志，將來必移寇他處，朕看代州一帶，最關重要，須遣良將屯守，才可無患。」群臣齊聲道：「陛下明燭萬里，應即簡擇良將，先行預防。」太宗道：「朕有一人在此，可以勝任。」隨語左右道：「速宣楊業入殿。」左右領旨，往召楊業。須臾楊業傳到，入謁太宗，太宗語業道：「卿熟習邊情，智勇兼備，朕特任卿為代州刺史，卿其勿辭！」業叩首道：「陛下有命，臣怎敢推諉？」太宗大喜，便敕賜橐裝，令他指日啟程。業叩謝而出，即率子延玉、延昭等，出赴代州。延昭即延朗，隨父降宋后，受職供奉官，改名延昭，業嘗謂此兒類我，所以屢次出師，必令他隨著。既到代州，適值天時寒凍，業親督修城，雖經風雪，仍不少懈。轉眼間已是太平興國五年了，寒盡春回，塞草漸茁，那遼邦復大舉入寇，由耶律沙、耶律斜軫等，領兵十萬，徑達雁門。雁門在代州北面，乃是緊要門戶，雁門有失，代州亦危。楊業聞遼兵大至，語子延玉、延昭道：「遼兵號稱十萬，我軍不過一、二萬人，就使以一當十，也未必定操勝局，看來只好捨力用智，殺他一個下馬威，方免遼人輕覷哩。」延昭道：「兒意應從間道繞出，襲擊遼兵背後，出他不意，當可致勝。」楊業道：「我亦這般想，但兵不在多，只教夤夜掩擊，令他自行驚潰，便足邀功。」當下議定，即挑選勁卒數千名，由雁門西口西陘關出去，繞至雁門北口。正值更鼓沉沉，星斗黯黯，遙見雁門關下，黑壓

第十四回　高梁河宋師敗績　雁門關遼將喪元

壓的紮著數大營，便令延玉帶兵三千人，從左殺入，延昭帶兵三千人，從右殺入，業自領健卒百騎，獨踹中堅。三支兵馬，銜枚疾走，一到遼營附近，齊聲吶喊，搗將進去。耶律沙、耶律斜軫等，只防關內兵出來襲營，不意宋軍恰從營後殺來，正是防不及防，幾疑飛將軍從天而下，大都嚇得東躲西逃。中營裡面，有一遼邦節度使駙馬侍中蕭咄李，自恃驍勇，執著利斧，從帳後出來抵敵，湊巧碰著楊令公，兩馬相交，併成一處，戰到十餘合，但聽楊令公大叱一聲，那蕭咄李已連頭帶盔，飛落馬下（蕭咄李，一譯作蕭綽里特）。小子有詩詠道：

百騎宵來搗虜營，刀光閃處敵人驚。
任他遼將如何勇，一遇楊公命即傾。

蕭咄李既死，遼兵越覺驚慌，頓時大潰，俟小子下回再詳。

高梁河一役，為宋、遼勝敗之所由分。宋太宗挾師數十萬，乘勝伐遼，而卒為遼將所乘，幾至身命不保，宋軍自此膽落矣。鎮州之捷，雁門關之勝，均不過卻敵之來，不能入敵之境，且皆由用智徼功，然則全宋兵力，不能敵一強遼，可斷言也。德昭之自刎，本應與廷美之死，聯絡一氣，然事相類而時有先後，太原之賞不行，德昭之言不納，於是德昭憤激自刎，作者依時敘入，免致混亂。坊間舊小說中，有稱德昭為八大王，至真宗時尚輔翊宋廷，此全係臆造之談，固不值一辯也。

第十五回

弄巧成拙妹倩殉邊　修怨背盟皇弟受禍

第十五回　弄巧成拙妹倩殉邊　修怨背盟皇弟受禍

卻說遼相耶律沙，與遼將耶律斜軫等，因部兵潰散，也落荒遁走，黑暗中自相踐踏，傷斃甚多。楊業父子，殺退遼兵，便整軍入雁門關，檢查兵士，不過傷了數十人。當即休息半日，馳回代州，露布奏捷，不消細說。唯遼人經此一挫，多號楊業為楊無敵，自是望見楊字旗號，當即引去。遼主賢聞將相敗還，勃然大怒，竟親自督軍，再舉侵宋，命耶律休哥為先行，入寇瓦橋關。守關將士，因聞遼兵兩次敗退，料他沒甚伎倆，竟開關迎敵，面水列陣。耶律休哥簡率精銳，渡水南來，宋將欺他兵少，未曾截擊，待至遼兵齊渡，萬與交鋒，哪知休哥部下，是百鍊悍卒，橫厲無前，宋軍不是對手，被他殺得七零八落，連關城都守不住，一鬨兒棄關南奔，逃入莫州。休哥追至莫州城下，飭兵圍攻，警報飛達宋廷，太宗復下詔親征，調集諸將，向北進行。途次，又接官軍敗績消息，忙倍道前進，到了大名，才聞遼主已退，乃令曹翰部署諸將，自回汴京，還汴數日，尚欲興師伐遼，廷臣多迎合上意，奏稱應速取幽、薊，左拾遺張齊賢，獨上書諫阻，略云：

方今天下一家，朝野無事，關聖慮者，莫不以河東新平，屯兵尚眾，幽、薊未下，輦運為勞，臣愚以為此不足慮也。自河東初下，臣知忻州，捕得契丹納粟典吏，皆云自山後轉粟以授河東，以臣料契丹能自備軍食，則於太原非不盡力，然終為我有者，力不足也。河東初平，人心未固，嵐、憲、忻、代，未有軍寨，入寇則田牧頓失，擾邊則守備可虞，及國家守要害，增壁壘，左控右扼，疆事甚嚴，乃於雁門、陽武谷，來爭小利，此其智力可料而知也。聖人一事，動在萬全。百戰百勝，不如不戰而勝。若重之慎之，則契丹不足吞，燕、薊不足取。自古疆場之難，非盡由敵國，亦多邊吏擾而致之。若緣邊諸寨，撫馭得人，但使峻壘深溝，畜力養銳，以逸自處，寧我致人，此李牧之所以用趙也。所謂擇卒不如擇將，任

力不如任人，如是則邊鄙寧，邊鄙寧則輦運減，輦運減則河北之民獲休息矣。臣聞家六合者以天下為心，豈止爭尺寸之事，角強弱之勢而已乎？是故聖人先本而後末，安內以養外。陛下以德懷遠，以惠勤民，內治既成，遠人之歸，可立而待也，何必窮兵黷武為哉？謹此奏聞！」

這張齊賢係曹州人，素有膽識，稱名遠近。先是太祖幸洛陽，齊賢曾以布衣獻策，條陳十事，四說稱旨，尚有六條，太祖以為未合，齊賢堅稱可行，惹動太祖怒意，令武士將他牽出。既而太祖還汴，語太宗道：「我幸西都，唯得一張齊賢，他日可輔汝為相，汝休忘懷！」既已器重齊賢，胡不立加擢用，而必留遺與弟，人謂其友，我謂其私。太宗謹記勿忘，至太平興國二年，考試進士，齊賢亦在選中，有司將他置諸下第，太宗不悅，特開創例，令一榜盡賜京官，齊賢乃得出仕，歷任知州，入為左拾遺，至是上疏直諫，太宗頗為嘉納，乃暫罷出師。

且說前同平章事趙普，當出任河陽節度使時（接第十一回），曾上表自訴，略言：「皇弟光義，忠孝兼全，外人謂臣輕議皇弟，臣怎敢出此？且與聞昭憲太后顧命，寧有貳心？知臣莫若君，願賜昭鑑」等語，這表文經太祖手封，同藏金匱。太祖崩後，太宗踐位，趙普入朝，改封太子太保，因為盧多遜所毀，命奉朝請，居京數年，嘗鬱鬱不得志。他有妹夫侯仁寶，曾在朝供奉，盧多遜因與普有嫌，亦將仁寶調知邕州。邕州在南嶺外，與交州相近，交州即交趾地，唐末為大理所並，旋入於唐，五代時歸屬南漢。及南漢平定，交州帥丁璉，曾入貢宋廷。璉死，弟璿襲職，年尚幼稚，被部將黎桓把他拘禁，自稱權知軍府事。趙普恐仁寶久居邕州，數年不調，免不得老死嶺外，乃設法上書，力陳交州可取。太宗本是喜功，閱讀普奏，即擬召仁寶入京，面詢邊事。哪知盧多遜刁滑得很，即入朝面奏太宗道：「交州內亂，正可往取，但若先召仁寶，反恐有洩機謀，臣意

第十五回　弄巧成拙妹倩殉邊　修怨背盟皇弟受禍

不如密令仁寶，整兵長驅，較為萬全。」太宗也以為是，遂命仁寶為交州水陸轉運使，孫全興、劉澄、賈湜等，併為部署，同伐交州。偏出趙普意外。

仁寶奉詔，不敢有違，只得整備兵馬，與孫全興等先後併發。行至白藤江口，適有交州水兵，倚江駐紮，江面列戰船數百艘，侯仁寶當先衝入，交兵未及預防，霎時潰散，由仁寶奪取戰艦二百，大獲全勝，再擬深入交地，仁寶自為前鋒，約孫全興等為後應。全興等頓兵不行，只有仁寶一軍，殺入交趾，沿途進去，勢如破竹。忽接到黎桓來書，情願出降，仁寶信以為真，不甚戒備，到了夜間，黎桓率兵劫營，害得仁寶營內，人不及甲，馬不及鞍，倉猝抵敵，哪裡支持得住？仁寶竟死於亂軍中。實是趙普害他。轉運使許仲宣據實奏聞，有詔班師，拿問全興，立斬劉澄、賈湜。全興入京，尋亦棄市。後來黎桓復遣使入貢，並上丁璿讓表，太宗因懲著前敗，含糊答應，事見後文（本回總旨在敘趙、盧交惡事，故敘交州戰史，特從略筆）。

趙普聞仁寶敗歿，愈恨多遜，恨不能將他梟首剖心，抵償妹夫的性命。怎奈多遜方邀主眷，一時無隙可乘。多遜且一意防普，只恐他運動廷臣，上章彈劾，所有群臣章奏，必先令稟白自己，又須至閤門署狀，親書二語，乃是「不敢妄陳利便，希望恩榮」十字，可謂防備嚴密。所以朝右諸臣，對著多遜，大家側目。連普亦沒法擺布，整日裡怨苦連聲。一日過一日，忽有晉邸舊僚柴禹錫、趙熔、楊守一等，竟直入內廷，密奏太宗，說是秦王廷美，驕恣不法，勢將謀變。盧多遜交好秦王，恐未免有勾通情事。史第言訐告秦王，不及多遜，吾謂太宗方親信多遜，胡不問多遜而問趙普，得此揭出，方釋疑團。這數語觸動太宗疑忌，遂召普入見，與他密商。普竟自作毛遂，願備位樞軸，靜察奸變，且叩首自陳道：「臣忝為舊

臣,與聞昭憲太后遺命,備承恩遇,不幸戇直招尤,反為權幸所沮,耿耿愚忠,無從告語,就是臣前次被遷,曾有人說臣訕謗皇上,臣嘗上表自訴,極陳鄙悃,檔冊具在,儘可復稽。若蒙陛下察核,鑑臣苦衷,臣雖死不朽了。」太宗略略點首,待普退後,即令近侍檢尋普表,四覓無著。有舊侍憶及前事,謂由太祖貯藏金匱,當即稟過太宗,啟匱檢視,果得普前表,因復召普入語道:「人誰無過,朕不待五十,已知四十九年的非了。從今以後,才識卿忠。」普頓首拜謝,太宗即面授普為司徒,兼職侍中,封梁國公,並命密察秦王廷美事。是時太祖季子德芳,亦已病歿,年僅二十三歲,距德昭自刎,只隔一年有餘。廷美頗不自安,嘗言太宗有負兄意,俗語說得好:「一言既出,駟馬難追。」為了廷美幾句口風,免不得傳入太宗耳中,還有一班諧臣媚子,火上加炭,只說廷美即謀作亂,應亟預防。太宗遂罷廷美開封尹,出為西京留守,特擢柴禹錫為樞密副使,楊守一為樞密都承旨,趙熔為東上閤門使,無非因他告變有功,特別寵眷的意思。趙普與廷美無甚宿嫌,不過欲扳倒盧多遜,只好從廷美著手,陷他下阱。盧多遜也曾料著,明知禍將及己,可奈貪戀相位,不甘辭職,因此延宕過去。富貴之誤人大矣哉!趙普怎肯干休?明訪暗查,竟得盧多遜私遣堂吏,交通秦王事。這堂吏叫做趙白,與秦王府中孔目官閻密,小吏王繼勳、樊德明等,朋比為奸。秦、盧交好,都從他數人往來介紹。趙白嘗將中書機事,密告廷美,且述多遜言云:「願宮車晏駕,盡力事大王。」廷美亦遣樊德明,往報多遜道:「承旨言合我意,我亦願宮車早些晏駕呢。」又私贈多遜弓箭等物。普一一入奏,太宗道:「兄終弟及,原有金匱遺言,但朕尚強壯,廷美何性急乃爾?且朕待多遜,也算不薄,難道他尚未知足,必欲廷美為帝麼?」普奏對道:「自夏禹至今,只有傳子的公例,太祖已誤,陛下豈容再誤?」兩語足死廷美。太宗不禁點首,遂頒詔責多遜不

第十五回　弄巧成拙妹倩殉邊　修怨背盟皇弟受禍

忠，降為兵部尚書。越日，下多遜於獄，捕繫趙白、閻密、王繼勳、樊德明等，令翰林學士承旨李昉，學士扈蒙，衛尉卿崔仁冀，御史滕正中等，秉公訊鞠，趙白等一一伏罪，復令多遜對簿，多遜亦無可抵賴。李昉等具獄以聞，太宗再召文武常參官，集議朝堂，太子太師王溥等七十四人（老而不死，是為賊，王溥有焉）。聯名奏議道：

謹案兵部尚書盧多遜，身處宰司，心懷顧望，密遣堂吏，交結親王，通達語言，咒詛君父，大逆不道，干紀亂常，上負國恩，下虧臣節，宜膏鈇鉞，以正刑章！其盧多遜請依有司所斷，削奪在身官爵，准法處斬。秦王廷美，亦請同盧多遜處分，其所緣坐，望准律文裁遣。謹議！

議上，即有詔頒發道：

臣之事君，貳則有闢，下之謀上，將而必誅。兵部尚書盧多遜，頃自先朝擢參大政，洎予臨御，俾正臺衡，職在燮調，任當輔弼，深負倚畀，不思補報，而乃包藏奸宄，窺伺君親，指斥乘輿，交結藩邸，大逆不道，非所宜言。爰遣近臣雜治其事，醜跡盡露，具獄以成，有司定刑，外廷集議，僉以梟夷其族，汙瀦其宮，用正憲章，以合經義，尚念嘗居重位，久事明廷，特寬盡室之誅，止用投荒之典，實汝有負罪，非我無恩。其盧多遜在身官爵，及三代封贈妻子官封，並用削奪追毀，一家親屬，並配流崖州，所在馳驛發遣，縱經大赦，不在量移之限。期周以上親屬，並配隸邊遠州郡部曲，奴婢縱之，餘依百官所議，列狀以聞。

當下再由群臣議定，趙白、閻密、王繼勳、樊德明等，並斬都門外，仍籍沒家產，親屬流配海島。廷美勒歸私第，所有子女，復正名稱。子德恭、德隆等仍稱皇姪，皇姪女適韓崇業，去公主駙馬名號，貶西京留守閻矩為涪州司戶參軍，前開封推官孫嶼為融州司戶參軍，兩人皆廷美官屬，因責他輔導無狀，連帶坐罪。盧多遜即日被戍，發往崖州，至雍熙二年，

竟歿於流所。多遜籍隸河南，累世祖墓，均在河南，未敗前一夕，天大雷電，將他祖墓前的林木，盡行焚去，時人詫為奇異。及多遜流徙，始信這造化小兒，已預示譴責了。天道有知，應該加譴。

且說趙普計除盧多遜，復黜謫廷美，尚恐死灰復燃，潛嗾開封府李符，上言廷美未肯悔過，反多怨望，乞徙居邊郡，借免他變。於是嚴旨復下，降廷美為涪陵縣公，安置房州。妻楚國夫人張氏，削奪國封，命崇儀使閻彥進知房州，御史袁廓通判州事，各賜白金三百兩，令他監伺廷美，不得有誤。廷美至房州，舉動不得自由，閻彥進、袁廓日加偵查，累得廷美氣鬱成疾，時患肝逆等症，漸漸的尩瘠不堪。太宗因右僕射沈倫，未能覺察秦、盧陰謀，不無曠職，亦將他免去相位，降授工部尚書。左僕射薛居正，又復去世，乃改任竇偁、郭贄參知政事。尋又以郭贄嗜酒，出知荊南府，另命李昉繼任。且因趙普專相，好修小怨，也不免猜忌起來，因語群臣道：「普有功國家，並與朕多年故交，朕深倚賴，但看他齒落髮斑，年已衰邁，不忍再以樞務相勞，當擇一善地，俾他享些老福，才不負他一生知遇呢。」心實刻忌，語卻和婉。乃作詩一首，命刑部尚書宋琪，持賜趙普。普捧讀畢，不禁泣下，暗思詩中寓意，明是勸他辭職，好容易重登樞輔，又要把這位置，讓與別人，真是冤苦得很。但事已如此，無可奈何，只好對宋琪道：「皇上待普，恩誼兼至，普餘生無幾，自愧報答不盡，唯願來世再效犬馬微勞，幸乞足下轉達！」宋琪勸慰數語，當即告別，返報太宗。翌日，普呈上辭職表，太宗准奏，出普為武勝軍節度使，賜宴長春殿，親與餞行，復作詩贈別。普泣奏道：「蒙陛下賜詩，臣當刻石，他日與臣朽骨，同葬泉下，臣死或有知，尚當銘恩不忘哩。」無非戀戀富貴。太宗亦灑淚數點，俟普謝宴告退，送至殿外，又命宋琪等代送出都，然後還宮，普徑赴武勝軍去了。

第十五回　弄巧成拙妹倩殉邊　修怨背盟皇弟受禍

太宗乃命宋琪、李昉同平章事，且因竇俨復歿，別選李穆、呂蒙正、李至三人，參知政事，隨詔史官修《太平御覽》一千卷，日進三卷，準備御覽。越年復改元雍熙，即太宗九年。群臣正拜表稱賀，粉飾承平，歡宴數日，忽由房州知州閻彥進馳驛入奏，涪陵公廷美，已病死了。太宗方與宋琪、李昉等，商議封禪事宜，一聞訃音，不禁太息道：「廷美自少剛愎，長益凶惡，朕因同氣至親，不忍加他重闢，暫時徙置房州，令他閉門思過，方欲推恩復舊，誰料他遽爾殂逝？回溯兄弟五人，今只存朕，撫躬自問，能不痛心。」言已，嗚咽流涕。虧他裝得像。宋琪、李昉等，當然出言奏慰，不勞細表。翌日下詔，追封廷美為涪王，諡曰悼，命廷美長子德恭為峰州刺史，次子德隆為瀼州刺史，廷美女夫韓崇業為靖難行軍司馬，小子有詩詠道：

尺布可縫粟可舂，如何兄弟不相容？
可憐骨肉參商禍，刻薄又逢宋太宗。

廷美方死，忽由李昉入奏，又死了一個著名的人物，欲知此人為誰？且待下回表明。

趙普與盧多遜，積釁成隙。彼此設計構陷，而旁人適受其殃。侯仁寶，普之妹倩也，盧多遜因普遷怒，假南交之役，致死仁寶，仁寶死不瞑目矣。廷美為太宗胞弟，金匱之盟，兄終弟及，普實與聞，顧以盧多遜之嫌，構成煮豆燃萁之禍，推普之意，以為此獄不興，不足以除盧多遜，多遜得除，何惜廷美？況更藉此以要結主寵，為一舉兩得之計乎。故死廷美者為太宗，而實由於趙普。孔子有言：「苟患失之，無所不至。」盧多遜不足責，趙普名為良相，乃與鄙夫相等，何其惑也？嗚呼侯仁寶！嗚呼廷美！嗚呼盧多遜、趙普！閱此回，竊不禁為之三嘆焉。

第十六回

進治道陳希夷入朝　遁窮荒李繼遷降虜

第十六回　進治道陳希夷入朝　遁窮荒李繼遷降虜

卻說李昉入奏，報稱大臣病故。大臣為誰？就是參知政事李穆。太宗聞喪，更加嗟悼，遂親往賜奠，語侍臣道：「穆操履純正，真不易得，朕方倚用，遽爾淪沒，實屬可悲。這並非穆的不幸，乃是朕的不幸呢！」言下甚是慘切，且對靈哭了一場，然後還朝。待兄弟如彼，待臣子如此，以見太宗之親疏倒置。既而群臣請封禪，太宗不許，至闔廷聯銜奏請，乃命學士扈蒙等，詳定儀注，擬至仲冬往祀泰山，不意時當仲夏，乾元、文明二殿，忽然失火，太宗以天象示儆，詔求直言，並罷封禪。

到了孟冬，來了華山隱士陳摶，入京覲見。陳摶，亳州人，四、五歲時，戲渦水岸側，有青衣媼給乳與飲，得關性靈，每讀經史百家，一見成誦，毫不遺忘，至後唐中與試進士，試文非有司能解，擯置不錄，摶自此不求祿仕，唯遊放山水間，怡情自適。嗣得遇奇士二人，導以服氣辟穀諸術，並與言武當山九室巖中，可以隱居，摶遂受教往隱，歷二十餘年，但日飲酒數杯，便算了事。既而移居華山雲臺觀，又止少華石室，每寢時，或至百餘日不起，俗人有大睡三千日，小睡八百日的謠傳。周世宗好黃白術，嘗召摶至闕下，叩問方術。摶從容奏道：「陛下為四海主，當以致治為念，奈何留意黃白術呢？」世宗爽然自失。留摶住京月餘，命為諫議大夫，摶固辭不受。嗣見摶無他技能，乃放還華山。及太祖受禪，摶正乘驢過天津橋，聞受禪消息，竟墮驢大笑道：「天下從此太平了。」太宗元年，有旨召摶入京，摶奉命至汴，進見太宗，很蒙優待，賜以金帛，不受而去。雍熙元年，摶復入朝，太宗益加禮重，語相臣宋琪等道：「摶有志獨善，不求利祿，這真所謂方外散人呢。朕與他談及世事，他自言歷經離亂，今幸天下太平，所以復來朝覲。朕看他年近百歲，終日不食，卻覺得精神矍鑠，步履雍容，真正難能，真正難得！」可令汝自愧。宋琪道：「從前巢父、許由，想亦如是。」貢諛之言。太宗笑而不答，隨命中使送摶

至中書省。宋琪等相率迎入,款待殷勤,座間問道:「先生玄默修養,得此道術,可否賜教一二?」摶答道:「摶係山野人民,無益世用,所有神仙煉丹及吐納養生的方術,統未知曉,怎能傳人?就使白日昇天,亦與國家無補。今皇上龍顏秀異,冠絕天人,博達古今,深究治亂,真有道仁聖的主子。諸公生當盛世,正君臣協心同德,興化致治的時候,勤行修煉,無出此右,不必再求異術了。」不談左道,見識獨高。琪等聞言,無不稱善。翌日奏對,即述摶所言,太宗益加嘆賞,詔賜摶號希夷先生,復給紫衣一襲,留摶闕下。暇時與談詩賦,輒令屬和。摶夙擅詩才,隨口吟成,無不中律,以此益稱上旨。一面命有司增葺雲臺觀,俟修築告竣,乃送歸華山,由太宗親書「華山石室」四字,作為贐儀,摶拜辭而返。至端拱元年,即太宗十三年。摶令弟子賈德升,就張超谷下,鑿石為室。室成,摶手書數百言,囑咐弟子齎送汴京,略言:「臣摶大數已終,聖朝難戀,當於本月二十二日,化形於蓮花峰下張超谷中。」是表上後,太宗遣使往視,至二十九日始到,摶屍陳石榻上,肢體猶溫,有五色雲遮蔽洞口,冉冉不散。使臣返報太宗,太宗嘉嘆不已。摶好讀《易》,手不釋卷,嘗自號扶搖子,著《指玄篇》八十一章,詳言導養及還丹各事。宰相王溥,亦著《箋注》八十一章。摶又有《三峰寓言》,及《高陽集》詩六百首,大半雅澹衝夷,自成一格,後世有傳有不傳。總之陳摶係一隱君子,獨行高蹈,不受塵埃,若目他為仙怪一流,實屬未當。俗小說中,或稱為陳摶老師,捏造許多仙法,作為證據,其實是荒唐無稽,請看官勿為所惑哩。關除迷信。

　　閒文少表,且說太宗因中宮虛位,尚未冊立,不得不選擇繼配,作為內助。李妃容德俱茂,入宮數年,素無過行,特冊立為后(應十三回)。儀文繁備,典禮奝皇,不但內宮外廷,賜宴數天,並賜京師人民,大酺三

第十六回　進治道陳希夷入朝　遁窮荒李繼遷降虜

日,彷彿有慶澤均行,醉人為瑞的景象。翌年春季,復召宰相近臣,齊集後苑賞花,並面諭群臣道:「春風暄和,萬物暢茂,四方無事,朕願與臣民共樂,卿等可各賦一詩,抒寫情意!」群臣奉命,大家搜尋枯腸,挖出幾個堯天舜日,帝德皇恩的字樣,配搭亭勻,湊成律句,呈上藻鑑。挖苦得很。太宗一一取閱,多半是敲金戛玉,鼓吹休明,樂得心花怒開,滿口稱美。群臣均叩謝天褒,盡歡而散。到了孟夏,又召輔臣、三司使、翰林樞密直學士、尚書省四品、兩省五品以上三館學士,均至後苑賞花釣魚,各賜宴飲,免不得又令賦詩。大家換湯不換藥,仍舊是一曲賀聖朝。太宗又命習射水心殿,你想穿楊,我誇貫蝨,彼此競射一場,或中或不中,不過是陶情作樂,無關功過,足足的鬧了一日,統向太宗叩謝,一併散去。

　　先是太宗長子元佐,為李妃所出(見十三回)。幼即聰警,貌類太宗,很得太宗歡心。及長,善騎射,嘗從征太原、幽、薊,返拜檢校太傅,加職太尉,晉封楚王,另營新邸。廷美得罪,元佐力為營救,再三請免,屢受乃父喝斥。元佐誼屬懿親,情實可嘉。至聞廷美憂死,他憤極成狂,嘗手操挺刃,擊傷侍人。跡類佯狂。旋因醫治少瘥,太宗頗加喜慰,為赦天下。重九佳節,詔諸王宴射苑中,元佐因新瘥不預。及諸王宴歸,暮過元佐門,元佐問明左右,方知諸王侍宴消息,便憤憤道:「他人都得與宴,我有何罪,不聞宣召?這是明明棄我呢!」左右從旁勸解,並呈上佳釀,俾他解悶。元佐取來就飲,飲盡索添,連下數十大觥,已是酩酊大醉,他尚不肯罷休,直飲到夜靜人闌,方才停杯,回入寢室。左右總道他是熟睡,誰料他竟放起火來,霎時間煙霧迷漫,光燭霄漢,內外侍從,慌忙入救,已是不及,只把元佐及所有眷屬,救出門外,可惜一座大廈,倏成焦土。儻來富貴,均可作是觀。太宗聞楚邸被焚,正在驚疑,嗣有人報稱由元佐縱火,不禁大怒,立遣御史捕治,將他廢為庶人,安置均州。宋

琪率百官上表，請恕他病狂，仍留京師，太宗不許，竟令元佐即日出都，不得逗留。嗣經宋琪等三次奏請，乃下詔召還。元佐時已行至黃山，奉詔乃歸，幽居南宮，餘事後表。

　　且說秦、隴以北，有銀、夏、綏、宥、靜五州地，為拓跋氏所據。唐初拓跋赤辭入朝，賜姓李，至唐末，黃巢作亂，僖宗奔蜀，拓跋思恭糾合蕃眾，入境討賊，得封為定難軍節度使，復賜李姓，五代時據境如故。周顯德中，適李彝興嗣職，受周封為西平王。宋太祖初年，彝興遣使入貢，太祖授彝興為太尉，彝興旋歿，子克睿嗣，未幾克睿又死，子繼筠立。太宗伐北漢，繼筠曾遣將李光遠、光憲，渡河略太原境，遙作聲援。既而繼筠復歿，弟繼捧襲位，太平興國七年，繼捧入覲太宗，獻銀、夏、綏、宥四州地，且自陳親族不睦，願居汴京。太宗乃遣使至夏州，迎接繼捧親屬，且授他為彰德節度使。另派都巡檢曹光實，往戍四州。獨繼捧族弟繼遷，為定難軍都知蕃落使，留居銀州，不願入汴，聞宋使到來，詐言乳母病故，出葬郊外，竟與同黨數十人，奔入地斤澤。澤距夏州東北三百里，繼遷號召部落，聲勢漸盛。曹光實恐為邊患，率師襲擊，斬首五百級，焚四百餘帳，繼遷倉猝遁去，母與妻不及隨奔，均被光實拿住，押回夏州。不善撫輯，徒逞詐謀，曹光實亦太失策。繼遷輾轉遷徙，連娶豪族，復日強大，隨即召集眾人，慨然與語道：「李氏世有西土，一旦讓人，豈不可恨？爾等若不忘李氏，幸大家努力，共圖興復！」蕃眾齊聲許諾。繼遷復道：「用力不如用謀，我當設詐降計，誘殺那曹光實，一則可報前仇，二則可恢先業，爾等以為何如？」蕃眾復應聲道：「全憑排程。」繼遷大喜，遂率眾向夏州出發，先遣人致書光實，略言：「勢蹙途窮，幸網開一面，俯允歸降，此後生成，全出公惠」等語。言甘心苦。光實信是真言，即與來人面約，期會葭蘆川，收納降眾，來使自去。光實屆期，帶領百騎，至

第十六回　進治道陳希夷入朝　遁窮荒李繼遷降虜

葭蘆川，見繼遷已率數十人，守候該處，彼此相見，繼遷拜謁馬前，執禮甚恭，並請光實往撫餘眾。光實志得心驕，全不加察，竟昂然隨往。及到繼遷營帳前，蕃眾盡出，約有數千人，繼遷忽舉手揮鞭，大聲呼道：「仇人已到，大眾何不動手？」言未畢，但聽蕃眾一聲喊殺，都持著大刀闊斧，向光實殺來。光實手下，只有百人，就使每人生著三頭六臂，也是擋抵不上，眼見得同時畢命，一個不留，繼遷遂乘勢襲據銀州。

　　邊警傳達汴京，太宗亟命知秦州田仁朗等，會師往討。仁朗奉命調軍，待各路兵馬，陸續會齊，乃啟程北行。到了綏州，聞繼遷圍攻三族寨，有眾數萬，自恐寡不敵眾，飛章至汴，請再添兵。嗣又聞三族寨失守，寨將折裕木，殺死監軍使者，與繼遷聯合，進攻撫寧寨。將士請速即赴援，仁朗笑道：「不妨不妨！番人烏合，同來寇邊，勝即進，敗即退，今繼遷嘯聚數萬，盡銳出攻孤壘，撫寧寨雖狹小，勢甚險固，斷非十日五日，可能攻入，我待他勞敝，發兵掩擊，再遣強弩數百人，截他歸路，我料虜必成擒了。」將士各默然退出。仁朗故示閒暇，縱酒摴蒱，流連竟夕。副將王侁乘間媒孽，上訴宋廷。仁朗亦有自取之咎。太宗得悉情形，遂下詔徵仁朗還京，下御史獄。廷訊三族寨被陷，及無故奏請添兵等事，仁朗抗聲答道：「銀、綏、夏三州守兵，均託詞守城，不肯出發，所以奏請添兵。三族寨相距太遠，待臣勉集人馬，行至綏州，已聞失守，一時未及趕救，臣不負責。且臣已定有良策，足擒繼遷，但因奉詔還京，計不得行，臣料繼遷頗得人心，若此時不能擒他，只好優詔懷徠，或用厚利啗餌他酋，令圖繼遷，早除一日好一日，否則邊蠹未除，必為大患。」太宗怒道：「朕聞縱酒摴蒱，種種不法，難道繼遷肯自來就死麼？」仁朗道：「這便是臣的誘敵計。」太宗又怒道：「什麼誘敵不誘敵，朕不用你，看繼遷果猖獗否？」遂命將仁朗仍復繫獄。越日下詔，貸他一死，貶竄商州。

唯副將王侁，既排去仁朗，統兵出銀州北面，連破敵寨，斬蕃酋折羅遇，麟州諸蕃，因此惶懼，均請納馬贖罪，助討繼遷。侁遂大集各兵，入濁輪川，正值折裕木糾眾前來，兩下交鋒，折裕木殺得大敗，被王侁軍士擒住。繼遷從後馳至，又由王侁麾兵，驅殺一陣，十成中喪亡六七成，竟落荒遁去。王侁奏凱而回，適有詔令郭守文到邊，與侁同領邊事。守文復與知夏州尹憲，共擊鹽城諸蕃，焚千餘帳，自是銀、麟、夏三州，所有蕃眾百二十五族，盡行內附，戶口計萬六千有餘，西北一帶，皆就敉平。唯繼遷窮蹙無歸，不得已奉書遼廷，願作外臣。遼許他歸附，冊封他為夏國王，並將宗女義成公主，嫁給了他。繼遷既得榮封，復配豪女，真個是兩難兼併，三生有幸了。怪不得人喜降虜。

　　小子歷敘遼事，未曾將遼國源流交代明白，本回將要結束，下回又須接說宋、遼交戰情形，趁這筆底餘間，略略一敘。遼本鮮卑別種，初居潢河附近，自稱神農氏後裔，聚成部落，號為契丹。朱梁初年，契丹主耶律阿保機，併吞諸部，僭稱帝號，遼人稱為太祖。阿保機死，子耶律德光嗣，助晉滅唐，得幽、薊十六州。至晉出帝不願稱臣，德光舉兵滅晉，改國號遼，縱兵飽掠，歸死殺狐嶺，是謂遼太宗。姪兀欲嗣立，更名為阮，在位五年遇弒，稱世宗。德光子兀律入繼，亦改名為璟，嗜酒好獵，不恤國事，又被近侍謀斃，稱穆宗。兀欲子賢繼立，是為景宗，用蕭守興為尚書令，即立蕭女燕燕為后（燕燕一譯作葉葉）。燕燕色技過人，兼通韜略，既得為后，遂干預國政。景宗又夙嬰風疾，諸事皆委燕燕裁決，國中只知有蕭后，不知有景宗。俗呼為蕭娘娘者即此。太宗七年遼景宗賢殂，子隆緒嗣位。隆緒年尚衝幼，由母后燕燕攝政，史稱為蕭太后，復國號大契丹，用韓德讓（即韓匡嗣子）。為政事令，兼樞密使，總宿衛兵。耶律勃古哲（一譯博郭濟）。總領山西諸州事，耶律休哥為南面行軍都統。號

第十六回　進治道陳希夷入朝　遁窮荒李繼遷降虜

令嚴明，威震朔漠。至收降李繼遷後，且使他窺伺宋邊，陰圖南下，偏三交屯將賀懷浦父子，竟獻議宋廷，極言幽、薊可取狀，於是鼙鼓復鳴，王師又出，這一番有分教：

雄主喜功偏失律，元戎僨事又亡師。

欲知宋廷出師情形，且待下回續敘。

五季有一陳摶，得無道則隱之義。宋初有一陳摶，得高尚其志之象。觀其入朝論治，不尚虛無，不談隱怪，其持行之純正，可以想見，以視陶淵明、賀季真輩，且高出一籌。苟目為張道陵、佛圖澄之流亞，毋乃太輕視之乎！元佐力救廷美，甚至病狂，彼豈真狂人哉？不悅父行，甘心讓國，有吳泰伯之遺風焉。彼李繼遷一點酋耳，田仁朗之用計襲取，未始非策，只以縱酒捤捕啟王侁媒孽之口，卒至良謀不用，狡寇降遼，秦、隴以北，從此多事。夫平一李繼遷尚不能，遑問耶律氏乎？朝日取燕薊，暮日取燕薊，燕、薊果若是易復乎？觀於此而已知宋之漸弱矣。

第十七回

岐溝關曹彬失律　陳家谷楊業捐軀

第十七回　岐溝關曹彬失律　陳家谷楊業捐軀

　　卻說賀懷浦父子，好談邊事，共守朔方。懷浦曾任指揮使，即太祖元配賀皇后胞兄，子名令圖，出知雄州。他因契丹主幼，委政蕭氏，似屬有機可乘，乃請即出師，北取幽、薊。計非不是，但彼有耶律休哥，試問有誰人可制耶？太宗遂命曹彬為幽州道行營都部署，崔彥進為副，米信為西北道都部署，杜彥圭為副，出師雄州。田重進為定州都部署，出師飛狐。潘美為雲、應、朔都部署，楊業為副，出師雁門。諸將陛辭，太宗語曹彬道：「潘美可先趨雲州，卿等率十萬眾，但聲言進取幽州。途次寧持重緩行，休得貪利急進！虜聞大兵到來，必悉眾救范陽，不暇顧及山後，那時掩殺前去，可望成功。」曹彬等領命登程，分道並進。彬遣先鋒將李繼隆，北向攻入，連拔固安、新城二縣，進攻涿州。守將賀斯，出城迎敵，李繼隆橫槊直前，與賀斯戰三十多合。賀斯力怯，拍馬便走，繼隆急追數步，用力一槊，正中賀斯背心，翻身落馬，再一槊結果性命，契丹兵遂潰。繼隆乘勢奪取涿州。未幾，契丹兵來攻新城，適與米信相遇，米信麾下，只有三百人，契丹兵恰有萬餘名，彼多此少，相去懸絕，頓被契丹兵圍住，重重包裹，如箍鐵桶。米信大喝一聲，挺著大刀，當先突圍，三百騎緊隨後面，并力一處，衝破西隅。契丹兵怎肯放鬆，再上前圍繞，巧值崔彥進、杜彥圭等，兩路殺到，頓將契丹兵趕散。曹彬亦已馳至，會集各軍，並趨涿州。一路敘過。時田重進亦出飛狐縣南，部將荊嗣，率五百騎先行，遙見胡騎漫山塞野而來，差不多有兩三萬人，就中統兵的大將，乃是契丹西面招安使大鵬翼。荊嗣急報田重進，重進連忙趕到，列陣嶺東，命荊嗣出嶺西，乘暮薄敵。大鵬翼越崖前來，嗣用短兵接戰。彼此拚命相爭，互有殺傷。戰至夜半，方才收軍。契丹兵結營崖上，宋軍結營崖下。越宿再戰，契丹兵自崖殺下，勢似建瓴，荊嗣幾抵擋不住，虧得重進遣兵相救，才得殺個平手。嗣因敵勢頗張，不便久持，忽想到譚延美屯兵小

沼，可資臂助，急遣使馳書，請他列隊平川，另遣二百人執著白幟，馳騁道旁。大鵬翼登崖遙望，見山下旗幟綿亙，疑是援兵繼至，意欲遁去。嗣即率所部，疾驅往鬥，一面促重進會師。大鵬翼正與嗣軍酣戰，不防重進殺到，驚得不知所措，相率奔潰。荊嗣覷定大鵬翼，拈弓搭箭，颼的一聲，將他射落馬下。宋軍一擁上前，把大鵬翼牽了過來。枉叫做大鵬翼，如何不能飛遁。大鵬翼成擒，飛狐、靈邱諸守將，聞風膽落，次第請降。一路又敘過。還有潘美一路，從西陘入，與契丹兵大戰寰州城下。契丹兵敗退，寰州刺史趙彥章出降，進圍朔州。節度副使趙希贊亦舉城降，遂轉攻應、雲諸州，所至皆克。此路亦簡而不漏。捷報送達汴都，百官皆賀。獨武勝軍節度使趙普，上書進諫道：

伏睹今春出師，將以收復關外，屢聞克捷，深快輿情。然晦朔屢更，薦臻炎夏，飛挽日繁，戰鬥未息，老師費財，誠無益也。伏念陛下自翦平太原，懷徠閩、浙，混一諸夏，大振英聲，十年之間，遂臻廣濟。遠人不服，自古聖王，置之度外，何足介意？竊念邪諂之輩，矇蔽睿聰，致興無名之師，深蹈不測之地，臣載披典籍，頗識前言，竊見漢武時主父偃、徐樂、嚴安所上書，及唐相姚元崇，獻明皇十事，忠言至論，可舉而行。伏望萬機之暇，一賜觀覽，其失未遠，雖悔可追。臣竊念大發驍雄，動搖百萬之眾，所得者少，所喪者多。又聞戰者危事，難保其必勝，兵者凶器，深戒於不虞，所繫甚大，不可不思。

臣又聞上古聖人，心無固必，事不凝滯，理貴變通，前書有兵久生變之言，深為可慮；苟或更圖稽緩，轉失機宜，旬朔之間，時涉秋序，邊庭早涼，弓勁馬肥，我軍久困，切慮此際或誤指縱，臣方冒寵以守藩，易敢興言而沮眾？蓋臣已日薄西山，餘光無幾，酬恩報國，正在斯時。伏望速詔班師，無容玩敵，臣復有全策，願達聖聰，望陛下精調御膳，保養聖

第十七回　岐溝關曹彬失律　陳家谷楊業捐軀

躬，挈彼疲氓，轉之富庶，將見邊烽不警，外戶不扃，率土歸仁，殊方異俗，相率向化，契丹獨將焉往？陛下計不出此，乃信邪諂之徒，謂契丹主少事多，可以用武，以中陛下之意，陛下樂禍求功，以為萬全，臣竊以為不可。伏願陛下審其虛實，究其妄謬，正奸臣誤國之罪，罷將士伐燕之師，非特多難興王，抑亦從諫則聖也。古之人尚聞屍諫，老臣未死，豈敢面諛，為安身而不言哉？冒瀆尊嚴，無任待命！

這奏甫上，又有捷報到來，田重進再破敵兵，攻入蔚州，獲住契丹監城使耿紹忠，將進逼幽州了。太宗以三軍屢捷，不從普言，仍銳意用兵，忽接曹彬急奏，說是居涿旬日，糧餉不繼，暫退雄州就餉。太宗不覺變色道：「從前朕命他緩進，他反欲速，今則大敵在前，反致退師，倘或被襲，豈不要前功盡棄嗎？」當下飛使傳詔，令曹彬不得驟進，飭引師與米信軍相會，借固兵力。彬奉詔後，遵旨行事。會聞潘美已盡略山後地，偕重進東下，乘勢圖幽州。崔彥進等，均請命曹彬道：「朝旨命三路出師，我軍乃是正路，將士最多，今乃逗留不進，轉讓兩路偏師，建功立業，豈不可羞？元帥何不統兵前進，急取幽、薊，免落人後呢？」曹彬道：「皇上有詔，不得輕進。」彥進道：「將在外，君命有所不受。元帥能剋日成功，難道尚遭主譴麼？」曹彬暗暗沉吟，自思彥進所言，亦有至理，乃與米信聯絡一氣，各裹糧懷食，徑趨涿州。

契丹大將耶律休哥，初因部下兵寡，不敢輕敵，專令輕騎銳卒，截宋糧道，一面報知遼廷，速發援兵。蕭太后燕燕，本是一個女中丈夫，接得休哥稟報，竟自統雄師，挾著幼主，出都南援。休哥聞援兵將至，便先至涿州，只命輕兵挑戰，遇著宋軍，一戰即退。俟宋軍蓐食，復衝殺過去；宋軍撤食與鬥，他又退了下去，每日約有數次。夜間卻四伏崖谷，或吹胡哨，或鳴鼓角，待至宋軍殺出，卻又不見一人。是即所謂亟肄以敝，多方

以誤之策。宋軍日夕被擾，累得晝不安食，夜不安眠，只好結著方陣，塹地兩邊，緩緩前進。偏天公又不做美，時方五月，竟與盛暑無二，赤日懸空，纖雲無翳，軍士汗流遍體，屢患口渴，奈沿途又無井泉，只有淺溪汙淖，大眾渴不暇擇，彼此漉淖而飲，直至四日有奇，方得行進涿州。

俄有偵騎來報，耶律休哥已統兵前來了，曹彬忙飭令各軍，列陣應敵。嗣又有探馬報道：「契丹太后蕭氏，及少主隆緒，盡發國中精銳，前來接仗了。」迭用探語，筆亦驚人。這一驚非同小可，頓令宋營將士，無不失色。曹彬與米信商議道：「我看全營兵士，已疲乏極了，糧又將盡，如何當得起大敵？不如見機回軍罷！」米通道：「見可而進，知難而退，這是行軍要訣，將軍何必多疑？」彬乃下令退師，為這一退，頓使全營兵馬，不復成列，一闋兒向南飛奔。曹彬稱為良將，乃忽進忽退，並無主宰，我殊不解。耶律休哥聞宋軍已退，出兵追來，至岐溝關，追著宋軍，宋軍已無心戀戰，勉勉強強的返旆交鋒。無如用兵全仗作氣，氣已疲餒，萬萬振作不起，況耶律休哥部下，本是強壯得很，兼且養精蓄銳，盛氣殺來。看官！試想這困頓勞餓的宋軍，哪裡支撐得住？戰不數合，仍舊返奔。曹彬、米信不能禁遏，也只好隨勢退卻，沿途棄甲拋戈，不可勝數，好容易奔至沙河，才覺追兵已遠，大眾瀕河休息，埋鍋造飯，準備宵夜。忽又聽得戰炮連天，契丹兵從後追到，彬與信不敢再戰，棄食忍飢，渡河南走。宋軍渡未及半，敵兵已經殺至，把宋軍亂劈亂斫，差不多似削瓜切菜，可憐這班宋軍，一半兒殺死，一半兒溺死，河中屍首填滿，水俱為之不流。所有拋棄戰仗，積同邱壑，均被契丹兵搬去。蕭太后母子兩人，統兵到了沙河，與休哥會著，見休哥已經大捷，很是喜慰。休哥請乘勝南追，殺至黃河以北，方才回軍。蕭太后道：「盛暑不便行軍，宋師正犯此忌，所以敗績，我軍何可蹈他覆轍？不如得勝回朝，俟至秋高馬肥，再行

第十七回　岐溝關曹彬失律　陳家谷楊業捐軀

進兵便了。」言已，即命班師還燕。封休哥為宋國王，改遣耶律斜軫調集生力軍，再行南下不題。

且說曹彬等逃至易州，計點兵士，傷亡大半，只好拜本上奏，自行請罪。太宗覽奏，懊喪得很，乃下詔召還曹彬、米信，及崔彥進等還京、令田重進屯定州，潘美還代州，徙雲、應、朔、寰四州吏民，分置河東、京西。各路布置尚未妥貼，契丹將耶律斜軫已率兵十萬，至定安西。知雄州賀令圖自恃驍勇，選兵出戰，哪禁得敵兵勢盛，徒落得一敗塗地，拚命逃回。斜軫進攻蔚州，賀令圖急乞師潘美，美率軍往援，與令圖再行進兵，到了飛狐，正遇斜軫兵，與戰又敗，於是渾源、應州諸守將，統棄城南走。斜軫乘勝入寰州，殺守城吏卒千餘人。潘美既敗績飛狐，退至代州，再議出兵保護雲、朔諸州。副將楊業入諫道：「今虜兵益盛，不應與戰，戰亦難勝。朝廷止令徙數州吏民，入居內地，我軍但出大石路，先遣人密告雲、朔州守將，俟大軍離代州時，雲州吏民，即可先出，我師進次應州，虜兵必來拒戰，那時朔州吏民，也可乘間出城，我軍直入石竭谷，遣強弩千人，陳列谷口，再用騎師援應，那時三州吏民，可保萬全，強虜亦無從殺掠了。」潘美聞言，不免沉吟。旁邊閃出護軍王侁，阻撓業議，大聲道：「我軍多至數萬，乃畏懦如此，豈非令人恥笑？為今日計，竟趨雁門北川中，鼓行前進，堂堂正正的與他交戰一場，未必定他勝我敗。」業搖首道：「勝敗雖難逆料，但他已兩勝，我已兩敗，倘或再至挫衂，後事更不堪設想了。」這是知己知彼之言。侁冷笑道：「君侯素號無敵，今逗撓不進，莫非有他志不成？」小人之口，真是可畏。業憤然道：「業何敢避死，不過因時尚未利，徒令殺傷士卒，有損無益。護軍乃疑我有貳，業當為諸公先驅，須知業非怕死哩。」遂號召部兵，準備出發。臨行時，向潘美涕泣道：「業本太原降將，應當早死，蒙皇上不殺，擢置連帥，交付兵

柄，業並非縱敵不擊，實欲伺便立功，借報恩遇，今諸君責業避敵，業尚敢自愛麼？業此去，恐不能再見主帥了。」美聞言，哼了一聲，復裝著笑臉道：「君家父子，均負盛名，今乃未戰先餒，無怪令人不解。汝儘管放膽前去，我當前來救應。」業復道：「虜兵機變莫測，須要預防，此去有陳家谷，地勢險峻，可以駐守，請主帥遣兵往駐，俟業轉戰到此，即出兵夾擊，方可援應，否則恐無遺類了。」潘美復淡淡的答道：「我知道了。」只此四字，已見妒功害能口吻。楊業乃率兵自石跌口出發，延玉、延昭隨父同行，途遇契丹兵，當即殺上。耶律斜軫稍戰即走，業揮兵趕去，沿途多是平原，料無伏兵，只管盡力窮追。斜軫且戰且行，誘至中途，放起號炮，四面伏兵，如蜂而至。斜軫又還兵前戰，把業兵困住垓心，業帶領二子，捨命衝突，硬殺出一條血路，退趨狼牙村，兵士已喪亡過半。那敵兵尚不肯舍，一齊追來，業只得驅兵南奔，自己斷後。戰一程，退一程，好容易到陳家谷口，眼巴巴的望著援軍，哪知谷中並無一人，忍不住慟哭道：「這遭死了！」延玉、延昭亦涕泣不止。業復道：「父子俱死，也是無益，我上受國恩，下遭時忌，捨死以外，更無他法，你兩人可自尋生路，返報天子，須知我忠信見疑，為人所賣，若蒙皇恩昭雪，我死亦瞑目了。」延玉道：「兒願隨父親同死，不願逃生。」業搖頭不答。延昭語延玉道：「潘帥已應允來援，就是不到陳家谷，也總可以出師，兄弟且保護父親，據住谷口，我前去乞援，若得請兵到來，尚可父子俱全呢。」計議已定，契丹兵已經殺到，萬弩齊發，箭如雨點。延昭慌忙走脫，已是流矢貫臂，鮮血淋漓，他也不遑裹創，飛馬乞援去了。業與延玉，尚率麾下血戰，延玉身中數十矢，忍痛不住，哭對乃父道：「兒去了，不能保護父親。」說至「親」字，口吐狂血，暈絕身亡。業見延玉已死，好似萬箭攢胸，回顧手下，已不過數百人。便流淚與語道：「汝等都有父母妻孥，與

第十七回　岐溝關曹彬失律　陳家谷楊業捐軀

我俱死，有何益處？快各自逃生，回報天子罷！」可悲可憫，閱至此處，怪不得坊間小說，唾罵潘美。各將士也流涕道：「生則俱生，死則俱死，我等怎忍捨割將軍？」業乃拚死再戰，尚手刃胡兵數十百人，身上也受數十創，反覺得麻木不仁，不知痛癢，無奈馬亦負傷，不能再進，沒奈何暫避林中。契丹將耶律希達望見袍影，用強弩射來，正中馬腹，馬僕地上，業亦隨墮。契丹副部署蕭撻覽縱馬搶入，把業捉去。業部下均戰死，無一生還。契丹兵擁業至胡原，見道旁有一石碑，上書李陵碑三字，業不禁長嘆道：「主上待我甚厚，我本思討賊扞邊，上報主恩，今為奸臣所迫，兵敗成擒，尚有何面目求活呢！」又大呼道：「寧為楊業死，毋為李陵生。」兩語不見史傳，係作者借楊業口中，警醒後世。呼畢，遂向碑上撞將過去，頭破腦裂，霎時畢命。後人有詩詠楊業道：

矢盡兵亡戰力摧，陳家谷口馬難回。
李陵碑下成忠節，千載行人為感哀。

業已撞死，究竟潘美是否出援，待小子下回敘明。

宋初健將，首為曹彬，其次莫如潘美，然彬謙仁有餘，智勇不足，岐溝之敗，誤在不智，又誤在不勇。勇者非浪戰之謂也，遇事有斷，是謂之勇。宋太宗既成彬輕進矣，彬應持重以待，毋惑歧謀，乃遽信諸將之言，引兵深入，裹糧三日，行軍五月，以為行險徼倖之計，及聞敵軍大至，遽爾駭退，謂非不勇得乎？若潘美則更不足道矣，楊業驍將也，久歷行陣，匪唯勇號無敵，即料事度勢，亦有先見之明，美乃不信其言，反誤信一伎刻之王侁，卒至孤軍應敵，力竭身亡，侁之罪固不容誅，美之罪亦豈可逭？後人憫業嫉美，至生出種種訛傳，目潘美為大奸，雖屬言之過甚，然究非盡出無稽，以視曹彬之不伐不矜，相去尤遠甚焉。故有識者嘗為之嘆曰：「北宋無將！」

第十八回

張齊賢用謀卻敵　尹繼倫奮力踹營

第十八回　張齊賢用謀卻敵　尹繼倫奮力踹營

　　卻說潘美遣業出師，本與王侁等隨後為援，趨至陳家谷口，列陣以待，自寅至巳，不得業報，令人登托邏臺遙望，毫無所見。美未免懷疑，王侁卻入稟道：「楊業如或敗退，必有急報，乃許久不得消息，大約已殺敗敵兵，主帥何不趕緊上前，趁勢圖功哩？」美躊躇半晌，方道：「且再待一二時，才定行止。」侁退出後，語眾將道：「此時不去爭功，尚待何時？我卻要先去了。」寫盡忮求情態。言已，遂自率部兵，徑出谷口。眾將亦爭功心急，躍躍欲動，美不能制，也只得隨行。身為閫帥，乃不能制馭諸將，烏得謂為無罪？遂沿交河西進，行二十里，忽見王侁領兵退回。美問明緣由，侁答道：「楊業已敗，契丹兵猖獗得很，恐不可當，因此馳回。」美聽到此言，也不覺驚慌，索性麾兵退歸。把陳家谷的預約，竟致失記，一直退至代州去了。明明是陷業死地，不願踐約。業失援敗死，邊境大震。雲、應、朔諸州的將吏，都棄城遁去，眼見將三州疆土，復送契丹。這種警耗，傳達宋廷，太宗恨失邊疆，悼喪良將，分別旌誅，下詔宣示道：

　　執干戈而衛社稷，聞鼓鼙而思將帥，盡力死敵，立節邁倫，不有追崇，曷張義烈。故雲州觀察使楊業，誠堅金石，氣激風雲，挺隴上之雄才，本山西之茂族，自委戎乘，或資戰功，方提貔虎之師，以效邊陲之用，而群帥敗約，援兵不前，獨於孤軍陷於沙漠，勁果猋厲，有死不回，求之古人，何以加此？是用特舉徽典，以旌遺忠，魂而有靈，知我深意，可贈太尉大同軍節度，賜其家布帛千匹，粟千石。大將軍潘美，坐失良將，監軍王侁，貽誤戎機，國有明刑，應寘重典，姑念立功於前日，特從末減於今時。美降三官，侁即除名，以示懲儆。此詔！

　　業子延昭，至代州乞援，潘美尚靳不發兵，業已早死，延昭大慟一場，上表奏聞。太宗召令還京，任為崇儀副使，並追贈延玉官階。還有業

子延浦、延訓，俱授供奉官，延環、延貴、延彬，併為殿直，楊氏一門，均承餘蔭，業總算不虛死了。

曹彬、米信等回京，詔就尚書省訊鞫，令翰林學士賈黃中等定讞，責他違詔失律，均應坐罪，降彬為右驍衛上將軍，信為右屯衛上將軍。餘如崔彥進以下，貶黜有差。唯田重進全軍不敗，李繼隆所部，亦成列而還，兩人不復加罪，且任重進為馬步軍都虞侯，繼隆為馬軍都虞侯，兼知定州。又以代州關係緊要，楊業已死，須擇另任，適張齊賢上書言事，忤太宗意，太宗遂命他出知代州，與潘美同領軍務，加意防邊。齊賢文臣，乃以忤上意調邊，太宗仍不免懷私，幸彼文能兼武，後且用計卻敵，邊塞得安，否則寧尚有幸耶？是年仲冬，契丹主隆緒，又隨蕭太后統兵入寇，用耶律休哥為先鋒都統，率兵十萬，浩浩蕩蕩，殺奔前來。瀛洲部署劉廷讓（即第九回之劉光義，因避太宗諱，改名廷讓）聞契丹出師，約同邊將李敬源、楊重進等，集兵十萬人，沿海北赴，將乘虛進襲燕地。計非不佳，可惜遇著耶律休哥。耶律休哥正防他這著，隨處派探騎偵查，一聞偵報，即往扼要隘。廷讓等到了君子館，天甚寒冷，士卒手皆皴瘃，連弓弩都不能開張，哪知耶律休哥正因這寒凍時候，攻他不備，掩殺過來。廷讓等慌忙對敵，怎奈朔風冽冽，黑霧沉沉，兵士都無鬥志，相率潰散。契丹兵素性耐寒，更仗著一股銳氣，包抄宋軍，頓將廷讓等圍住。廷讓嘗分兵給李繼隆，令為後援，偏繼隆退保靈壽，並不往救。都是顧己不顧人。廷讓待援不至，只得與李敬源、楊重進兩人，冒死突圍，待至血路殺出，敬源、重進都負重傷，倒斃地上。廷讓帶著數騎，飛馬奔逃，才得保全性命。

休哥得了勝仗，遂進圖雄州，私遣賀令圖書，並重錦十兩，但說：「自己得罪本國，情願歸順南朝，請足下代為先容，當約期歸降。」令圖深信不疑，休哥已得勝仗，就使一個笨伯，也應知他是詐降計，令圖信為

第十八回　張齊賢用謀卻敵　尹繼倫奮力蹹營

　　真言，大約是利令智昏之故。覆書約休哥相會。休哥大喜，即帶兵至雄州，距十里下寨，遣原使走報令圖，與約相見。令圖意欲擅功，也不與將校商議，竟引數十騎往迎。既至休哥營內，休哥據胡床高坐，厲聲罵道：「你好經營邊事，今乃送死來麼？」確是送死。喝令左右拿下。令圖懊恨不迭，還想指揮從騎，與他對抗。看官！試想羊落虎口，哪裡還能掙脫？所有從騎，立被殺盡，單剩令圖一人，赤手空拳，自然被他擒住，檻送燕都，一刀了事。休哥遂乘勝南驅，連陷深、邢、德三州，殺官吏，俘士民，把城中子女玉帛，盡行掠取，輦載而歸。賀懷浦於楊業戰死時，已先敗歿，一年中父子皆死，時人統說他貪功啟釁，致有此報。

　　話休敘煩，且說耶律休哥南下略地，勢如破竹，即乘勢進薄代州，副部署盧漢贇，畏懦得很，只主張固守，不敢出戰，知代州張齊賢奮然道：「胡騎充斥城下，志驕氣盈，須用計破他一陣，才好保全代州，若一被圍攻，轉眼間糧盡食空，尚能保壁自固麼？」時潘美駐師并州，齊賢遂遣使往約，夾擊敵兵。美得報，即令原使返報齊賢，準如所約。不料使人被敵騎拿去，齊賢尚未得知，日夕盼望回音。嗣得潘營來使，遞上密書，內稱：「前日覆函，諒應接洽，本即踐約，出師柏井，奈今得密詔，據云東路失敗，只應慎守汛池，不得妄發，現部眾已退還并州了。」齊賢道：「潘將軍前日答覆，我處並未接到，想使人已陷沒敵中，但敵知潘來，不知潘退，我當設法退敵便了。」遂留住美使，令居室中，自選廂軍二千，涕泣與語，並詐言潘軍將到，兩下夾攻，不怕敵軍不退。軍士聞言，各感憤得很，誓效死力。齊賢復乘夜發兵二百人，令各持一幟，負一束芻，潛往州西南三十里，列幟燃芻，不得有誤。二百人奉命去訖。又令步卒千人，從間道繞出，往伏土鐙寨，掩擊敵兵歸路，步卒亦去。布置已定，時方夜半，齊賢竟親率數百騎，往搗敵營。休哥倒也準備，俟宋軍衝至，即開寨

出戰。宋軍以一當百，都似生龍活虎一般，攔截不住，休哥正麇軍圍裏，忽見西南一帶，火光燭天，恰隱隱有旗幟搖動，疑是并州兵至，當即駭走。到了土鐙寨，又聞連珠炮響，伏兵殺出，箭如飛蝗，休哥不知宋軍多少，但催兵急遁。契丹國舅詳穩撻烈哥（詳穩一譯詳袞，係契丹諸官府監治長官之名號，撻烈哥一譯特爾格），宮使蕭打里（打里一譯達哩），俱中矢落馬，被宋軍趕上殺死。這一仗，斬首數百級，獲馬二千匹，所得兵械無算。直至虜兵去遠，方收兵回城，時正雞聲報曉，晨光熹微了。以少勝多，全恃智謀。

太宗屢得邊報，擬大發兵北伐契丹，下詔募兵，令大河南北四十餘郡，八丁取一，充作義旅。京東轉運使李唯清私嘆道：「此詔若行，天下無農夫了。」乃上疏力爭，至再至三。宰相李昉等，亦上言：「河南人民，不知戰鬥，若勒令當兵，竊恐民情搖動，反為盜賊，請收回成命，免多騷擾！」太宗乃再行頒詔，獨選河北，不及河南。會雍熙四年暮冬，太宗欲刷新庶政，復下詔改元端拱，於次年元旦舉行。越年，即改稱端拱元年，上元節屆，親耕籍田，布赦天下。趙普自任所入朝，太宗慰撫數四，留住京都。適布衣翟穎，與知制誥胡旦相狎，旦令改名馬周，隱以唐馬周為比。復嗾使擊登聞鼓，攻訐李昉，說他：「賦詩飲酒，不知備邊，曠職素餐，有慚鼎輔」等語。想係胡旦與昉有嫌，特借翟穎為傀儡，且窺伺上意，就邊備上彈劾，旦真一險詐小人耳。太宗聞言，未免厭昉，昉即自請解職，因罷為右僕射，有詔授趙普為太保兼侍中，呂蒙正同平章事。

普至是已三次入相，太宗欲重用蒙正，恐他資望尚淺，未洽輿情，特借普作為表率。普與蒙正同登相位，一係元老，一乃後進，只因蒙正秉正敢言，普也不覺折服。會樞密副使趙昌言，與胡旦、翟穎等，表裡為奸，嘗令翟排毀時政，且歷舉知交數十人，推為公輔。普察得趙、胡私情，遂

第十八回　張齊賢用謀卻敵　尹繼倫奮力踹營

與蒙正聯名奏請，依法論罪。昌言遂出貶為崇信行軍司馬，且謫為坊州團練副使，翟穎充戍。還有鄭州團練使侯莫、陳利用，以幻術得幸，驕恣不法，居處服御，僭擬乘輿。普陳他十罪，力請正法，太宗令發配商州。普仍上書請誅，太宗道：「朕為萬乘主，難道不能庇護一人麼？」普叩首道：「陛下若不誅奸幸，便是亂法，法可惜，一豎子何足惜呢？」太宗不得已，命即按誅。時利用已至商州，自恃主寵，尚是大言不慚，經朝旨到來，由商州刺史奉詔行刑；至利用伏法，又有朝使馳至，聞利用已經磔市，不由地嘆息道：「朝旨已令緩刑，偏我遲了一步，竟致不及，大約利用惡貫滿盈，應該受誅，只我恐未免受譴哩。」原來朝使至新安，馬適陷淖，及出潭易馬，馳至商州，巧巧該犯戮死。汴、陝官民，都不禁拍手稱快，這正叫做「天網恢恢，疏而不漏」呢。奸臣聽者！

且說降王李煜、劉鋹等，已早病歿，只故吳越王錢俶，及定難節度使李繼捧，尚留京中。端拱元年八月，適遇錢俶生辰，太宗賜宴便殿，是夕暴亡。恐是中毒。獨李繼捧在京無事，乃弟繼遷，借契丹為護符，日肆侵擾，普以繼捧留京無益，且恐洩漏機密，反致有損，不如令歸鎮夏州，招撫繼遷。太宗也以為然，遂召繼捧入見，賜他姓名，叫做趙保忠，並厚加賞賚，遣往夏州，勸弟歸誠。繼捧庸懦，安能制服狡弟？縱之使歸，殊為失策。隔了數日，連線三次警報，第一次是涿州失守了，第二次是祁州失守了，第三次是新樂失守了。太宗愁容滿面，語群臣道：「契丹不肯收兵，時擾河朔，看來只好大舉北伐哩！」趙普道：「時已隆冬，不便出師，但令邊將堅壁清野，固守汛地，俟來春大舉，亦尚未遲。」太宗躊躇未決，右拾遺王禹偁，覆上禦戎策，大致在任賢修政，省官畜民，選將勵士等情。有旨優答。至端拱二年正月，契丹復進陷易州，乃再詔群臣上備邊策，同知貢舉張洎應詔陳言，略云：

中國御戎，唯恃險阻，今自飛狐以東，皆為契丹所有，既失地利，而河朔列壁，皆具城自固，莫可出戰，此又分兵之過也。請於沿邊建三大鎮，各統十萬之眾，鼎峙而守，仍命親王出臨魏府以控其要，則契丹雖有精兵，豈敢越而南侵？制敵之方，盡於此矣，幸陛下垂察！

是時同平章事宋琪，亦已罷免相職，還任刑部尚書，再遷吏部尚書。琪籍隸幽、薊，素知邊事，亦應詔陳詞，洋洋灑灑，差不多有數千言，小子錄不勝錄，但撮舉大要云：

國家規劃燕地，由雄霸路直進，陂澱坦平，賊來莫測，實屬非便。若令大軍會於易州，循孤山之北，漆水以西，倚山而行，援糧而進，涉涿水，並大房，抵桑乾河，出安祖寨，則東瞰燕城，才及一舍，此周德威收燕之路，下視孤壘，浹旬必克。山後八州，聞薊門不守，必盡歸降，勢使然也。然兵為凶器，聖人不得已而用之，若精選使臣，不辱君命，通盟繼好，弭戰息民，此亦策之得也。臣每見國朝發兵，未至屯戍之所，已於兩河諸郡，調民運糧，煩費苛擾，臣生居邊土，習知其事，此後每逢調發，應各自齎糗糧，不勞饋運，俟大軍既至，定議取捨，然後再圖轉餉，亦未為晚。願加省覽，採擇施行！

此外如李昉、王禹偁等，亦多主張修好，毋輕用兵。太宗乃不復大舉，但令邊將固守要塞，以守為戰。契丹聞宋不發兵，又進兵入犯，朝命知定州李繼隆發真定兵萬餘人，護送糧餉數千乘，赴威虜軍。耶律休哥偵悉，率精騎數萬，邀截途中。北面都巡檢使尹繼倫，適領兵巡路，遇休哥軍，避入林間。休哥明明瞧見，但看繼倫手下，寥寥無幾，不值一掃，索性由他避匿，竟自控騎南趨。驕態如繪。繼倫待虜兵已過，語軍士道：「狡虜欺我太甚，他明是蔑視我軍，不顧而去，若得勝回來，即驅我北行，否則借我洩忿，我軍將無噍類了。為今日計，不如卷旆銜枚，輕躡敵後，他

第十八回　張齊賢用謀卻敵　尹繼倫奮力踹營

方銳氣無前，斷不回顧，我能出他不意，奮力戰勝，尚可自立邊疆；就使戰他不過，殉節沙場，尚不愧為忠義，豈可泯然徒死，空做一班胡地鬼麼？」軍士聞言，都憤激起來，齊聲應道：「敢不如命！」繼倫即令秣馬蓐食，俟至傍晚，飭每人各持短兵，魚貫啟行，靜悄悄的走了數十里，天尚未明。繼倫登高遙矚，見前面已至徐河，契丹兵正駐營河濱，隱隱有炊煙數縷，起散天空。隔河四五里，亦有大營紮住，料知是李繼隆軍，便指示軍士道：「虜兵想在此造飯了，我等正好殺將過去，休使他安食哩！」軍士聽令，即一擁上前，奔至河旁，搗入敵營。敵兵正在會食，忽見宋軍殺到，也不知從何處過來，慌忙拋下飯碗，準備迎敵。哪知宋軍已經闖入，當先一員大將就是尹繼倫，生得面目漆黑，又帶著黑盔，穿著黑甲，坐著黑馬，好似一團黑雲，手執亮晃晃的大刀，左斫右砍，殺死無數。契丹將皮室，出來抵禦，不到三合，頭已落地。契丹兵駭呼道：「黑面大王來了，快逃命罷？」繼倫姓尹，未曾姓閻，為何遼人都怕他索命？頓時驚潰。宋軍殺到後帳，耶律休哥方食失箸，忙轉身逃走，不意右臂已被斫一刀，不由地失聲叫痛，正是：

強中更有強中手，智將還須智將摧。

欲知休哥能否逃生，待至下回說明。

耶律休哥，為契丹良將，亦未嘗無失策之時。代州被賺於張齊賢，徐河見敗於尹繼倫，是休哥非真無敵者，誤在防邊諸將，多半如賀令圖，無功而思爭功，不才而誇有才，死在目前，尚不及覺，乃為休哥所屠害耳。或謂以宋朝全盛之時，終不能下燕、薊，意者由天命使然，非人力所可及。不知天定勝人，人定亦能勝天，況君相有造命之權，顧乃任將非人，竟令山前後十六州，久淪左衽耶？人謀不臧，諉之於天，天何言哉？豈為人任咎乎？

第十九回

報宿怨故王索命　討亂黨宦寺典兵

第十九回　報宿怨故王索命　討亂黨宦寺典兵

　　卻說耶律休哥右臂受傷，正在危急的時候，幸帳下親卒，走前護衛，死命與宋軍相搏，才得放走休哥。休哥乘馬先遁，餘眾亦頓時散走。俟李繼隆聞報，渡河助戰，天色已經大明，敵兵不剩一人。繼隆大喜，與繼倫相見，很是嘆服，至兩下告別，繼隆得安安穩穩地押著糧餉，運至威虜軍交訖，這且按下。尹繼倫因功受賞，得領長州刺史，仍兼都巡檢使，契丹自是不敢深入，平居嘗相戒道：「當避黑面大王。」就是耶律休哥也不敢再來問津了。一戰之威，至於如此。越年，太宗又下詔改元，號為淳化。屢次改元，無謂之至。趙普上表辭職，太宗不許，表至三上，乃出普為西京留守，仍授太保兼中書令。原來太宗再相趙普，本為位置呂蒙正起見，普亦漸窺上意，不願久任，且因李繼捧還鎮夏州，非但不能撫弟，反與繼遷同謀，嘗為邊患。時論多謂：「縱兇出柙，由普主議。」普心愈不自安，遂稱病乞休。至西京留守的詔命下來，普尚三表懇讓，太宗就賜手諭道：「開國舊勳，只卿一人，不同他等，無至固讓，俟首途有日，當就第與卿為別。」普捧諭涕泣，乃入朝請對，賜坐左側，頗談及國家事。太宗頻頻點首，逾時始退。普將啟行，太宗親倖普第，握手敘別。及淳化二年春日，普以年老多病，令留守通判劉昌言奉表到京，哀求致仕，乞賜骸骨。太宗遣中使馳傳撫問，授普太師，封魏國公，給宰相俸；且命養疾就痊，再行赴闕相見。普感激涕零，因復力疾辦公，勉圖報效。怎奈衰軀尚可支持，冤累偏來纏繞，每夜夢魘，往往呼著太后娘娘及秦王殿下，或齗齗忿爭，或哀哀乞免。至左右喚他醒來，他尚諱莫如深，未肯明言，及朦朧睡去，又呼號如故。自是精神恍惚，夢寐不安，漸漸間形尪食少，臥病不起；每一交睫，即見秦王廷美，坐著床側，向他索命。他無法可施，只得延請羽流，設醮誦經，上章禳謝。羽流問為何事？他又不便與說，開著眼想了一會，就從枕上躍起，索了紙筆，手書數語道：

情關母子，弟及自出於人謀，計協臣民，子賢難違乎天意。乃憑幽祟，遽逞強陽，瞰臣血氣之衰，肆彼魑呵之屬。信周祝霾魂於鳩訴，何普巫雪魄於雉經，倘合帝心，誅既不誣管蔡，幸原臣死，事堪永謝朱均。仰告穹蒼，無任祈向！

書就後，末署自己姓名，親加密緘，令羽流向空焚禱。羽流即遵命持焚，火方及函，不意一陣狂風，吹入法壇，將封章颭起空中，疾飛而去。諸人不勝驚異。嗣有人過朱雀門，拾得一函，兩旁似被火炙焦，中間尚是完固，拆開一瞧，乃是趙普禱告上天的表章，字跡依然存在，絲毫不曾毀去。且見他詞句清新，情意斐亹，不由地愛不忍釋，遂信口記誦；唸到爛熟，傳諸友人。於是一傳十，十傳百，把這一篇禱告文，視作聖經賢傳一般，大半耳熟能詳，連小子今日，尚可錄述簡中，作為談助。這便是欲蓋彌彰，無微不顯呢。有心人幸勿作虧心事。

趙普因禱告無靈，病日加重，再解所寶雙魚犀帶，遣親吏甄潛，詣上清太平宮醮謝。道士姜道元，為普扶乩，乞求神語，但見觓筆寫著道：「趙普係開國元勳，可奈冤累相牽，不能再避。」姜又叩問道：「冤累為誰？」乩筆又繪一巨牌，牌上亂書數字，多不可識，只牌末有一火字，姜不能解，轉告甄潛，令返報普。普太息道：「此必是秦王廷美無疑。但渠與盧多遜勾結，事露迨禍，咎豈在我，不知他何故祟我呢？」一聞火字，即知必是秦王，可見得賊膽心虛，尚說是於己無與麼？言已，涕淚不止，是夕竟卒，年七十一。訃達殿廷，太宗很是震悼，語近臣道：「普事先帝，與朕故交，能斷大事，向與朕嘗有不足，爾等應亦深知，但自朕君臨以來，他頗為朕效忠，好算得一個社稷臣，今聞遽逝，殊為可悲！」因輟朝五日，為出次發哀，贈尚書令，追封真定王，賜諡忠獻。太宗親撰神道碑銘，作八分書以為賜，並遣右諫議大夫范杲，攝鴻臚卿，護理喪事，賻絹

第十九回　報宿怨故王索命　討亂黨宦寺典兵

布各五百匹，米麵各五百石，葬日，有司設鹵簿，鼓吹如儀。

普少習吏事，寡學術，太祖嘗勸以讀書，乃手不釋卷；及入居相位，每當退食餘閒，輒闔戶讀書；次日臨政，取決如流。及病歿，家人檢點遺書，藏有一篋，啟視篋中，並無異物，只有書籍兩本。看官道是何書？乃是《論語》二十篇。普平時亦嘗對太宗道：「臣有《論語》一部，半部佐太祖定天下，半部佐陛下致太平。」恐怕未必。如果身體力行，何致患得患失？太宗亦很為嘉嘆。又普善強諫，太祖嘗怒扯奏牘，擲棄地上，普顏色不變，跪拾以歸。越日，復補綴舊紙，復奏如初，卒得太祖感悟，如言施行。太宗信用佞臣弭德超，疏斥曹彬，普力為曹彬辨誣，挽回主意。德超竄錮，彬官如舊。唯廷美冤獄，實由普一人構成，時論以此少普。普有子數人，承宗為羽林大將軍，出知潭、鄆二州，頗有政聲，承煦為成州團練使。又有二女皆及笄，矢志不嫁，及送父歸葬，自請為尼。太宗婉諭再三，終不能奪，乃賜長女名志願，號智果大師，次女名志英，號智圓大師。兩女遂自建家庵，奉佛終身。趙氏有此二女，智過乃父多矣。真宗咸平初年，復追封普為韓王，話休敘煩。

且說普罷相後，用張齊賢、陳恕、王沔為參知政事，張遜、溫仲舒、寇準為樞密副使。沔聰察敏辯，首相呂蒙正，嘗倚以為重，但沔太苛刻，未免與同僚齟齬。張齊賢、陳恕與沔不和，互相疑忌。太宗罷沔、恕官，並及蒙正，即任李昉、張齊賢為同平章事，賈黃中、李沆為參知政事。嗣又用呂端參政。未幾又罷張齊賢，仍用呂蒙正。蒙正，河南人。父名龜圖，曾任起居郎，平素多內寵，與妻劉氏不睦，甚至出妻逐子。蒙正流棲古寺，嘗被僧徒揶揄。寺中故例，每飯必敲鐘，僧眾以蒙正寄食，不欲與餐，已飯乃擊鐘，所以「飯後鐘」三字，便是蒙正落魄的古典。至蒙正貴顯，未嘗報怨，反厚給寺僧。又迎父母就養，同堂異室，侍奉極誠。父母

相繼謝世，蒙正服闋，得入為參政。有朝士指議道：「此子亦得參政麼？」蒙正佯為不聞，從容趨過，同列不能平，欲究詰朝士姓名，蒙正遽搖手禁止道：「不必不必。若一知姓名，便終身不能忘，還是不知的好。」同列相率嘆服。插此一段，所以風世。及擢登相位，守正不阿，有僚屬藏一古鏡，擬獻與蒙正，自言能照二百里。蒙正笑道：「我面不過楪子大，何用照二百里呢？」諧語有味。遂固辭不受。平居輒儲一夾袋，無論大小官吏，進謁時必詳問才學，書藏袋中，及朝廷用人，即從袋中取閱，按才奏薦，所以用無不宜。太宗每有志北伐，蒙正諫阻道：「隋、唐數十年中，四征遼碣，民不堪命，隋煬帝全軍覆沒，唐太宗自運土木攻城，終歸無效。可見治國大要，總在內修政事。內政修明，遠人自然來歸，便足致安靜了。」也是知本之論。太宗頷首稱善。因此蒙正為相，不聞勞師。

　　唯淳化四年，青神民王小波作亂，免不得調兵遣將，西向行軍。原來青神係西蜀屬縣，蜀為宋滅，府庫所積，悉運汴京。官吏治蜀，喜尚功利，往往額外徵求，苛擾民間。青神縣令齊元振，性尤貪惏，專務敲剝，百姓怨聲載道，恨入骨髓。土豪王小波，乘機糾眾，揭竿作亂，嘗對眾語道：「貧的貧，富的富，很不均平，令人痛恨！我今日起事，並不想爭城奪地，無非欲均平貧富呢。」貧民聽到此語，越覺歡迎，不到數日，已集眾至萬人，遂攻入縣城，捉住齊元振，指斥罪狀，把他剖腹，挖出心肝肚腸，用錢盛入，且綁屍門外，揭示罪名。自是旁掠彭山，所在響應。西川都巡檢使張玘，調眾往討，與戰江原，射中小波左目，亂黨敗走，張玘得勝而驕，夜不戒備，誰知被小波襲擊，一陣亂搗，殺死官兵無數，玘亦遇害。小波因目痛加劇，也竟斃命。亂黨更推小波妻弟李順為帥，寇掠州縣，陷邛州永康軍，有眾數十萬。越年，轉陷漢、彭諸州，乘勝攻成都。轉運使樊知古，知府郭載，及官屬出奔梓州。李順遂入據城中，僭號

第十九回　報宿怨故王索命　討亂黨宦寺典兵

大蜀王，並遣黨四出騷擾，兩川大震。區區小丑，竟猖獗至此，蜀中可謂無人。

是時李昉、賈黃中、李沆、溫仲舒，均已免職，改用蘇易簡、趙昌言參知政事，太宗因蜀亂甚熾，召集廷臣，特開會議。或請派遣大臣入川撫諭，太宗頗也許可。昌言獨毅然道：「潢池小丑，敢行弄兵，若非遣師急討，如何整肅天威？且恐滋蔓難圖，更宜從速進剿。」太宗乃命宦官王繼恩為兩川招安使，率兵西行。雷有終為陝路轉運使，管理餉務，繼恩等尚未到蜀，李順已遣黨徒楊率眾數萬，進逼劍門。都監上官正，只有疲卒數百人，由正勉以忠義，登陴固守。楊廣圍攻三日，均被矢石擊退。會成都監軍宿翰，引兵來援，與楊廣搏鬥城下，正領數百騎出城，大呼殺賊，自己挺刃當先，往來擊刺，銳不可當，賊眾披靡，由官軍前後夾攻，斬馘幾盡，只剩殘黨三百人，奔還成都。李順怒責楊廣，說他挫損銳氣，綁出斬首，又將三百人一律殺死，賊眾多半不服，漸漸內潰。順再遣眾攻劍門，那時王繼恩已從劍門馳入，長驅至研石寨，殺退賊眾，斬首五百級，逐北過青彊嶺，平劍州，進攻柳池驛，又大破賊眾。李順聞北路失敗，擬向西路進攻，遂驅眾圍梓州。知梓州張雍，初聞王小波作亂，即募練士卒，為城守計，一面修城鑿濠，備糧繕械，專待賊黨到來，果然賊眾大至，差不多有十餘萬，猛撲城濠。雍率練兵三千人，悉力守禦，無隙可乘。相持至兩月有餘，賊眾已是疲敝，守卒尚有餘勇。又由王繼恩遣將赴援，李順知不能下，因此退去。未幾，王繼恩連敗賊黨，直搗成都。李順尚有眾十萬，開城搦戰，被官軍一場鏖鬥，殺得落花流水，狼狽不堪。順入城死守，經官軍晝夜環攻，四面緣梯，冒險登城，城遂攻破。順尚率軍巷戰，被官軍奮力兜拿，將順擒住，斬首三萬級，遂覆成都。順解陝伏法。

還有賊黨張餘，潰出城外，收集殘眾，復攻陷嘉、戎、瀘、渝、涪、

忠、萬、開八州。開州監軍秦傅序戰死，川境復震。王繼恩方奏捷汴都，中書敘功論賞，擬任繼恩為宣徽使，太宗道：「朕讀前代史，宦官預政，最干國紀，就是我朝開國，掖庭給事，不過五十人，且嚴禁干預政治。今欲擢繼恩為宣徽使，宣徽即參政初基，怎可行得？」宦官不應預政，如何可以領兵？太宗若明若昧，令人發噱。參政趙昌言、蘇易簡等，又上言：「繼恩平寇，立有大功，非此不足酬庸。」昌言力主討蜀，想受繼恩運動。太宗怒道：「太祖定例，何人敢違？」金匱盟言，反可背棄麼？遂命學士張洎、錢若水別議官名，創立一個宣政使名目，賞給繼恩，進領順州路防禦使。繼恩手握重兵，久留成都，專務宴飲，每一出遊，前呼後擁，音樂雜奏，騎士左執博局，右執棋枰，整日荒戲，恣行無忌。僕使輩驕盈橫暴，淫婦女，掠玉帛，任所欲為。小人得志，往往如此。州縣遣人乞救，置諸不理。賊目張餘，勢焰大張，比李順尤為猖獗，事為太宗所聞，亟命同知司事張詠，出知益州。益州就是成都府，因李順亂後，降府為州。詠既至蜀，邀集上官正、宿翰等，曉他大義。正與翰甚為感動，誓掃餘賊，乃即日出師，臨行時，詠又舉酒相餞，遍及軍校，涕泣與語道：「爾輩受國厚恩，此行得蕩平醜類，朝廷自有旌賞。若老師曠日，坐誤戎機，就使歸還此地，亦不能相貸，恐也難免一死哩。」軍校唯唯而去。詠復親自下鄉，曉諭百姓，各安生業，毋得從盜。且傳語道：「前日李順脅民為賊，今日我化賊為民，可好麼？」又探得城中屯兵，尚有三萬人，無半月糧，民間舊苦鹽貴，倉廩卻有餘積，乃採鹽至城，令民得用米易鹽。不到一月，得米數十萬斛，兵民咸安。並禮士舉賢，理刑恤獄，遐邇謳歌，益州大治。理亂之分，全在官吏。上官正、宿翰等，用兵屢捷，所失州縣，次第克復。張餘退走嘉州，被官軍中途追及，一鼓擒來，蜀寇乃平。太宗即召王繼恩還都，留雷有終、上官正為兩川招安使。並下詔罪己，自言：「委任

第十九回　報宿怨故王索命　討亂黨宦寺典兵

非人,致有此亂,此後當慎用官吏,與民更始」云云,由是蜀民大悅。小子有詩詠道:

掖庭賤役任檀車,縱有微功寧足誇?
幸得一麾循吏去,兩川士庶始無譁。

蜀事就緒,西夏又復入寇,待小子下回再表。

宋初功臣,不止一普,而普之功為最大。即其掛人清議也亦最多:陳橋之變,普嘗典謀,為太祖成不忠不義之名者,普也;廷美之獄,普實主議,為太宗成不孝不友之名者,亦普也。夫陳橋受禪,隱關氣運,定策佐命者實繁有徒,尚得以天與人歸為解,廷美之獄,太宗猶畏人言,普乃謂太祖已誤,陛下不容再誤,而大獄遂由是構成。試問前日金匱之盟,誰為署尾?如以兄終弟及為非,何不諫阻於先,而顧忍背盟於後耶?及普之臨歿,冤累相隨,正史稗乘中,俱敘述及之,此雖未足盡信,然即幻見真,無冤不報,安在其全出子虛乎?二女為尼,未始非由激而成。本回獨詳敘普死,所以揭陰私,垂炯戒也。彼夫西蜀之亂,宿將尚多,乃獨任奄人為將,吾不知太宗是何居心?幸亂民烏合,尚易蕩平,否則不蹈唐季覆轍者幾希矣。至敘功論賞,乃反斤斤於一字之辨,改宣徽為宣政,夫宣徽不可,宣政其可乎?厥後童貫、梁師成之禍,實自此貽之,法之不可輕弛也,固如此哉!

第二十回

伐西夏五路出師　立新皇百官入賀

第二十回　伐西夏五路出師　立新皇百官入賀

卻說李繼捧還鎮夏州，不到數月，即上言繼遷悔過，情願投誠，太宗遂任繼遷為銀州刺史。其實繼遷並無降意，不過藉此休息，為集眾計。過了一年，即招繼捧叛宋，約同寇邊。繼捧不從，繼遷反進攻繼捧，虧得繼捧有備，將他擊敗，流矢中繼遷身上，繼遷飛馬遁去。嗣復入寇夏州，繼捧上表乞師，太宗遣翟守素往援，復為繼遷偵悉，恐勢不能敵，又與繼捧講和，令代為謝罪。繼捧是個優柔寡斷的人物，又替繼遷上書宋廷，只說是：「決計歸款，誓改前非。」戀情骨肉，心尚可原。有詔授繼遷為銀州觀察使，賜姓趙，名保吉，並用他子德明為管內蕃落使行軍司馬。既而繼遷又脅誘繼捧，令降服契丹，可封王爵，繼捧也覺心動，復告繼遷，詞涉模稜。繼遷即向契丹代請，果得契丹封冊，命繼捧為西平王。富貴動人。轉運副使鄭文寶，聞繼遷狡詐，設法預防，查得銀、夏一帶，舊有鹽地，每歲產鹽頗巨，繼遷得收為己利，文寶令歸官賣，不得私占。繼遷失一利源，甚是憤恨，遂率邊人四十二族，寇掠環州，大為邊害。嗣又欲徙綏州民至平夏（即夏州，唐時党項居夏州者號平夏部，故名）。部將高文岯等，不願轉徙，反抗繼遷，竟將繼遷逐去。繼遷復糾領部眾，入攻堡寨，掠居民，焚積聚，進寇靈州。太宗聞繼遷兄弟，同謀叛逆，立命李繼隆為河西都部署，調兵往征。繼隆奉命，即帶領數千騎，向夏州出發。繼捧聞繼隆且至，先挈母妻子女，屯營郊外，且上言與繼遷解怨，獻馬五十匹，乞即罷兵！太宗覽奏微笑道：「兩豎反覆無常，朕豈常受他誑麼？」當下遣中使傳諭繼隆，令即進師，且授以密計。繼隆遂貽書繼捧，相約會師，往討繼遷。一面又與繼遷書，令同討繼捧。繼遷竟夜襲繼捧營，繼捧方寢，不意繼遷殺至，忙從帳後逃出，孑身還城。指揮使趙光嗣，誘繼捧入別室，把他禁錮起來，用兵守著，當即開城迎繼隆軍。繼隆入城，即將繼捧羈入囚車，押送京師。又率軍往討繼遷，繼遷遁去。繼捧到汴，待罪

闕廷，由太宗詰責數四，繼捧叩首謝罪，有詔特赦，授右千牛衛上將軍，封宥罪侯，賜第都中，並削趙保吉姓名，墮夏州城，遷民居至綏銀，飭兵固守。

繼遷又獻馬謝罪，並遣弟延信入覲，把那違叛事情，盡推在繼捧身上。太宗卻溫言慰諭，撫賚甚厚，復遣內侍張崇貴，招諭繼遷，並賜茶藥器幣衣物。淳化五年冬季，復命於次年改元至道。至道元年，繼遷遣押牙張浦，貢獻良馬橐駝，適衛士校射後圃，太宗令張浦往觀，衛士皆拓兩石弓，且有餘力。射畢，太宗問浦道：「你看我朝衛士，藝力如何？」浦答道：「統是矯矯虎臣。」太宗複道：「羌人敢對敵否？」浦又答道：「羌部弓弱矢短，但見這長大人物，已是畏避不遑，還敢出來對敵麼？」無非貢諛。太宗大喜，遂命浦為鄭州團練使，留居京師。另遣使持詔拜繼遷鄜州節度使。繼遷佯不敢受，上表固辭，且言：「鄭文寶誘他部屬，屢加逼迫。」太宗為弛鹽禁，且貶文寶為藍山令。徒示以弱，反啟戎心。看官！你想這刁狡萬分的李繼遷，威不足懲，恩不足勸，怎肯為這區區羈縻，甘心降服？靜養了好幾月，竟率千騎攻清遠軍。幸守將張延，預先戒備，設伏要路，一俟繼遷兵到，即發伏出擊，殺死敵騎三五百名，繼遷慌忙遁去。

越年，太宗命洛苑使白守榮等，護送芻粟四十萬，出赴靈州，囑令輜重分作三隊。丁夫持弓箭自衛，士卒布著方陣，步步為營，遇敵乃戰，才可無失。復令會州觀察使田紹斌，率兵援應。誰知守榮不遵諭旨，並作一運，紹斌也未嘗往援，輜重到了浦洛河，竟被繼遷邀擊，軍士逃命要緊，還管什麼糧餉，那四十萬芻粟，都被繼遷部下，搶掠一空。太宗聞報，拿問守榮、紹斌，按律治罪，即命李繼隆為環、慶州都部署，再討繼遷。

會值四方館使曹璨（即彬之子），自阿西還汴，上言：「繼遷率眾萬

第二十回　伐西夏五路出師　立新皇百官入賀

餘，圍攻靈武，城中上書告急，偏使人被繼遷捉去，因此消息隔絕，請速發兵救解，方保無虞。」太宗又下樞臣複議。時呂蒙正又罷相，用參政呂端繼任，端請分道出師，由麟府、鄜延、環慶三道，會攻平夏，直搗繼遷巢穴，不怕繼遷不還顧根本，靈武自可解圍。此即孫臏擊魏救趙之計。太宗也以為是，但主張五路出師，與呂端大同小異。或言時將盛暑，兵士涉旱海，無水泉，沿途飢渴勞頓，不能無失，還不如緩日出師。太宗怒道：「寇犯邊境，畏暑不救，若寇入內地，難道也聽他進來麼？況現當孟夏，時尚清和，不速發兵，更待何時？」乃詔令李繼隆出環州，丁罕出慶州，范廷召出延州，王超出夏州，張守恩出麟府，五路進討，直趨平夏。繼隆以環州道迂，擬從清岡峽出師，較為便捷，遂遣繼和馳奏，自率部兵萬人，徑從清岡峽出發。太宗得繼隆奏報，召見繼和，厲聲呵責道：「汝兄不遵朕言，必致敗事，朕囑他出發環州，無非因靈武相近，欲令繼遷聞風解圍，馳還平夏，汝速回去，與汝兄說明朕意，毋得違旨獲罪！」宋臣多違上命，也是主權旁落之故。繼和奉旨亟返，那時繼隆已去得遠了。

　　繼隆出清岡峽，與丁罕合兵，續行十日，不見一敵，竟引軍回來。張守恩與敵相遇，不戰即走。獨范廷召與王超兩軍。行至烏白池，遙見敵兵蜂擁前來，超語廷召道：「敵勢甚銳，我軍宜各守營寨，堅壁勿動，免為所乘。」廷召應諾，遂彼此依險立營，飭軍士不准妄動，遇有敵兵，只准射箭，不准出戰。約過一時，繼遷督眾到來，左右分攻，均被射回，相持至一晝夜。超子德用，年方十七，隨父從軍。入稟父前道：「敵兵雖盛，不甚整齊，兒願出營一戰。」超怒道：「你敢違我軍令麼？」德用道：「兒非有意違命，但我不出戰，他未肯退，此地轉餉艱難，不應久持，還是殺將出去，把他一鼓擊退，我等方可從容班師。」超沉吟半晌，方道：「且再待半日，俟他銳氣少衰，才可得利。」德用乃待至日昃，請得軍令，挺身

殺出。繼遷倒也一驚，嗣見先驅為一少年，欺他輕弱躁率，即分兵兩翼，來圍德用。德用執著一枝銀槍，盤旋飛舞，槍鋒所至，無不倒斃，繼遷方覺得是個勁敵，率銳與搏。哪知王超又來接應，還有廷召營中，亦發兵夾擊，眼見得繼遷不支，向北遁去。德用驅軍追趕，行至中途，繼遷又回軍再戰，三戰三北，方麾眾遠颺。確是一個劇寇。王超鳴金收軍，德用乃回。次日還師，德用道：「歸師遇險必亂，應整飭軍行，休為虜襲。」此子才過乃父。超與廷召，均以為然，乃令德用開道，所經險阻，偵而後進。且下令軍中道：「亂行者斬！」全軍肅然。繼遷本預遣輕騎，散伏要途，及見宋軍嚴陣而歸，才不敢逼。王超、范廷召兩軍，退回汎地，沒甚死傷。

只繼遷抗命如故，太宗再議往征，可奈歷數將終，皇躬不豫，免不得捨外圖內，籌及國本問題。先是至道改元，適開寶皇后宋氏崩，太宗不成衣，連群臣亦不令臨喪。翰林學士王禹偁，代為不平，嘗對同僚語道：「后嘗母儀天下，應遵用舊禮為是。」太宗聞知此語，說他謗上不敬，謫知滁州。自己不忠不敬，還要責人，太宗之心術，尚堪問耶？會廷臣馮拯等疏請立儲，太宗又斥他多事，貶置嶺南。嗣是宮禁中事，無人敢言。寇準因抗直遭讒，出知青州，嗣復由青州召還，正當太宗足疾，褰衣示準道：「朕年衰多疾，今又病足，奈何？」寇準道：「臣非奉詔命，不敢到京，既已到此，竊有一言上達陛下，幸陛下採納！」太宗問是何言？寇準遂說出立儲二字。太宗道：「卿試視朕諸子中，何人足付神器？」準答道：「陛下為天下擇君，不應謀及近臣，尤不應謀及婦人中官，總求宸衷獨斷，簡擇得宜，就可付託無憂了。」太宗俯首細思，想了好一歇，乃屏去左右，密語寇準道：「襄王可好麼？」準又答道：「知子莫若父，聖意既以為可，請即決定。」寇準兩對太宗，足為君主國良法。太宗點首稱善。原來太宗長子元佐，病狂致廢，次子就是元侃，與元佐同母所生。端拱元年，受封襄

第二十回　伐西夏五路出師　立新皇百官入賀

王，嗣復晉封壽王。自寇准奏對後，太宗已決計立儲，遂於至道元年八月，立壽王元侃為皇太子，改名為恆，大赦天下。太子既立，廟見還宮，都下士民，遮道歡呼，齊稱他是少年天子。太宗聞知，反滋不悅，召寇準入見，與語道：「人心遽屬太子，將置我何地？」準再拜稱賀道：「這是社稷的幸福呢！」太宗不覺感悟，入語后嬪，都相率稱慶。太宗益喜，復出賜準飲，盡歡乃罷。詔命李沆、李至併兼太子賓客，並囑太子以師傅禮事二李。太子每見二人，必先下拜，沆與至上表辭謝，太宗不許，手諭二李道：

朕旁稽古訓，肇建承華，用選端良，資於輔導。借卿夙望，委以護調，蓋將勖以謙沖，故乃異其禮數。勿飾當仁之讓，副予知子之心！特此手諭。

二李復偕入謝，太宗又面諭道：「太子賢明仁孝，足固國本，卿等可盡心規誨，有善應勸，有過應規。至若禮樂詩書，係卿等素習，不煩朕絮囑了。」二李叩首而退。太子年逾弱冠，姿稟聰明，相傳母妃李氏，夜夢嘗用裾承日，因此有娠。及產生後，左足指紋，成一天字。此皆史臣諛頌之辭。五六歲時，與諸王嬉戲，好作戰陣，自稱元帥。又嘗登萬歲殿，上升御座。太宗嘗手撫兒頂，笑顏問道：「這是皇帝的寶座，兒也願做皇帝麼？」太子即答道：「天命有歸，孩兒亦不敢辭。」太宗暗暗稱奇。既而就學受經，一覽即能成誦。至是立為儲貳，入居東宮。越二年三月，太宗寢疾，漸即彌留。宣政使王繼恩，忌太子英明，陰與李昌齡、胡旦等，謀立故楚王元佐。後令王繼恩召呂端，端料有變故，佯邀繼恩入書閣中，祕密與商。至繼恩既入，他竟出戶反鍵，將繼恩鎖置閣內，自己匆匆入宮，謁見皇后。后涕泣與語道：「宮車已晏駕了！」呂端也為泣下。即又問道：「太子何在？」后覆道：「立嗣以長，方謂之順，今將若何？」端收淚正色

道：「先帝立太子，正為今日，怎敢再生異議？」后默然無語。端即囑內侍往迎太子，待太子到後，親視大殮，即位柩前。越日，奉太子登福寧殿，垂簾引見群臣。端平立殿階，不遽下拜，請侍臣捲簾，升殿審視，然後退降殿階，率群臣拜呼萬歲，是為真宗皇帝。尊母后李氏為皇太后，晉封弟越王元份為雍王，吳王元傑為兗王，徐國西元偓為彭城郡王。涇國公度使，追復涪王廷美為秦王，追贈兄魏王德昭為太傅，歧王德芳為太保，復封兄元佐為楚王，加授同平章事，呂端為右僕射，李沆、李至並參知政事，冊繼妃郭氏為皇后。真宗元配潘美女，端拱元年病歿，繼聘郭氏，係宣徽南院使郭守文二女，郭氏為后，元配潘氏，亦追給后號，諡莊懷，復追封生母李氏為賢妃，進上尊號為元德皇太后，葬先考大行皇帝於永熙陵，廟號太宗，以明年為咸平元年。總計太宗在位二十二年，改元五次，壽五十九歲，小子有詩詠宋太宗道：

寸心未許乃兄知，虎步龍行飾外儀。
二十二年稱令主，倫常缺憾總難彌。

欲知真宗初政，且至下回再詳。

李繼遷一狡虜耳。待狡虜之法，只宜用威，不應用恩，田仁朗欲厚啗酋長，令圖折首，張齊賢議招致蕃部，分地聲援，二說皆屬可行，而尚非探本之論。為宋廷計，應簡擇良將，假以便宜，俾得聯絡蕃酋，一鼓擒渠，此為最上之良策。乃不加撻伐，專務羈縻，彼勢稍蹙則託詞歸陣，力轉強即乘機叛去，至若至道二年之五路出師，李繼隆等不戰即還，王超、范廷召，雖戰退繼遷，亦即回鎮，彼殆視廟謨之無成算，姑為是因循推諉，聊作壁上觀乎？然威日墮而寇且日深矣！若夫建儲一事，為君主國之要典，太宗年近周齡，猶未及此，且怒斥馮拯諸人之奏請，何其疏也？幸

第二十回　伐西夏五路出師　立新皇百官入賀

　　寇準片言決議，主器有歸，於是王繼恩不得逞私，呂端得以持正，閉寺人於閣中，觀真主於殿上，人以是美呂司空，吾謂當歸功寇萊公，曲突徙薪，應為上客，若遲至焦頭爛額，不已嘆為無及乎？

第二十一回

康保裔血戰亡身　雷有終火攻平匪

第二十一回　康保裔血戰亡身　雷有終火攻平匪

卻說真宗即位，所有施賞大典，已一律舉行，只王繼恩、李昌齡等謀立楚王，應該坐罪，特貶昌齡為行軍司馬，王繼恩為右監門衛將軍，安置均州，胡旦除名，長流潯州。到了改元以後，呂端以老疾乞休，李至亦以目疾求罷，乃均免職，特進張齊賢、李沆同平章事，向敏中參知政事。

越年，樞密使兼侍中魯公曹彬卒，彬在朝未嘗忤旨，亦未嘗言人過失，征服二國，秋毫無取，位兼將相，不伐不矜，俸祿所入，多半賙濟貧弱，家無餘資。病亟時，真宗親往問視，詢及契丹事宜。彬答道：「太祖手定天下，尚與他罷戰言和，請陛下善承先志。」真宗道：「朕當為天下蒼生計，屈節言和，但此後何人足勝邊防？」彬又答道：「臣子璨、瑋，均足為將。」內舉不避親，不得謂曹彬懷私。真宗又問二子優劣，彬言璨不如瑋。知子莫若父。真宗見他氣喘吁吁，便不與多言，只宣慰數語而出。及彬歿，真宗非常痛悼，贈中書令，追封濟陽王，諡武惠。又越年，太子太保呂端卒。端為人持重，深知大體，太宗用端為相時，廷臣或說他糊塗，太宗道：「端小事糊塗，大事不糊塗。」後來鎖閣定策，卒正嗣君，果如太宗所言。至端已病劇，真宗也親自慰問，撫勞備至，歿贈司空，諡「正惠」。亦可謂二惠競爽。一將一相，詳敘其卒，無非闡揚令名。

咸平二年十月，契丹主隆緒，復大舉入寇，鎮定高陽關都部署傅潛，擁兵八萬餘人，畏懦不前，閉營自守。將校等請發兵逆戰，潛勃然道：「你等欲去尋死麼？好好的頭顱，被人家斫去，有何趣味？」貪生畏死，口吻畢肖。將校道：「敵騎深入，將來攻營，請問統帥如何對待？」潛索性大罵道：「一班糊塗蟲，全不曉得我的苦心，我欲保全你等的性命，所以主守不主戰，奈你等定要尋死，死在虜手，不如死在我的刀下。若再道半個戰字，立即斬首！」一味蠻話，全無道理。將校等拗他不過，忿忿趨出。

適值副將范廷召到來，大眾遂向他談及，並述潛言，廷召道：「且待

我入見，再作計較！」及廷召進去，傅潛已料他前來請戰，裝著一副伊齊面孔，與廷召相對。廷召行禮畢，未曾坐定，即開口道：「大敵到來，總管從容坐鎮，大約總有退敵的妙計。」潛乃淡淡的答道：「我主守不主戰，此外要用什麼法兒？」廷召道：「可守得住麼？」潛又道：「你又來了，敵勢甚大，不應輕敵，總是守著為是。」廷召道：「據廷召想來，公擁兵八九萬，很足一戰，今日即應發兵，出扼險要，與敵對仗，但教一鼓作氣，士卒齊心，定能得勝。」潛只是搖首。廷召不禁大忿道：「公恇怯至此，恐還不及一老嫗呢！」言已，也不及告別，竟自趨出，遇著傅潛部下都鈐轄張昭允，便與語道：「傅總管這般怯敵，恐邊防有失，朝廷必加譴責，連你也難免罪呢！」隱伏下文。昭允道：「現正有廷寄到來，飭本部發兵，昭允正要進報，想總管也不好逆旨了。」廷召乃讓昭允進去，自己出外候信。昭允入見傅潛，捧遞朝旨，潛接閱後，語昭允道：「朝廷亦來催我出師，莫非由諸將密奏不成？須知敵勢方強，若一戰而敗，轉足挫我銳氣，所以我持重不發呢。」昭允道：「朝命也是難違，請統帥酌行才是。」潛冷笑道：「范廷召正來請戰。他既願為國效力，我便撥騎兵八千，步兵二千，湊足萬人，令他前去拒敵便了。」挾怨陷人，其情如見。昭允奉令趨出，報知廷召。廷召道：「敵兵聞有十餘萬，我兵只有萬人，就使以一當十，也恐不敷，這是明明叫我替死。」說到死字，竟大踏步趨入裡面，大聲語潛道：「總管要我先驅，我食君祿，盡君事，怎敢不去？但萬人卻是不夠，應再添發三五萬人，方足濟用。」潛佯笑道：「將在謀不在勇，兵貴精不貴多，況你為前茅，我為後勁，還怕什麼？」廷召道：「公果來作後援麼？」潛復道：「你知忠君，我難道不曉？勸你儘管前去，我當為後應便了。」廷召乃退，自思傅潛所言，未必足恃，不如另行乞師，免致孤軍陷敵。當下修書一通，遣使齎往。

第二十一回　康保裔血戰亡身　雷有終火攻平匪

看官！你道廷召向何人乞援，乃是並、代都部署康保裔，駐師并州一帶，地接高陽，因此就近乞師。保裔，洛陽人，祖父皆戰歿王事，第因屢承世蔭，得任武職，開寶中（開寶係太祖年號，詳見前），嘗從諸將至石嶺關，戰敗遼兵（遼於太宗時，復號契丹，故本書於太祖時稱遼，太宗後稱契丹，仍其舊也），積功至任馬軍都虞侯，領涼州觀察使。真宗初，調任並、代都部署，治兵有方，且生就一副血性，矢忠報國，平居對著將士，亦用大義相勉，所以屢經戰陣，未聞退縮，身受數十創，血痕斑斑，不知所苦（闡揚忠義，故敘述較詳）。至是得廷召書，遂率兵萬人，倍道赴援。

時契丹兵已破狼山寨，悉銳深入。祁、趙、邢、洛各州，虜騎充斥，鎮定路久被遮斷，行人不通，保裔擬繞攻敵後，直抵瀛洲，一面約廷召夾擊。哪知廷召尚未到來，敵兵卻已大集，保裔結營自固，待旦乃戰。到了黎明，營外已遍圍敵騎，環至數重，將士入報道：「敵來甚眾，援兵不至，我軍坐陷虜中，如何殺得出去？為主帥計，不如易甲改裝，馳突出圍，休使虜騎注目。俟脫圍調兵，再與決戰未遲。」保裔慨然道：「我自領兵以來，只知向前，不願退後，今日為虜所算，被他圍住，古人說得好：『臨難毋苟免』，這正是我效死的日子哩。」當命開營搠戰，由保裔當先指麾，奮力殺敵。那敵兵越來越眾，隨你如何奮勇，總是不肯退圍。保裔殺開一重，復有一重，殺開兩重，復有兩重，自晨至暮，殺死敵騎約數千人，自己部下，也傷亡了數千名，眼見得不能出圍，只好再入營中，拒守一夜。契丹兵也覺疲乏，未曾進攻，唯圍住不放。越宿又戰，兩下裡各出死力，拚死相搏，殺得天昏地暗，鬼哭神號，地上砂礫，經人馬踐踏，陡深二尺，契丹兵又死得無數，怎奈胡騎是死一個，添一個，保裔兵是死一個，少一個，看看又到日暮，矢盡道窮，救兵不至，保裔已身中數創，手下只

有數百人，也是多半受傷，不堪再戰，保裔顧看殘卒，不禁流涕道：「罷罷！我死定了。你等如有生路，儘管自去罷！」說畢，便從敵兵最多處，持刀值入，手刃敵兵數十名，敵兵一擁上前，你槍我槊，可憐一員大忠臣，竟就千軍萬馬中殺身成仁。為國殺身，雖死猶榮，敘筆亦奕奕有光。

保裔既死，全軍覆沒，那時高陽關路鈐轄張凝，與高陽關行營副都部署李重貴，為廷召先驅，率眾往援，正值契丹兵乘勝而來，聲勢甚銳，張凝不及退避，先被胡騎圍住，凝死戰不退，虧得李重貴殺到，救出張凝，復并力掩擊一陣，契丹兵方才退去。兩軍返報廷召，廷召聞保裔戰歿，不敢再進，只得在瀛州西南，據住要害，暫行駐紮。（《續綱目》謂廷召潛遁，以致保裔戰歿，《紀事本末》即本此說。然《宋史・康保裔、傅潛、范廷召傳》均未載及廷召潛遁事，唯廷召不至，亦未免愆期，故本書說及廷召，亦隱有貶詞。）契丹兵又進攻遂城，城小無備，眾情恟懼。楊業子延昭，方任緣邊都巡檢使，駐節遂城，當下召集丁壯，慷慨與語道：「爾等身家，全靠這城為保障，若城被敵陷，還有什麼身家？不如彼此同心，共守此城，倘得戮力保全，豈不是國家兩益麼？」大眾齊聲應諾。延昭遂編列隊伍，各授器甲，按段分派，登陴護守。自己晝夜巡邏，毫不懈怠。契丹兵連撲數次，均被矢石擊退。時適大寒，延昭命汲水灌城。翌晨，水俱成冰，堅滑不可上，敵兵料難攻入，隨即引去，改從德棣渡河，進掠淄齊。

真宗聞寇入內地，下詔親征，命同平章事李沆，留守東京，令王超為先鋒，示以戰圖，俾識路徑。車駕隨後出發，直抵大名。途次聞保裔死耗，震悼輟朝，追贈保裔為侍中，命保裔子繼英為六宅使順州刺史，繼彬為洛苑使，繼明為內園副使，繼宗尚少，亦得授供奉官，孫唯一為將作監主簿。繼英等接奉恤詔，馳赴行在，叩謝帝前道：「臣父不能決勝而死，

第二十一回　康保裔血戰亡身　雷有終火攻平匪

陛下未曾罪孥,已為萬幸,乃猶蒙非常恩寵,臣等如何敢受!」隨即伏地嗚咽,感泣不止。真宗也不覺悽然,隨即面諭道:「爾父為國捐軀,旌賞大典,例應從厚,不必多辭!且爾母想尚在堂,亦當酌予封典,借褒忠節。」繼英叩首道:「臣母已亡。只有祖母尚存,享年八十四歲了。」真宗乃顧語隨臣道:「保裔父祖,累代效忠,深足嘉尚,他的母妻,應即加封,卿等以為然否?」群臣自然贊同,遂封保裔母為陳國太夫人,妻為河東郡夫人,並遣使勞問老母,賜白金五十兩。繼英等叩謝而出。集賢院學士錢若水,上書請誅傅潛,擢楊延昭、李重貴等以作士氣,真宗乃命彰信軍節度使高瓊,往代傅潛,令潛赴行在,即命錢若水等按訊,得種種逗撓妒忌罪狀,議法當斬。真宗特詔貸死,削潛官爵,流徙房州。張昭允亦坐罪褫職,流徙道州。昭允未免受冤。真宗在大名過年,越元旦十日,得范廷召等奏報,略言:「虜兵聞車駕親征,知懼而退,臣等追至莫州,斬首萬餘級,盡獲所掠,餘寇已遁出境外」云云。真宗乃下詔獎敘,擢廷召為並、代都部署,楊延昭為莫州刺史,李重貴知鄭州,張凝為都虞侯,並召延昭至行在,詢及邊防事宜。延昭奏對稱旨,真宗大喜,指示群臣道:「延昭父業,係前朝名將,延昭治兵護塞,綽有父風,這真不愧將門遺種呢!」乃厚贈金帛,仍令還任。真宗即日回京。

　　是年冬,契丹復南侵,延昭設伏羊山,自率羸兵誘敵,且戰且退,誘至羊山西面,訊號一發,伏兵齊起,契丹兵駭退,延昭追殺敵將,函首以獻,進官本州團練使。契丹望風生畏,呼他為楊六郎(楊業本生七子,詳見前文,唯延昭獨著戰功,契丹目為楊六郎,見〈延昭本傳〉。俗小說中,乃有大郎及七郎等名目,附會無稽,概不錄入)。尚有澄州刺史楊嗣,亦因屢戰有功,擢任本州團練使。與延昭同日並命,邊人稱作二楊。這且按下慢表。

且說真宗還汴時，途中接得川報，益州兵變，推王均為亂首，都巡檢使劉紹榮自經，兵馬鈐轄符昭壽被戕，賊勢猖獗，火急求援。真宗覽畢，即日傳詔，命雷有終為川峽招安使，李惠、石普、李守倫併為巡檢使，給步騎八千名，往討蜀匪。所有留蜀各官，如上官正、李繼昌等，均歸有終節制。有終等奉詔後，即領兵入川去了。先是雷有終為四川招安使，張詠知益州，文武得人，蜀境大治（應十九回）。既而有終與詠，相繼調遷，改用牛冕知益州，符昭壽為兵馬鈐轄，牛冕懦弱無能，符昭壽驕恣不法，部下兵士，已多半懷怨，陰蓄異圖。益州戍兵，由都虞侯王均、董福分轄，福馭眾有法，所部皆得優贍。均好飲博，軍餉多刻扣入囊，作為私費。會牛、符兩人，閱兵東郊，蜀人相率往觀，但見福軍甲仗鮮明，均軍衣裝粗敝，免不得一譽一毀。均部下趙延順等，亦自覺形穢，頓生慚憤，且銜怨昭壽，竟於咸平二年除夕，脅眾為亂，戕殺昭壽。越日為元旦令節，益州官吏，方相慶賀，忽聞兵變消息，闔城驚竄。牛冕縋城逃去，轉運使張適亦遁，唯都巡檢使劉紹榮在城。待亂兵闖入，欲奉紹榮為主帥，紹榮怒叱道：「我本燕人，棄虜歸朝，難道與爾等同逆麼？」叛兵欲趨殺紹榮，紹榮冒刃格鬥，卒因眾寡不敵，敗回署中，投繯自盡。監軍王澤，忙召王均與語道：「汝部下作亂，奈何袖手旁觀？速宜招安為要！」均出諭叛兵，叛兵即擁他為主，均即直任不辭，均素剋扣軍糧，奈何叛卒復奉之為主？可見叛兵，亦全無智識。遂僭號大蜀，改元化順，署置官稱，用小校張鍇為謀士，出兵陷漢州，進攻綿州不克，直趨劍州，被知州李士衡所敗，退回益州。知蜀州楊懷忠，傳檄各州，會兵往討，初戰得利，乘勝攻城北門，至三井橋，亂黨似檣而至，懷忠恐為所乘，勒兵倒退，回走蜀州，再檄嘉、眉等七州，合軍復進，戰敗亂黨，暫駐雞鳴原，靜待王師。過了數日，雷有終等到益州，擬一面攻城，一面派兵攻漢州，巧值都巡檢

第二十一回　康保裔血戰亡身　雷有終火攻平匪

張思鈞，已將漢州克復，遂進軍昇仙橋。匪首王均，遣眾攔截，被官軍一陣擊退，乘勢追至城下，亂兵繞城遁去，城門亦開得洞徹。有終總道王均怯遁，麾軍徑入，軍士不煩血刃，竟奪得一座益州城，頓時心花怒開，樂得劫掠民居，搶些財帛，摟抱幾個婦女，暢快一番。恐沒有這般運氣。驀聞一聲怪響，叫殺連天，官軍不暇尋歡，慌忙覓路逃生，到了路口，盡被敗床破榻，堵塞不通，好容易搬開敗物，成一隙路，哪知叛兵在外面等著，見官軍出來，統用刀槍亂搠，有幾個殺死，有幾個戳斃，有幾個腳生得長，僥倖漏網，匆匆的逃至城闉，把門一望，叫苦不迭，那門兒已上鍵了，且有叛兵守著，匪但不准他出去，還要向他請借頭顱，於是又冤冤枉枉的死了無數。調侃得妙。雷有終、石普、李惠等，都著了忙，各自逃去。有終、石普跑上城頭，緣堞而墜，幸得不死。李惠遲了一步，被王均率眾追上，雙手不敵四拳，白白的送了性命。為這一場被賺，官軍喪亡一大半。有終、石普奔至漢州，由張思鈞接著，入城休憩，才得少安，嗣是不敢躁進，慢慢兒整頓兵馬，徐圖大舉。王均計敗官軍，越覺驕橫，掠民女，侑酒不可無此。索民財，釀酒不可無此。整日裡左抱右擁，朝飲暮博，把戰事擱過一邊。至官軍元氣已復，又來與戰，方率眾出拒，分路往襲，官軍到了昇仙橋，早防賊眾襲擊，戒備甚嚴，王均不知就裡，掩殺過去，怎禁得四面伏兵，一齊截住，把他困住垓心，殺得落花流水。均冒死突出，踉蹌還城，當即撤橋塞門，一意固守。有終與普，進屯城北，分遣將校等，攻城東西南三面。均尚屢次出戰，統被擊退。會值霪雨兼旬，城滑不能上，一時無從攻入，至天氣少霽，有終命用火箭火炬等，拋射城頭，將城上所設敵樓，盡行毀去，城中未免譁噪，有終便趁這機會，四面登城，遂得攻入。王均尚有二萬餘人，潰圍夜走，有終仍恐有伏，縱火焚廬舍，光焰熊熊，通宵達旦。一年被蛇咬，三年爛稻索。次日，復搜獲偽

官二百人，一古腦兒推入火中。正是：

可憐巢鳥無完卵，莫道池魚應受殃。

後來王均曾否擒獲，容至下回說明。

《宋史‧忠義傳》中，首列康保裔，故本回於保裔戰事，演述從詳，彰忠節也。傅潛擁兵塞外，懼不發兵，坐令良將陷敵，雖誅之不為過，真宗貸死議流，未免失刑，而張昭允轉連帶坐罪，得毋大官可為，而小官不可為耶？若西蜀之亂為時無幾，李順以後，繼以張餘，至用兵三載而始敉平，為宋廷計，正宜久任良吏，毖後懲前，奈何雷、張諸人，相繼調遷，改用牛冕、符昭壽等，復釀成王均之變，雖前難後易，期月奏功，而兵民已死傷不少，茫茫川峽，能經幾次擾亂乎？雷有終被賺而兵燼，王均敗走而民燼，觀此不能無遺憾云！

第二十一回　康保裔血戰亡身　雷有終火攻平匪

第二十二回

收番部叛王中計　納忠諫御駕親征

第二十二回　收番部叛王中計　納忠諫御駕親征

卻說雷有終既復益州，即遣巡檢使楊懷忠，往追王均。均逃至富順監，招集蠻酋，在監署中飲酒，吃得酩酊大醉。至此還要喝酒，真是一個酒鬼。黨羽亦各沾餘瀝，統已酒氣醺醺，帶著八九分倦意，猛聞官軍追至，都嚇得不知所為。王均料不能脫，用手擊案道：「罷了！罷了！」說畢，即解下腰帶，懸壁套頸，不到一刻，魂靈兒飛到酒鄉去了。亂黨無主，自然潰散。楊懷忠率領部兵，殺入監署，擒住亂黨六千餘人，並割取均首，及僭偽法物，旌旗甲仗甚眾，當下返入益州，由有終申報朝廷，詔進有終、懷忠等官階，流牛冕至儋州，張適至連州，遣翰林學士王欽若，知制誥梁顥，往撫蜀民。越二年，復命張詠知益州，蜀民聞詠再至，歡呼相慶。詠威惠並行，政績大著。真宗下詔褒美，並令巡撫使謝濤傳諭道：

「得卿在蜀，朕無西顧憂了。」

西陲已定，北方一帶，總覺不安。契丹、西夏，時來擾邊，小子按年月次序，先敘西夏，繼敘契丹。真宗即位，李繼遷上表稱賀，且求請封藩，真宗也知他狡詐，只因國有大喪，姑從所請，命為定難節度使，且把夏、綏、銀、宥、靜五州，一併給與。且將從前留住的張浦，亦齎資遣歸。張浦可以遣還，五州何必遽與。繼遷令弟瑗詣闕申謝，真宗優詔慰答，仍賜還趙保吉姓名。偏繼遷陽奉陰違，仍然抄掠邊疆，四出為患。可巧同平章事張齊賢，與李沆不甚相得，竟以冬至朝會，被酒失儀，坐免相位，真宗乃遣他為涇、原諸路經略使。齊賢入朝辭行，真宗詳問邊要，齊賢答道：「臣看靈武孤城，陡懸塞外，萬難固守，徒使軍民六七萬，陷入危境，多費餉糈，不如棄遠圖近，徙守環慶，較為省便。」真宗沉吟半晌，方道：「卿且去巡閱一番，可棄乃棄，可守必守。」齊賢領旨去訖，既而通判永興軍何亮，上安邊書，言靈武決不可棄，略云：

靈武地方千里，表裡山河，捨之則戎狄之利，廣且饒矣，一患也。自環慶至靈武凡千里，西域、戎狄合而為一，二患也。冀北馬之所生，自匈奴猖獗，無匹馬南來，唯資西域，西域既分為二，其右乃西戎之東偏，實為賊夏之境，其左乃西域之西偏，如捨靈武，複合為一，夏賊桀黠，俾諸戎不得貨馬，未知戰馬何來，三患也。為今計，請築溥樂、耀德二城，以通河西之糧道，則靈武有糧可恃，雖居絕域之外，亦可以無恐矣。若不築此二城，與靈武倚為唇齒，則與捨靈武何異？竊恐靈武一失，內地隨在可虞也。謹奏！

真宗覽奏後，復詔令群臣復議。知制誥楊億，引漢棄珠崖為喻，請快棄靈武，守環慶，與齊賢議相同。輔臣多言靈州為必爭地，萬不可棄，應如何亮所陳。眾議紛紛，莫衷一是，轉令真宗無從解決，乃與李沆熟商。沆徐答道：「保吉不死，靈州終不可保，臣意應遣使密召諸將，令他部署軍民，空壘而返，庶幾關右尚得息肩，這也是螫手斷腕的計策。」戎狄得步進步，如何可以拱讓？宋臣多半畏縮，故卒致南遷。真宗默然不答。嗣命王超為西面行營都部署，率兵六萬，往援靈州。張齊賢自任所上書，謂朝廷若決守靈武，請募江南丁壯，往益戍兵。真宗道：「商人遠戍西鄙，甚屬不便，且轉足搖動人心，此奏如何可行？」真宗所言甚是，齊賢豈尚醉酒耶？當將原奏擱起。

過了一月，李繼遷寇清遠軍，都監段義，叛降繼遷，都部署楊瓊，擁兵不救，城遂被陷。繼遷復進攻定州，並及懷遠，劫去輜重數百輛，幸虧副都署曹璨，召集蕃兵，出去邀擊，才將繼遷擊退。越年為咸平五年，繼遷復轉寇靈州，知州事裴濟，率兵固守，相持月餘。繼遷益增兵圍攻，截斷城中餉道，守兵遂至乏食。裴濟齧指成書，奏請救兵，怎奈望眼已穿，不聞援至，軍士連日枵腹，如何支持？眼見得一座孤城，為賊所陷。濟猶

第二十二回　收番部叛王中計　納忠諫御駕親征

　　率眾巷戰，力竭身亡。濟知靈州數年，議大興屯田，借實邊粟，治民亦頗有惠澤，可惜功尚未成，寇已大至，徒落得荒邱暴骨，枉史流芳。忠臣不沒，也還值得。繼遷改靈州為西平府，居然作為夏都。真宗得報，優恤裴濟家屬，且悔不用沆言，致喪良吏，且詔令王超屯永興軍，毋得再誤。超奉命往援靈州，乃中道逗留，坐令城亡吏死，有罪不譴，亦屬失刑。
　　又越年，知鎮戎軍李繼和，上言六穀酋長巴喇濟（一譯作潘羅支）願討繼遷，請授職刺史。張齊賢且上書，請封巴喇濟為六穀王，兼招討使，真宗又令輔臣會議。輔臣以巴喇濟已為酋長，授職刺史，未免太輕，若驟封王爵，又似太重。招討使名號，亦不應輕假外夷，乃酌量一職，擬授為朔方節度使，兼靈州西面都巡檢使。真宗準議頒旨。巴喇濟奉旨後，表稱：「感激圖效，已集騎兵六萬，靜待王師到來，合討繼遷，收復靈州。」真宗優詔嘉許。既而李繼遷攻麟州，為知州衛居寶擊退，轉寇西涼，殺死西涼府丁唯清，踞住城池。巴喇濟居六穀，本為西涼蕃屬，當下想了一計，前去詐降。繼遷尚未知他受職宋廷，只道是一個蕃酋，畏勢投誠，有什麼疑慮，便傳見巴喇濟。巴喇濟向他跪謁，並說：「大王威德及人，六穀蕃部，俱願歸降。」說得繼遷滿面春風，立命起來，給他旁坐，且撫慰了好幾語。巴喇濟稱謝不置。繼遷更令他招徠部落，借厚兵力，巴喇濟欣然領諾，遂往招六穀蕃部，共至西涼，進謁繼遷。繼遷親往校場檢閱，各番兵俱負弩挾矢，魚貫而入，報名應選。繼遷正留心察核，猛聽得弓弦一響，忙睜目四顧，巧巧一箭飛來，不偏不倚，正中左目，不覺大叫一聲道：「快快！拿匪徒！」你也是個匪徒，為何轉拿別人？左右方上前擁護，不料番兵已各出短刀，一闋上前，來殺繼遷。繼遷部下死命抵拒，已被他殺斃多人，剩了幾個驍悍的弁目，保著繼遷，且戰且逃。番兵奮勇驅殺，幾乎將繼遷擒住。旋經繼遷黨羽，出來相救，做了無數替死鬼，繼遷

才得脫身，好容易奔回靈州，左目暴痛，睛珠突出，一時忍耐不住，暈絕數次，後來終無法醫治，嗚呼死了。看官！想這一箭的原因，當亦不必細猜，便可知是巴喇濟所射。巴喇濟與番部密約，發矢為號，一齊動手，也是繼遷該死箭下，雖得幸脫，總歸沒命。子德明嗣，遣使赴告契丹，契丹贈繼遷為尚書令，封德明為西平王。

環慶守吏因德明初立，部落方衰，奏請降旨招降，真宗乃頒詔靈州，令德明自審去就，德明乃遣牙將王旵，奉表歸順，朝議加封德明，獨知鎮戎軍曹瑋，請乘勢滅夏，略云：

叛酋李繼遷，擅河西地二十年，兵不解甲，使中國有西顧之憂，今其子危國弱，不即捕滅，後更強盛，不可制矣。願假臣精兵，出其不意，擒德明送闕下，復河西為郡縣，此其時也。枕戈待命，無任翹企！

這奏章上達宋廷，真宗未以為然。廷臣亦言伐喪非義，不如恩致德明，迂儒之論。乃授德明充定難軍節度使，統轄夏、銀、綏、宥、靜五州。尋聞契丹封德明為西平王，也就封他為西平王。德明再進奉誓表，請藏盟府，且言：「父有遺命，竭誠歸附。」當由真宗優詔褒嘉，這且待後再表。

唯契丹自莫州敗退，邊境安靜了兩年（接前回）。至李繼遷陷清遠軍，宋廷又接邊報，說契丹將乘隙入寇。真宗亟遣王顯為鎮定、高陽關都部署，王超為副，預防契丹。果然契丹兵入寇遂城，被王顯發兵痛擊，斬首二萬級，追逐出境。又二年，咸平六年。契丹復遣耶律奴瓜等（奴瓜一譯諾郭）寇望都，高陽關副都部署王繼忠，約同王超、桑贊等軍，至康村拒戰。繼忠列陣東偏，超贊列陣西偏，彼此嚴裝以待。俄見契丹兵長驅而來，勢甚銳悍，繼忠適當敵衝，怒馬直出，率麾下力戰，超與贊偏按兵不

第二十二回　收番部叛王中計　納忠諫御駕親征

動，遙見敵騎麕集，將向西來，他兩人竟相顧愕眙，遽令退師，剩下王繼忠一支人馬，怎能支撐到底？不得已且戰且行，敵騎迭次趕上，繼忠迭次戰脫，及退至白城，天色昏晚，道路崎嶇，追兵反且大集，四下裡喊聲震地，搖動山岳。繼忠仰天嘆道：「我與王超、桑贊，合兵到此，滿望殺敵報功，哪知他兩軍不戰而去，單剩我孤軍抵敵，為虜所乘，真正可恨！」後來甘心降虜，全是超、贊兩人激成。說至此，見追騎愈逼愈緊，他令殘卒先行，自率親兵斷後。霎時間敵兵已至，把他圍繞數重，他死戰不退，看看手下將盡，正思自刎全節，奈馬中流矢，竟至僕地，繼忠隨馬墜下，被敵兵活捉而去，解至炭山，見契丹主隆緒，勸令降順。繼忠初不肯從。蕭太后聞他驍勇，飭令軟禁，復遣辯士誘導再三，繼忠竟變志降虜，改姓名為耶律顯忠，受官戶部使。宋廷還道他戰歿，優詔贈官，其實他為虜廷顯宦了。暗寓貶意。

咸平六年殘臘，下詔改元，越年元旦，稱為景德元年。朝賀禮畢，京師即聞地震，越日又震，過了十餘日，又復大震，免不得有蠲租緩逋，勉圖修省等具文。春季尚幸無事，至春夏交界，皇太后李氏崩，又有一番忙碌。喪葬已了，尊諡「明德」。到了新秋，首相李沆病逝，沆字太初，洺州人，太宗嘗稱他風度端凝，不愧正士，因擢為參政。真宗初進任右相，居位慎密，遇事敢言。及歿，真宗親臨弔奠，痛哭移時，顧語左右道：「沆忠良純厚，始終如一，怎料他不享遐壽呢？」回朝後，追贈太尉中書令，予諡「文靖」，不沒良相。進畢士安、寇準同平章事。

相位甫定，忽由邊吏連遞警報，彷彿與雪片相似，大致是說契丹主隆緒，與母蕭氏，率眾二十萬，前來入寇了。真宗忙召問群臣，寇準獨主戰，畢士安贊成寇議，參政以下王欽若等，或主守，或主和，紛紛不決。嗣聞契丹攻威虜、順安各軍，均已敗去，轉攻北平砦、保州，亦不得志，

真宗稍稍放心。續接定州捷報，王超在唐河擊退虜兵，岢嵐軍捷報，高繼勳力戰卻敵，瀛州捷報，李延渥接仗獲勝。寇準入奏道：「虜兵東侵西擾，無非是恐嚇我朝，我豈受他恐嚇麼？請速練師命將，扼守要害，與他決一雌雄！」真宗口雖答應，心中尚是遲疑。及准退後，又接莫州都部署石普奏章，報稱契丹遣使議和等情，又附故將王繼忠密表，內言：「臣孤軍失援，致為所虜，徒死無益，勉強偷生，今特勸契丹議和修好，各息兵爭，聊報皇恩，為此遣使李興，齎表莫州，乞代上奏」云云。真宗閱奏，召問畢士安。士安道：「這也是羈縻之策，不妨准他議和。」真宗道：「敵悍如此，恐不可恃。」士安道：「臣嘗得契丹降人，據言虜雖深入，未嘗逞志，陰欲引去，又恥無名，他既傾國前來，又恐人乘虛襲入，臣所以料他請和，未始非實情呢。」真宗乃詔示石普，令傳諭繼忠，許他通和。繼忠復乞石普復奏，請先遣使至契丹，真宗因遣閤門祗候使曹利用，往契丹軍。利用陛辭，真宗面諭道：「契丹南來，不是求地，就是索賂，朕想關南地久歸中國，萬難輕許，唯漢用玉帛賜單于，尚有故事可循，卿或可酌量應允。」利用道：「臣此去，務期不辱君命，他若妄有所求，臣亦不望生還了。」語頗壯憤。真宗道：「卿竭誠報國，朕復何言！」利用銜命即行。既至契丹營，入見蕭太后母子，果欲索關南地。利用道：「關南地係中國疆土，如何得給與貴國？」蕭太后道：「晉嘗畀我，周乃奪我，今不見還，尚待何時？」利用道：「晉、周故事，於我朝無與。貴國如欲議和，請勿再言索地！就是歲求金帛，亦未知帝意如何？」蕭太后不待說畢，便豎起柳眉道：「不割地，不輸款，如何前來議和？你難道不怕死麼？」權勢壓人，不愧為蕭娘娘。利用亦抗聲道：「我若怕死，我也不來了。我皇上不忍勞民，所以許貴國議和，若仍要索地索金，有何和議可言？」說畢，拱手欲辭。帳下閃出王顯忠，勸住利用，邀赴別帳去訖。

第二十二回　收番部叛王中計　納忠諫御駕親征

蕭太后復下令軍中道：「宋使前來，無和可議，不若就此進兵罷！」當下炮聲三響，拔寨再進，攻陷德清軍，進逼冀州，直抵澶州，邊書告急宋廷，一夕五至，真宗復召群臣會議。王欽若係臨江人，請駕幸金陵。陳堯叟係閬州人，請駕幸成都。真宗不答，左右四顧，不見寇準，便問群臣道：「寇相如何不來？」欽若曰：「他尚在家中飲博哩。」一語已足傾人。真宗愕然道：「他還有這般閒暇麼？」遂命左右宣準入朝，準既至，便與語道：「虜兵已至澶州，朕心甚憂，聞卿卻閒暇，是否已得良策？」準答道：「陛下如信臣言，不過五日，便可退敵。」真宗轉驚為喜道：「卿有何妙計？」準又道：「莫如御駕親征。」真宗道：「敵勢甚盛，親征亦未必得勝，現有人奏請，或謂宜幸金陵，或謂宜幸成都，卿以為可行否？」寇準朗聲道：「何人為陛下畫此策？臣意請先斬此人，取血釁鼓，然後北伐！試思陛下神武，將臣協和，若御駕親征，敵當自遁，否則出奇撓敵，堅守老敵，彼勞我佚，可操勝算。奈何棄宗廟社稷，轉幸楚、蜀，大駕一移，人心崩潰，虜騎長驅深入，天下尚可保麼？」聲容俱壯。真宗聞言，尚是沉吟。畢士安在旁奏對道：「準言甚是，請陛下俯允！」真宗方道：「兩卿既已同意，朕就下詔親征罷！」準又奏道：「虜騎內侵，天雄軍最為重鎮，萬一陷沒，河朔皆成虜境，請陛下簡擇大臣，出守為要。」真宗道：「卿以為何人可使？」準答道：「莫如參政王欽若。」欽若退列朝班，歷聞準言，已氣得面紅耳赤，忽聽準薦他出守，不由的臉色變青，慌忙趨至座前，正欲跪奏。準即與語道：「主上親征，臣子不得辭難，現我已保薦參政，出守天雄軍，參政應即領敕啟行。」觀此言動，似準未免專斷，然不如此，烏能遠開僉王？欽若道：「寇相是否居守？」寇準道：「老臣應為王前驅，怎敢自安？」一語破的。真宗也開口道：「王卿應善體朕意，朕命你判天雄軍，兼都部署，卿其勿辭！」欽若不敢再說，只得叩首受敕，辭行而去。

是日即由寇準預備親征事宜，議定雍王元份為留守，元份係太祖第五子。並申簡命。越日，車駕起行，將相皆從，扈駕軍士，浩浩蕩蕩，出發京師，小子有詩詠道：

胡騎南來殺運開，征雲黯黯覆塵埃。
若非御駕親臨敵，怎得澶淵振旅回？

欲知親征情形，且看下回續敘。

靈武為河西要塞，豈可輕棄。何亮一疏，言之甚明，而張齊賢、李沆等，俱主張棄地，實書生畏葸迂談耳。真宗雖有心保守，而任將非人，當日曹彬臨歿，曾謂其子璨瑋，均擅將才，何不擢之專閫，乃任一闒茸無能之王超耶？裴濟陷歿，皆超之罪，至於巴喇濟計敗繼遷，繼遷走死，曹瑋上書請纓，朝議不從，又欲以恩致之，且有援春秋不伐喪之例，以駁瑋議者，迂如宋儒，何怪宋之終受制於夷狄乎。迨契丹入境，王欽若請幸金陵，陳堯叟請幸成都，微寇公，宋早成為小朝廷矣。時人猶譏寇為不學無術，試問博學者果能安內攘外否耶？宋儒宋儒！吾不欲多責焉。

第二十二回　收番部叛王中計　納忠諫御駕親征

第二十三回

澶州城磋商和約　承天門偽降帛書

第二十三回　澶州城磋商和約　承天門偽降帛書

卻說真宗下詔親征，駕發京師，命山南東道節度李繼隆，為駕前東面排陣使，武寧軍節度石保吉為駕前西面排陣使，各將帥擁駕前行，適值天氣嚴寒，朔風凜冽，左右進貂帽毳裘，真宗搖首道：「臣下都苦寒，朕亦何得用此？」將士聞諭，各自感激，頓時勇氣百倍，挾纊皆溫。鼓勵將士之法，莫善於此。前軍到了澶州，契丹統軍順國王蕭撻覽（一譯作蕭達蘭）自恃驍勇，直犯宋軍，壓營列陣。李繼隆聞報，奏過真宗，上前抵禦。兩軍尚未接戰，撻覽帶領數騎，出陣四眺，審視地形。繼隆部將張環，正守著床子弩，弩有機，機一觸動，百矢齊發，宋軍恃為利器。環見契丹陣內，有一黃袍大將出來，料知不是常人，他也不遑稟報，竟捻動床子弩，機動箭發，接連射去，剛中撻覽要害，應聲而倒。其餘數騎隨將，一半射死，一半受傷，契丹陣內，慌忙搶出將士，扶傷舁死，奔馳而去。待至張環報告繼隆，麾兵驅殺，契丹兵早已遠颺了。

是時知安肅軍魏能，知廣信軍楊延昭，均當敵衝，敵兵屢次圍攻，百戰不能下。時人稱二軍為銅梁門，鐵遂城。梁門即安肅軍治，遂城即廣信軍治。獨王欽若往守天雄軍，束手無策，整日裡修齋誦佛，閉門默禱，幸契丹兵未曾進攻，還得支持過去。想是我佛有靈。及真宗將至澶州，復有人上言：「契丹勢盛，未可輕敵，不如往幸金陵。」定是王欽若嗾使。真宗又不免滋疑，召寇準入問。準正色道：「陛下只可進尺，不可退寸，河北諸軍，日夜望鑾輿到來，併力對敵，若回輦數步，萬眾失望，勢必瓦解，虜騎隨後追躡，恐金陵也不能到了。」真宗道：「卿言亦是，容朕細思。」準乃趨出，適遇殿前都指揮晉職太尉高瓊，即與語道：「高太尉受國厚恩，今日應該報國！」瓊奮然道：「瓊一介武夫，累蒙超擢，應當效死。」準握瓊手道：「我與你入奏天子，即日渡河殺敵。」瓊點首稱善。兩人入見真宗，準厲聲道：「陛下若不信臣言，請問高瓊便了。」瓊即跪奏道：「寇準

言是，機不可失，請速駕渡河！」真宗乃決，遂命瓊麾兵復進。

　　既至澶州南城，遙見河北一帶，敵營累累，似星羅棋布一般，真宗也不覺驚慌，左右復請駐蹕，且靜覘敵勢，再決進止。寇準亟趨至駕前，固請道：「陛下若再不過河，敵氣未懾，人心益危，怎能取威決勝？現在王超領著勁兵，駐紮中山，可扼敵喉，李繼隆、石保吉東西列陣，可掣敵左右肘；四方鎮將，相率來援，還怕什麼契丹，逗留不進？」高瓊道：「臣願保駕前行，決可無慮。」於是麾軍渡河，進次澶州北城。真宗親御城樓。遠近將士，望見御蓋，踴躍鼓舞，齊呼萬歲，聲聞數十里。契丹自蕭撻覽射死，人人奪氣，又見真宗親來督師，益覺氣沮。只蕭太后不肯罷手，飭精騎數千名，前來薄城。寇准奏真宗道：「這是來試我強弱哩，請詔下將士，痛擊一陣，免他輕覷！」真宗道：「軍事悉以付卿，卿替朕調遣便了。」實是沒用。準遂承旨發兵，開城迎擊。戰不數合，契丹兵果然退走，由宋軍追殺過去，斬獲大半，餘眾走脫。

　　真宗聞捷，乃留準居北城上，自還行宮。嗣又使人覘準，所為何事，究竟不放心。使臣還報道：「寇準方與楊億，飲博歡呼。」故示鎮定，也是一策，然亦何必飲博？真宗大喜道：「準如此從容，朕可無憂了。」未幾，聞曹利用回來，並偕契丹使臣韓杞，一同求見。當即傳入利用，利用行過跪叩禮，便上奏道：「契丹欲得關南地，臣已拒絕，就是金帛一節，臣尚未曾輕許哩。」真宗道：「若欲與地，寧可決戰，金帛不妨酌許，尚與國體無傷。朕本意原是這般，至今也是這般哩。」復命宣韓杞進見，杞跪謁畢，呈上國書，並言奉國主命，索還關南地，即可成盟。真宗道：「這卻不便，國書權且留下罷！」隨顧利用道：「外使到此，我朝總當以禮相待。你且引他出宴，待朕議定，遣回去罷！」利用領旨，引韓杞退出。真宗復召準入議，準奏道：「陛下若為久安計，須要虜廷稱臣，及獻還幽、薊地。

第二十三回　澶州城磋商和約　承天門偽降帛書

一切歲幣等件，概不許與。那時虜廷畏服，方保百年無事，否則數十年後，他必生心，仍然來擾中國了。」言之非艱，行之維艱。真宗道：「若如卿言，非戰不可，但勝負究難預料，就是得勝，也須傷亡若干兵民，朕心殊屬不忍。且數十年後，如得子孫英明，自能防禦外人，目下且許與和，總教邊境如故，不妨將就了事呢。」準答道：「這總非永遠計策，臣且去詰問來使，再行覆命。」真宗應諾。準自去與韓杞辯論，兩下爭議未決，準尚欲決戰，會聞有蜚語譖準，說他挾主徼功，準不禁嘆息道：「忠且被謗，尚復何言？」遂入復真宗，但言：「臣意在計畫久安，如陛下不忍勞師，悉聽聖裁！」真宗因遣還韓杞，覆命曹利用赴契丹軍，且諭利用道：「但教土地不失，歲幣不妨多給，就使增至百萬，亦所不惜。」歲幣亦人民膏血，奈何視若糞土？利用唯唯而退。寇準聞這消息，召利用至幄，正色與語道：「敕旨雖許多給歲幣，我意不得過三十萬，你若多許，我當斬汝首級，你休後悔！」寇準好剛使氣，可見一斑。利用暗暗伸舌，隨答道：「少一些，好一些，利用豈有不知？」當下辭別寇準，徑往敵營。

　　契丹政事舍人高正始接著，即向前問道：「和議如何？」利用道：「歲幣或可酌給，土地萬難如議。」正始道：「我等引眾前來，無非圖復故地，若止得金帛歸去，如何對付國人？」利用道：「君為大臣，也應為國家熟計，倘貴國執政，信用君言，恐兵連禍結，也非貴國利益，請君熟思！」正始無詞可駁，倒也默然。利用入見蕭太后，蕭太后尚堅執前議，利用仍然拒絕，乃留利用暫駐營中，另遣監門衛大將軍姚東之，再持書至宋營，複議和款。真宗不許，東之乃去。蕭太后始再召利用，磋商和議，兩國境界如舊，宋廷每歲給契丹銀十萬兩，絹二十萬匹。契丹國主，以兄禮事宋帝。議既定，利用返報真宗，真宗很是喜慰。減去七十萬，如何不樂？復遣李繼隆往契丹軍，簽定和約。契丹也遣使丁振，齎繳盟書，再命姚東之

來獻御衣食物。真宗御行營南樓,賜宴契丹來使,並及從官。至契丹使去,頒詔邊吏,不得出兵邀契丹軍歸路。契丹主遂奉蕭太后,引眾北歸,真宗也自澶州回京,錄契丹盟書,頒告兩河諸州。

轉眼間已是景德二年,正月初旬,因契丹講和,大赦天下,放河北諸州強壯歸農。畢士安請通互市,葺城池,招流亡,廣儲蓄,一面擇要任將,保薦馬知節守定州,楊延昭守保州,李允則守雄州,孫全照守鎮州,此外尚有數人,名不勝述。自是河北大定,烽燧不驚。朝議復以南北修和,未免有往來慶弔諸儀,特奏設國信司,歸內侍職掌。外交大事,如何領以奄人?既而遣太子中允孫僅,北往契丹,賀蕭太后生辰,所具國書,自稱南朝,號契丹為北朝。直史館王曾上言:「春秋外夷狄,爵不過子,今只從他國號,於他無損,於我有名,何必對稱兩朝?」所言甚當。真宗也以為然。嗣又有人謂:「既稱兄弟,應作兩朝稱呼,庶較示親睦」云云,乃仍用原書齎去。真宗實無定見。此後南北通問,概用南北朝相稱,已兆南渡之機。這也不在話下。

且說知天雄軍王欽若,因南北通好,奉詔還京,仍任參知政事。欽若以與準不協,迭請解職,乃命馮拯代任,改授欽若為資政殿學士。未幾,畢士安病歿,唯準獨相。準性剛直,賴士安曲為調停,澶州一役,政策雖多出自準,但也幸有士安襄助,因得成功。真宗謂士安飭躬畏謹,有古人風,因此深信不疑。士安歿後,賜謚文簡,車駕哭臨,輟朝五日。準因士安已歿,一切政令,多半獨斷獨行,每當除拜官吏,輒不循資格,任意選用,僚屬遂有怨言。真宗因他有功,累加優待,就是他語言挺撞,也嘗含忍過去。一日會朝,准奏事侃侃,聲徹大廷,真宗溫顏許可。及准既奏畢,當即趨退,真宗目送准出,注視不已。適王欽若在朝,亟趨前跪奏道:「陛下敬準,是否因準有社稷功?」真宗點首稱是。欽若又道:「澶州

第二十三回　澶州城磋商和約　承天門偽降帛書

一役，陛下不以為恥，乃反目準為功臣，臣實不解。」真宗愕然問故？欽若又道：「城下乞盟，《春秋》所恥，澶州親征，陛下為中國天子，反與外夷作城下盟，難道不是可恥麼？」宋儒專尚《春秋》，欽若特舉以為證，果足搖動帝心。真宗不禁變色。欽若見已入彀，索性逼進一層，更申奏道：「臣有一句淺近的譬喻：譬如賭博，輸錢將盡，傾囊為注，這便叫做『孤注一擲』，陛下乃準的孤注，豈不危甚？幸陛下量大福弘，才得免敗。真宗面頰發赤道：「朕今知道了。」欽若乃退。由是真宗待準，禮意日衰，嗣竟罷準為刑部尚書，出知陝州。準亦知為欽若所讒，奈詔命難違，只好啟程赴陝。適知益州張詠，自成都還京，道過陝州，準出郊迎餞，歡宴竟日。臨行時，準問詠道：「君治蜀有年，政績卓著，準方愧慕得很，敢問何以教準？」詠徐答道：「這也未免太謙了。但〈霍光傳〉卻不可不讀。」準聞言，一時莫名其妙，只得答了「領教」二字。及詠已辭去，準還署中，取《漢書・霍光傳》隨讀隨思，讀至不學無術一句，不由的自笑道：「張公語我，想便指此語了。」準並非無術，實是少學。未幾，復徙知天雄軍。契丹使過大名，與準相會，出言訊準道：「相公望重，何故不在中書？」準答道：「我朝天子，因朝廷無事，特遣我到此，執掌北門管鑰，你何必多疑！」此語卻是得體。契丹使方才無言，竟赴汴都去了，這且慢表。

　　且說真宗罷準後，用參政王旦代任。旦，大名人，器量宏遠，有宰相器，當時稱為得人。唯真宗為欽若所惑，尚以澶州修好，引為己辱，平居怏怏不樂。欽若窺伺意旨，特至內廷奏請道：「陛下欲發揚威武，須用兵進取幽、薊，才可得志。」明知真宗厭兵，特進一步探試。真宗道：「河北生民，方免兵革，朕何忍再行動兵？須另圖別法。」欽若道：「陛下既不忍勞師，不如仿行封禪，或可鎮服四海，誇示外國。但自古以來，封禪應得天瑞，必有世上罕見的瑞徵，方足服人。」真宗道：「天瑞哪可必得？」欽

若旁顧左右,似有不敢遽言的形狀。真宗喻意,命左右暫退。欽若方申奏道:「天瑞原不可必得,前代多用人力造成,但教人主尊信崇奉,便足明示天下。陛下以為河圖洛書,真有此事麼?聖人神道設教,特藉此誘服天下呢!」欽若畢竟聰明。真宗沉思片刻,復道:「王旦恐未必贊成哩。」欽若道:「聖意若果決定,臣當轉告王旦,囑他遵行。」真宗隨即點首。欽若遂退,自與王旦密商去了。越日,又入內覆命,報稱旦已遵旨,真宗倒也欣慰。及欽若去後,展轉圖維,尚覺心下不安,當下親倖祕閣,直學士杜鎬等迎駕叩首。鎬年已老,為學士首列,真宗驟問道:「古所謂河出圖,洛出書,曾否實有此事?」鎬未明上意,竟率爾奏對道:「這恐是聖人神道設教呢!」好似欽若教他?真宗聽到此語,便不復問,即命駕還宮。越日,召王旦至內廷,特別賜宴。宴畢,旦起謝,真宗又另賜一樽,親給王旦道:「此酒極佳,卿可持去,歸與妻孥共飲。」旦不敢不受,急忙跪接酒樽,拜賜而退。及歸家,見樽口封得甚固,啟封審視,並不是什麼美酒,乃是寶光閃爍,粒粒似豆的珍珠。當下想了一會,即命眷屬收藏,後經家人洩言,方知此事。

　　至景德五年正月,皇城司奏言守卒塗榮,見左承天門南鴟尾上,有黃帛曳著,約長二丈,為此奏聞。真宗即命中使往視,一面顧語群臣道:「去冬十一月間,庚寅日夜半,朕方就寢,忽室中燁燁有光,朕深驚訝,驀見一神人星冠絳衣,入室語朕,謂來月宜就正殿建黃籙道場一月,當降天書大中祥符三篇,朕正欲起對,不意這位神人,竟不見了。朕自十二月朔日,已虔誠齋戒,在朝元殿建設道場,佇待天貺,因恐宮廷內外,反啟疑言,所以未曾宣布。目今帛書下降,敢是果邀天貺麼?」一派鬼話。欽若即出奏道:「陛下至誠格天,應該上邀天眷。」真宗喜形於色,待了一刻,見中使馳回覆命,匆匆跪奏道:「承天門上,果有帛書,約長二丈許,緘

第二十三回　澶州城磋商和約　承天門偽降帛書

物如書卷，外用青縷纏住，封處隱隱有字。」真宗竦然道：「這莫非天書不成？」王旦等齊集殿階，再拜稱賀。真宗複道：「這須由朕親往拜受呢。」言畢，即步出殿階，直抵承天門。百官盡行隨著，仰瞻門上，那黃帛正隨風飄蕩，搖曳空中。真宗望空再拜，拜畢，即遣二內侍升梯上登，敬謹取書，下授王旦。旦捧書跪呈，真宗復再拜受書，親置輿中，導至道場，命知樞密院事陳堯叟啟帛書。帛上有文云：「趙受命，興於宋，付於眘，居其器，守於正，世七百，九九定。」真宗又向書跪拜，書中又有黃字三幅，語類〈洪範〉、《道德經》。前言帝能以至孝至道紹世，次諭以清淨簡儉，末述世祚延永的大意。陳堯叟捧書讀訖，真宗重複跪受，仍將原帛裹書，貯諸金匱。群臣入賀崇政殿，真宗與輔臣，皆茹齋戒葷，遣官告天地宗廟社稷，大赦改元，以大中祥符為年號，遍宴群臣，並賜京師酺五日，改左承天門為承天祥符，置天書儀衛扶持使，遇有大禮，即命宰執近臣，兼任是職。嗣是陳堯叟、陳彭年、丁謂、杜鎬等，更爭言祥瑞，附和經義。獨龍圖閣待制孫奭上言道：「天何言哉？豈有書也？」兩語括盡詐欺。真宗不答。

　　越數日，宰相王旦等，復率文武百官諸軍將校官吏藩夷僧道者壽共二萬三千二百餘人，上表請真宗封禪，真宗未決。表至五上，強姦民意，已兆於此。乃召權三司使丁謂，入問經費。謂答言大計有餘，因決議封禪，命翰林太常詳定儀注，任王旦為大禮使，王欽若等為經度制置使，馮拯、陳堯叟分掌禮儀，丁謂計度糧草，大家不勝忙碌，差不多舉國若狂，足足籌議了好幾月。乃命欽若東行，赴泰山預備封禪。欽若抵乾封，遣使馳奏：「泰山有醴泉出，錫山（泰山下小山）有蒼龍現。」

　　未幾，又報稱天書下降，遣中使馳捧詣闕。正是：

逢惡罪深逾長惡，欺人術盡且欺天。

這天書再降何處，由小子下回敘明。

澶淵修和，本出真宗本意，觀其在道逗留，望敵驚心，一若身臨虎口，慄慄危懼。賴寇準力請渡河，敵氣少沮。化干戈為玉帛，得以振旅還京，此非寇公之功，烏能至此？王欽若乃以孤注之言，肆其讒間，木朽蟲生，仍由真宗膽怯之所致耳。迨至天書下降，舉國若狂，欺人欺天，不值一笑。欽若小人。不足深責，王旦名為正直，乃以欽若一言，美珠一樽，竟箝其口，後且力請封禪，冒稱眾意，利令智昏，固如此哉！讀畢為之三嘆！

第二十三回　澶州城磋商和約　承天門偽降帛書

第二十四回

孫待制空言阻西幸　劉美人微寵繼中宮

第二十四回　孫待制空言阻西幸　劉美人徼寵繼中宮

卻說王欽若抵干封后，再上天書，據言：「有木工董祚，在醴泉亭北，見黃帛曳林木上，帛中有字，苦不能識，因輾轉告至臣處。臣遣人覘視，與前時所降天書相似，因特敬謹取奉闕下」云云。真宗御崇政殿，傳集群臣，朗聲宣諭道：「朕五月丙子夜間，復夢前日的神人，入室告朕，說是來月上旬，當在泰山頒降天書，朕即密諭欽若，留心稽察，今果與夢兆相符，降書泰山。上天眷佑，可謂特隆。唯朕自愧無德，恐不能仰答天庥呢。」這種天書，雖千萬冊不難立致，真宗說是自愧無德，我想他宣諭時，正恐不免面赤哩。宰相王旦，又率百官拜賀道：「聖德日增，天無不應，臣等不勝慶幸呢。」真宗欣然道：「這也仗卿等輔弼的功勞。」上欺下，下罔上，真會搗鬼。說罷，又迎奉天書至含芳園，就正殿上面皮閣，一面齋戒沐浴，謹備法駕，詣殿拜受。仍命這位知樞密院事陳堯叟，啟封宣讀。百官斂足恭聽，但聞堯叟讀著道：「汝崇孝奉，育民廣福，錫爾嘉瑞，黎庶咸知。祕守斯言，善解吾意。國祚延永，壽歷遐歲。」讀訖，復捧書升殿，百官遂表上尊號，稱真宗為崇文廣武儀天尊道寶應章感聖明仁孝皇帝。既而敕建玉清昭應宮，虔奉天書。知制誥王曾，都虞侯長旻，上書諫阻，均不見報。

到了孟冬，真宗至泰山封禪，用玉輅載著天書，先行登途，自備鹵簿儀衛，隨後出發。途中歷十七日，始至泰山。王欽若迎謁道旁，獻上芝草三萬八千餘本，倒也虧他採辦。真宗慰勞有加。復齋戒三日，才上泰山，道經險峻，降輦步行。總算虔心。享祀昊天上帝，左陳天書，配以太祖、太宗，命群臣把五方帝及諸神於山下封祀壇。禮成，出金玉匱函封禪書，藏置石礈（音感，石篋也）。真宗再巡視圜臺，然後還幄，王旦復率從官稱賀。翌日，禪祭皇地祇於社首山，如封祀儀。王欽若等連上頌詞，什麼彩霞起岳，什麼黃雲覆輦，什麼瑞靄繞壇，什麼紫氣護幄，還有日重輪，

月黃色，說得天花亂墜，弄假成真。真宗即御朝覲壇中的壽昌殿，受百官朝賀，上下傳呼萬歲，振動山谷。有詔大赦天下，文武進秩，令開封府及所過州郡，考選舉人，賜天下酺三日。改乾封縣為奉符縣，大宴穆清殿，又宴泰山父老於殿門，真個是皇恩浩蕩，帝澤汪洋。句中帶刺。

　　過了數日，轉幸曲阜，謁孔子廟，酌獻再拜，命近臣分奠七十二弟子，加諡孔子為玄聖文宣王，飭此後祭用太牢。真宗復率從臣，遊覽孔林，到了興盡思歸，乃下詔回鑾，仍用玉輅載奉天書，按驛還都。欽若護駕西歸，更聯合一班媚子諧臣，朝奏符瑞，暮頌功德，惹得真宗墮入迷團，自以為五帝三王，不過爾爾。丁謂又上封禪祥瑞圖，揭示朝堂，於是東封不足，複議西封。可巧徐、兗大水，江、淮亢旱，無為烈風，金陵大火，各處災祲，接連入報，這也可作符瑞。乃把西嶽封禪，暫行停辦。越年餘，中外稍稍安靖，再將舊事提起，由群臣表請西祀汾陰，有旨准奏，定期來春西幸，所有典禮各使，免不得仍用熟手。嗣陝州奏稱黃河清，集賢院校理晏殊獻河清頌，真宗親制奉天庇民述，宣示相臣。轉眼間冬盡春來，命群臣戒備祭儀，毋得懈怠。適值京畿大旱，穀米騰貴，龍圖閣待制孫奭，毅然上疏道：

　　臣聞先王卜征五年，歲習其祥，祥習則行，不習則增，修德而改卜。陛下始畢東封，更議西幸，殆非先王卜征五年慎重之意，其不可一也。夫汾陰后土，事不經見，昔漢武帝將封禪，故先封中嶽，祀汾陰，始巡幸都縣，遂有事於泰山。今陛下既已東封，復欲幸汾陰，其不可二也。古者圜丘方澤，所以郊祀天地，今南北郊是也。漢初承秦，唯立五畤以祀天，而后土無祀，故武帝立祠於汾陰。自元成以來，從公卿之議，遂徙汾陰於北郊，後之王者多不祀汾陰。今陛下已建北郊，乃捨之而遠祀汾陰，其不可三也。西漢都雍，去汾陰至近，今陛下經重關，越險阻，輕棄京師根本，

第二十四回　孫待制空言阻西幸　劉美人儌寵繼中宮

而慕西漢之虛名,其不可四也。河東唐王業之所由起也,唐又都雍,故明皇閒幸河東,因祀后土。聖朝之興,事與唐異,而陛下無故欲祀汾陰,其不可五也。昔者周宣王遇災而懼,故詩人美其中興,以為賢主。比年以來,水旱相繼,陛下宜側身修德,以答天譴,豈宜下徇奸回,遠勞民庶,盤遊不已,忘社稷之大計,其不可六也。夫雷以二月啟蟄,八月收聲,育養萬物,失時則為異。今震雷在冬,為異尤甚。此天意丁寧以戒陛下,而反未悟,殆失天意,其不可七也。夫民,神之主也,是以聖王先成民而後致力於神。今國家土木之工,累年未息,水旱薦洊,饑饉居多,乃欲勞民事神,神其享之乎?其不可八也。陛下必欲為此者,不過效漢武帝、唐明皇巡幸所至,刻石頌功,以崇虛名,誇示後世爾。陛下天資聖明,當慕二帝三王,何為下襲漢、唐之虛名?其不可九也。唐明皇以嬖寵奸邪,內外交害,身播國危,兵交闕下,忘亂之跡如此,由狃於承平,肆行非義,稔致禍敗。今議者引開元故事以為盛烈,乃欲倡導陛下而為之,臣竊為陛下不取,其不可十也。臣言不逮意,陛下以臣言為可取,願少賜清問,以畢臣說,臣不勝翹首待命之至。

真宗覽奏,因他有少賜清問一語,即召內侍皇甫繼明,傳旨再問,教他盡情說來。孫奭乃再上陳道:

陛下將幸汾陰,而京師民心匆寧,江、淮之眾,困於調發,理須鎮安而矜存之。且土木之工未息,而奪攘之盜公行,外國治兵,不遠邊境,使者雜至,寧可保其心乎?昔陳勝起於徭役,黃巢出於凶飢,隋煬帝勤遠略,而唐高祖興於晉陽。晉少主惑於小人,而耶律德光長驅中國。陛下俯從奸佞,遠棄京師,涉仍歲薦饑之墟,修違經久廢之祠,不念民疲,不恤邊患,安知今日戍卒無陳勝,飢民無黃巢?梟雄將無窺伺於肘腋,外敵將無覘覦於邊陲乎?先帝嘗議封禪,寅畏天災,尋詔停寢。今奸臣乃贊陛下,力行東封,以為繼承先聲。先帝嘗欲北平幽、朔,西取繼遷,大勳未

集，用付陛下，則群臣未嘗獻一謀，畫一策，以佐陛下繼先帝之志者，反務卑詞重幣，求和於契丹，麼國糜爵，姑息於繼遷，曾不思主辱臣死為可戒，誣下罔上為可羞。撰造祥瑞，假託鬼神，才畢東封，便議西幸，輕勞車駕，虐害饑民，冀其無事往還，便謂成大勳績。是陛下以祖宗艱難之業，為奸民僥倖之資，臣所以長嘆而痛哭也。夫天地神祇，聰明正直，作善降之祥，作不善降之殃，未聞專事籩豆簠簋，可邀福祥。《春秋》傳曰：「國之將興聽於民，將亡聽於神」，臣愚非敢妄議，唯陛下終賜裁擇！

真宗看到此疏，亦知孫奭是個忠臣，但一種虛誇的念頭，已是縈繞胸中，無從解脫，因此將兩疏留中，束諸高閣。

仲春吉日，乘著天氣晴和，啟鑾西幸，仍奉天書發京師，出潼關，渡渭河，遣近臣祀西嶽，遂進次寶鼎縣。漢稱汾陰。奉祀后土城祇，一切禮儀，略與前等。餘如賞功赦罪，頒宴賜餔，亦與前例相同。迭召隱士李瀆、劉巽、鄭隱、李寧見駕，瀆託言足疾，不願逢迎。隱與寧總算到來，受賜茶果粟帛，仍迄請回山。唯巽受職為大理評事。還次閿鄉，召見道士柴又玄，問他無為要旨。又玄略陳數語，不甚稱旨，便即令退。及抵陝州，又遣陝令王希，徵召隱士魏野，野亦託疾不至。先是咸平五年，張齊賢聞京兆隱士種放名，奏請徵命。真宗准奏往徵，放即詣京師，受官左司諫，直昭文館。後來東封西祀，無不隨從，時論頗加鄙薄。至李瀆、魏野，並辭不至，名盛一時。瀆與野本相友善，均遁跡終身，及野歿，瀆痛失良友，隔六日亦卒，尤覺奇異。還有杭州隱士林逋，終身不娶，隱居西湖，結廬孤山，妻梅子鶴。真宗料他高節，不肯就徵，但賜他粟帛。逋至仁宗時乃歿，臨終時口吟自輓詩，有「茂陵他日求遺稿，猶幸曾無封禪書」二語，傳誦遠邇，眾口皆碑，這也不在話下。實是褒揚高節。

唯西封以還，尚有餘嶽未封，再遣向敏中為五嶽奉冊使，加上五嶽帝

第二十四回　孫待制空言阻西幸　劉美人儌寵繼中宮

號，並作會靈觀奉祀五嶽，一面任王欽若為樞密使，擢丁謂參知政事。另用林特為三司使，三人互相勾結，專言符瑞，經度制置副使陳彭年，素性奸媚，綽號九尾狐，與內侍劉承珪，也陰通聲氣，廣修宮觀，朝中目為五鬼。承珪又奏言：「汀州王捷，在南康遇一道人，自言姓趙，諱玄朗，即司命真君，授捷丹術，及小鐶神劍，既而不見，因此上聞。」真宗即召捷入朝，授官左武衛將軍，賜名中正。廷臣均不勝驚異，真宗卻語輔臣道：「朕嘗夢神人傳玉皇命，謂令朕始祖趙玄朗，授朕天書。次日，復夢神人傳聖祖言云，吾座西偏，應設六位候著。朕乃命在延恩殿設道場，五鼓一籌，果聞異香。俄頃，黃光滿殿，聖祖竟至。朕再拜殿下，嗣復有六人到來，各揖聖祖，一一就坐。聖祖命朕道：『我乃人皇九人的一人，是趙氏始祖，再降為軒轅皇帝。後唐時復降生趙氏，今已百年，願汝後嗣，善撫蒼生，毋怠前志。』說畢，各離座乘雲而去。王捷所遇，想即這位聖祖了。」愈造愈奇。王旦等不敢指駁，只黑壓壓的跪在一地，齊聲稱賀，因頒詔天下，避聖祖諱，「玄」應作「元」，「朗」應作「明」，載籍中如遇偏諱，應各缺點畫。尋復以「玄」、「元」二字，聲音相近，改「玄」為「真」，「玄武」為「真武」，命丁謂等修訂崇奉儀注，上聖祖尊號曰：「聖祖上靈高道九天司命保生天尊大帝。」聖母懿號曰：「元天大聖后。」勅建景靈宮太極觀於壽邱，奉聖祖聖母，並詔建康軍鑄玉皇聖祖、太祖、太宗尊像，授丁謂為奉迎使，迎像入玉清昭應宮。真宗又親率百官郊謁，再命王旦為刻玉使，王欽若、丁謂為副，把天書刻隸玉籍，謹藏宮中。此後玉清昭應宮祀事，均歸王旦承辦，即賜他一個官名，叫做玉清昭應宮使（《綱目》於王旦病歿，特書玉清昭應使王旦卒，故本編亦特別提出）。王旦雖自覺可笑，但帝命難違，也只得隨來隨受罷了。這是寓褒於貶之筆。

且說真宗皇后郭氏，謙約惠下，性疾侈靡。族屬入謁禁中，服飾稍

華，即加戒勖。母家間有請託，未嘗允諾。以此真宗亦頗加敬禮，素無間言。景德四年，從真宗幸西京，拜謁諸陵，途中偶冒寒氣，還宮寢疾，竟致不起。及崩，諡曰「章穆」。宮中尚有數嬪，最邀寵眷的要算劉德妃，次為楊淑妃。

這位劉德妃的履歷，不甚明白，她本隨一蜀人龔美，流至京師。龔美素業鍛銀，自導妃入都後，仍執舊業，不知如何得識內侍，出入宮邸。是時妃年尚只十五，生得巧小玲瓏，纖穠秀媚，兼且有一種特技，善能播鼗。鼗本尋常小鼓，沒甚可聽，偏經她纖手搖來，音韻悠揚，別具節奏。在色不在鼗。內侍等遇著閒暇，輒往聽鼗，漸漸的闐動都下，連襄邸中也得聞知。真宗尚未為太子，年少好奇，即帶著侍役，微服往遊。既至龔美寓中，睹著這位劉美人芳容，已是目眩心迷，暗暗稱賞；及令她播鼗，果然聲調鏗鏘，比眾不同。劉亦知真宗不是常人，除運動靈腕外，免不得有眉傳目語的情形，惹得真宗心猿意馬，一經還邸，便令侍役召入，作為侍女。當下問明籍貫，據說是：「先家太原，後徙益州，祖名延慶，曾在晉、漢間做過右驍衛大將軍。父名通，即在宋朝做過虎捷都指揮使，因從征太原，中道病歿。時女尚在襁褓，因家世廉潔，向無餘資，不得不鞠養外家。會因舅氏等相繼去世，只剩表兄龔美，素業賤工，餬口四方，是以隨徙至此。」話雖如此，未足盡信。她一面說，一面含著悽切態度，越覺楚楚可憐。看官！你想這真宗年當好色，怎肯將她輕輕放過？況這劉美人心靈手敏，樂得移篙近舵，圖個終身富貴。洛皋解珮，幸遇陳思，神女行雲，巧逢楚主。兩下裡相憐相愛，幾似膠漆黏合，熔成一對鸞鳳交。偏真宗乳母秦國夫人，秉性嚴整，看他兩小無猜，料有情弊，遂乘間入白太宗。太宗即傳入真宗，當面訓責，令他斥逐劉女。真宗不得已，遣女出邸，潛置王宮指使張耆家。老婆子太不解事，幾乎拆散鴛鴦。到了真宗即

第二十四回　孫待制空言阻西幸　劉美人徼寵繼中宮

位，大權在握，當即召入宮中，封為美人。名稱其實。破鏡重圓，鍾情倍甚。那美人確係聰明，對著那郭皇后，侍奉殷勤，就是與同列楊氏，亦和好無嫌，因此宮中相率稱誦。未幾進位修儀，且因她終鮮兄弟，即以龔美為后兄，令改姓劉，賜給官秩。銀匠也交運了。先是郭后連生三子，長名禔，次名祐，又次名只，皆蚤殤。楊氏生子祉祈，又皆夭逝。真宗望子心切，又選納沈女為才人。沈氏本宰相沈倫孫女，父名繼忠，亦曾任光祿卿。就是楊氏祖籍，亦嘗通顯，她本是天武副指揮使楊知信姪女，比劉氏先入襄邸，劉封修儀，楊亦封修儀。至郭后已崩，劉、楊名位相埒，均有嗣襲中宮的希望。沈才人雖是後進，但係將相後裔，望重六宮，卻也是一個勁敵。劉氏外表謙和，內懷刻忌，日思產一麟兒，借得后位，怎奈熊羆不夢，禱祀無靈，只好想了一條以李代桃的計策，暗中授意李侍兒，令司御寢，按天裡疊被鋪床，抱衾送枕。也是真宗命該有子，竟要她侍寢當夕。春風一度，暗結珠胎。一日，隨真宗臨幸砌臺，狹小金蓮，稍被一絆，那頭上玉釵，竟致震落。李不覺失色，真宗暗地卜禱，釵完當生男子。及左右拾釵進奉，果得不毀。真宗甚喜，既而果產一男，取名受益，就是後日的仁宗皇帝。李以是得封才人。劉氏取受益為己子，且商諸楊氏，合約保護，一面密囑心腹，只說皇嗣為自己所生，不得洩漏外廷，一面悄語真宗求請立后。真宗本寵愛得很，當然言聽計從，遂冊劉氏為德妃，並召諭群臣，將立劉為繼后。忽有一人出班跪奏道：「不可不可！」正是：

蛾眉已博君王寵，鯁骨難移主上心。

欲知何人諫阻，且看下回表明。

東封西祀，全是瞎鬧，不特無益而已，其勞民費財，尤不勝言。當時

唯孫奭二疏，最是剴切，真宗明知其忠而不見從，蓋理欲交戰於胸中，燭理未明，卒為私慾所勝耳。彼劉美人以色得幸，專寵後宮，亦何嘗不自私慾所致乎？幸劉氏有呂武之才，無呂武之惡，其事郭后也以謹，其待楊妃也以和；即宮中侍兒，得幸生子，飾為己有，跡近詭祕，但上未敢欺罔真宗，下未忍害死李侍，第不過藉此以攬后位，希圖尊寵，狡則有之，而惡尚未也。然後世已深加痛嫉，至有貍奴換主之訛傳，歸罪郭槐，歸功包拯，捕風捉影，全屬荒唐。宣聖所謂惡居下流者，其信然耶？本書褒不虛褒，貶不妄貶，足與良史同傳不朽，以視俗小說之荒謬不經，固不啻霄壤之別矣。

第二十四回　孫待制空言阻西幸　劉美人徼寵繼中宮

第二十五回

留遺恨王旦病終　坐株連寇準遭貶

第二十五回　留遺恨王旦病終　坐株連寇準遭貶

卻說真宗欲立劉氏為后，有一大臣出班奏道：「劉妃出身微賤，不足母儀天下。」觀此言，益知劉妃履歷，不足取信。真宗視之，乃是翰林學士李迪，便不覺變色道：「妃父劉通，曾任都指揮使，怎得說是微賤？」言甫畢，又有參知政事趙安仁出奏道：「陛下欲立繼后，不如沈才人出自相門，足孚眾望。」真宗道：「后不可以僭先。且劉妃才德兼全，不愧后儀，朕意已決，卿等毋庸多瀆！」李、趙兩人，碰得一鼻子灰，只好告退。真宗即命丁謂傳諭楊億，令他草詔冊后。億有難色，謂語道：「勉為此文，不憂不富貴。」億聽了此語，竟搖首道：「如此富貴，卻非所願，請公改諭他人。」氣節可嘉。謂乃命他學士草制，竟冊劉為后，並晉授楊修儀為淑妃，沈才人為修儀，李才人為婉儀，所有典禮，概從華贍。劉氏既正位中宮，更留心時事，旁覽經史，每當真宗退朝，閱天下章奏，輒至夜半，后侍坐右側，得以預覽，所見皆記憶不忘。真宗有所疑問，她即援古證今，滔滔不絕，因此愈得帝歡，漸漸的干預外政了。

真宗仍談仙說怪，祈神禱天，聞亳州有太清宮，奉老子像，遂加號老子為太上老君，混元上德皇帝，親往朝謁，又是一番鋪張。且改應天府為南京（即宋州。太祖舊藩歸德軍在宋州，因改名應天府，至是復改稱南京），與東西兩京，並立為三。勅南京建鴻慶宮，奉太祖、太宗聖像。真宗亦親去巡閱，相度經營。至還宮後，正值玉清昭應宮告成，修宮使就是丁謂。起初預估年限，應歷十五年，方得竣工，真宗嫌時過遲，擬縮短期限，丁謂乃令工役日夕並營，七年乃就。凡二千六百一十楹，制度弘麗，金碧輝煌。內侍劉承珪，助謂監工，屋宇略不中式，便令改造，造好復拆，拆後復造，不知費了若干國帑，才算造成。宮中建一飛閣，高可插天，名曰寶符，貯奉天書。復模擬宗御容，鑄一金像，侍立右側。真宗親制誓文，刻石置寶符閣下。張詠自益州還京，入直樞密，至是忍耐不住，

上疏言：「賊臣丁謂，誑惑陛下，勞民傷財，乞斬謂頭，懸諸國門，以謝天下！然後斬詠頭置丁氏門以謝謂。」數語傳誦都下，偏真宗信任丁謂，竟命他出知陳州，未幾遂歿，尋諡忠定。他如太子太師呂蒙正，司空張齊賢等，俱先後凋謝。呂諡文穆，張諡文定。不忘老成人。王旦亦衰邁多疾，累請致仕，奈因真宗不許，只好虛與委蛇。他本智量過人，明知真宗所為，不合義理，但已被五鬼挾持，沒奈何隨俗浮沉。合則留，不合則去，奈何同流合汙？先是李沆為相，嘗取四方水旱盜賊等事，奏白殿廷。旦方參政，以為事屬瑣屑，不必多瀆。沆笑道：「人主少年，當令知四方艱難，免啟侈心，否則血氣方剛，不留意聲色犬馬，即旁及土木神仙，我已老，不及見此，參政他日，或見及此事，應回憶老朽哩。」及沆歿，果然東封西祀，大營宮觀，旦欲諫不能，欲去不忍，嘗私嘆道：「李文靖不愧聖人，所以具有先見，我輩抱愧多多哩！」（李沆歿諡文靖，故稱作李文靖。）嗣見五鬼當朝，老成迭謝，乃密白真宗，請仍召用寇準。真宗乃召準入京，命為樞密使。準因三司使林特，黨附僉王，輒加沮抑。特遂暗加譖訴，惹得真宗動惱，召語王旦道：「準剛忿如昔，奈何？」旦復奏道：「準喜人懷惠，又欲人畏威，這是他的短處。但本心仍是忠直，若非仁主，確是難容。」真宗默然，嗣竟出準為武勝軍節度使，判河南府，徙永興軍。

至祥符九年殘臘，真宗又擬改元，越年元旦，遂改元天禧，御駕親詣玉清昭應宮上玉皇大帝寶冊袞服。翌日，上聖祖寶冊。又越數日，謝天地於南郊，御天安殿受冊號，御製欽承寶訓述，頒示廷臣，命王曾兼會靈觀使。曾轉推欽若，固辭不受。曾，青州人，咸平中，由鄉貢試禮部，及廷對皆列第一。有友人向他賀喜道：「狀元及第，一生吃著不盡。」曾正色道：「平生志不在溫飽，難道單講吃著麼？」志不在小。未幾，入直史館

第二十五回　留遺恨王旦病終　坐株連寇準遭貶

（應二十四回），遷翰林學士，嗣擢任為右諫議大夫，參知政事。至兼職觀使的詔命，毅然不受。真宗疑曾示異，當面詰問。曾跪答道：「臣知所謂義，不知所謂異。」兩語說畢，從容趨退。

王旦時亦在朝，暗暗點頭，退朝後語僚屬道：「王曾詞直氣和，他日德望勛業，不可限量，恐我不及相見哩。」過了數日，決計辭職，連表乞休。真宗仍不肯照准，反加任太尉侍中，五日一朝，參決軍國重事。旦愈不肯受，固辭新命，並託同僚代為奏白，乃將成命收回，止加封邑。但相位依然如故，旦卻老病日增。應該愧悔增疾。一日，召見滋福殿，他無別人，唯旦獨對。真宗見他形色甚癯，不禁黯然道：「朕方欲託卿重事，不意卿疾若此，轉滋朕憂。」說著，即喚內侍召皇子出來，及皇子受益登殿，真宗命拜王旦。旦慌忙趨避，皇子隨拜階下，旦跪答畢，起言：「皇嗣盛德，自能承志，陛下何必過憂。」乃迭薦寇準、李迪、王曾等數人，可任宰輔，自己力求避位。真宗乃允他罷相，仍命領玉清昭應宮使，兼職太尉，給宰相半俸。尋又命肩輿入朝，旦不敢辭，力疾入內廷。有旨命旦子王雍，與內侍扶掖進見。真宗婉問道：「卿今疾亟，萬一不諱，朕把這國事付與何人？」旦答道：「知臣莫若君，唯明主自擇。」真宗固問道：「卿不妨直陳！」旦舉笏奏道：「依臣愚見，莫若寇準。」真宗搖首道：「準性剛量狹，他嘗說卿短處，卿何故一再保薦？」旦答道：「臣蒙陛下過舉，久參國政，豈無過失？準事君無隱，臣所以說他正直，屢行薦舉。他人非臣所素知，恐臣病困，不能久侍了。」此等處不愧名相。真宗乃命掖出殿門，上輿而去。真宗終未信旦言，竟任王欽若同平章事。

欽若從前入朝，必預備奏牘數本，但伺真宗意旨，方出奏章，餘多懷歸。樞密副使馬知節，素嫉欽若，嘗在帝前顧他道：「懷中各奏，何不盡行取呈？」欽若聞言，未免失色。但力言知節虛誣，知節亦抗爭不屈，嗣

是兩人結成嫌隙，往往面折廷爭。知節退見王旦，猶恨恨道：「本欲用笏擊死這賊，但恐驚動君上，未敢率行。此賊不去，朝廷沒有寧日呢。」也是一個硬頭子，所以不肯略去。真宗因兩人時常爭執，索性一律罷免。欽若出樞密院，知節徙為彰德留後。至此因王旦免相，復念及欽若，仍拜為樞密使，進任同平章事。欽若貌狀短小，項有附瘤，時人目為癭相，他卻曉曉語人道：「為了王子明，遲我十年作相。」言下尚有慍色。看官！道王子明為誰？就是王旦的表字。旦聞欽若入相，愈加悔憤，病遂加劇。真宗遣使馳問，每日必三四次，有時親自臨問，御手調藥，並山藥粥為賜。旦無甚奏對，只說是負陛下恩。悔無及了。及彌留時，邀楊億入室，託撰遺表，且語億道：「我忝為宰輔，抱歉甚多，遺表中止敘我生平遭遇，感謝隆恩，並請皇上日親庶政，進賢黜佞，庶可少減焦勞，切不可為子弟求官，徒滋後累。君係我多年好友，所以託辦此事呢。」億如言撰就，請旦自閱。旦尚竄易數語，並召子弟等入囑道：「我家世清白，槐庭舊德，幸勿遺忘！此後當各持儉素，共保門楣，我自問尚無大過，只天書虛妄，我不能諫阻，徒自滋愧，死後可削髮披緇，依僧道例殯葬，或尚可對我祖考呢。」言已，瞑目而逝。原來王旦父祐，曾事太祖、太宗，為兵部侍郎，平生頗有陰德，嘗在庭中手植三槐，自言後世子孫，應作三公，故王氏稱為三槐堂。旦果貴為宰相，適應父言。家人因旦有遺囑，擬即遵行，楊億以為不可，乃止。遺表上聞，真宗臨喪哀慟，追贈太師尚書令魏國公，予諡文正，還宮後輟朝三日，錄旦子弟外孫門客十數人，諸子服闋，各進一官。總算是生榮死哀，恩寵無比了（王旦任相最久，故從詳述，褒貶處亦自不苟）。

且說王欽若入相後，毫無建樹，唯奉祀神仙，引用奸幸。王曾以先時示異，被他進讒，出知應天府。越年春季，西京訛言忽起，說有妖物似席

第二十五回　留遺恨王旦病終　坐株連寇準遭貶

帽，夜間飛入人家，又變作犬狼狀，不時傷人。百姓相率惶恐，每夕閉戶深居，挾兵自衛。漸漸的傳到汴都，都下亦譁噪達旦。詔立賞格捕妖，又漸漸的傳到南京。王曾令夜開裡門，如有倡言妖物，立捕治罪，妖物終沒有到來，民居也得歸安謐。妖由人興，人定則妖從何起？既而汴京訛言亦息。真宗以皇子漸長，自身亦常患疾，遂立皇子受益為太子，改名為禎，大赦天下。是年十月，參知政事張知白，又為欽若所排，出知天雄軍。翌年為天禧三年，永興軍巡檢朱能，密結內侍周懷政，詐為天書，偽降乾佑山。時寇準方判永興，因朱能素未附己，乃將偽書上奏，有旨迎入禁中。諭德魯宗道上言奸臣妄誕，熒惑聖聰，知河陽軍孫奭，亦請速斬朱能，聊謝天下，兩疏均不見從，反有詔召準還京。準奉詔即還。有門生勸準道：「先生若至河陽，稱疾不入，堅求外補，乃是上策。倘或入覲，即面奏乾佑天書，不得為真，乃是中策。若再入中書，自墮志節，恐要變成下策了。」恰是忠告。準不以為然，竟入都朝見。可巧商州捕得道士譙天易，私蓄禁書，謂能驅遣六丁六甲各神。欽若坐與往來，也致免相。準即受命代任，用丁謂參知政事。準素與謂善，嘗稱謂為有才，是時李沆尚存，顧語準道：「此人可使得志麼？」準答道：「才如丁謂，恐相公亦不能終抑呢。」沆微哂道：「他日當思吾言。」及準三次入相，雖稍知丁謂奸邪，但向屬故交，仍加禮貌。謂卻事準甚謹，某夕，會食中書，準飲羹汙須，謂起身代拂。準略帶酒意，竟向謂戲語道：「參政係國家大臣，乃替長官拂鬚麼？」替你拂鬚，還要笑他，未免不中抬舉了。

這一席話，說得丁謂無地自容，雙頰俱赤。馬屁拍錯了。當時不便發作，暗中很是慚恨，因此有意傾準，時常伺隙。既而準與向敏中，均加授右僕射，準素豪侈，賀客甚多，敏中獨杜門謝客，真宗遣使覘視，極力褒美敏中，不及寇準。

天禧四年，真宗忽遇風疾，不能視朝，事多決諸劉后，準引為己憂。一日，入宮請安，乘間語真宗道：「皇太子關係眾望，願陛下思宗廟重寄，傳以神器，亟擇方正大臣，預為輔翼，方保無虞。丁謂、錢唯演，係奸佞小人，斷不足輔少主呢！」真宗道：「卿言甚是。」準乃退出。看官閱過上文，已可知丁謂奸邪，唯錢唯演未曾見過，應該補敘明白。唯演即吳越王錢俶子，博學能文，曾任翰林學士，兼樞密副使。他見丁謂勢盛，與結婚姻，情好甚密，因此寇準連類奏陳。準既奉旨俞允，即密令楊億草表，請太子監國，並欲引億輔政，總道是安排妥當，可無變卦，一時心滿意驕，竟從酒後漏言，傳入謂耳。謂不覺驚詫道：「皇上稍有不適，即當痊可，奈何令太子監國呢？」當下轉語李迪，迪從容答道：「太子監國，本是古制，有何不可？」謂益加猜忌，竟運動內侍，入訴劉后，只言準謀立太子，將有異圖。劉后已隱懷奢望，聞著這個消息，當然忿恨，也不遑報知真宗，竟從宮中發出矯制，罷準相位，授為太子太傅，封萊國公，改任李迪、丁謂同平章事。史稱真宗失記前言，因致罷準，后云罷相三黜，皆非帝意，語近矛盾，何如稱為劉后矯旨，直捷了當。真宗尚莫名其妙，自恐一病不起，嘗臥宦官周懷政股上，與言太子監國事。懷政出告寇準，準悵然道：「牝後預政，天子失權，教我如何擺布呢？」懷政道：「監國不成，何妨竟請太子受禪。」準不待說畢，亟搖手道：「你越說越遠了。」懷政見左右無人，又密語道：「公何故這般膽小？今上明明語我，欲令太子監國，倘竟奉今上為太上皇，傳位太子，我想今上亦是願意，有什麼難行呢？」準又搖手道：「內劉外丁，權焰薰天，談何容易？」懷政奮然道：「劉可幽，丁可殺，公可復相，看懷政去幹一番呢。」看事太易，奚怪無成。但懷政究係內豎，倘僥倖成事，為禍更烈，寇公奈何未思耶？準復勸阻道：「此計雖好，但事或不成，為禍不小，還請三思為是！」懷政道：「事成大家受

第二十五回　留遺恨王旦病終　坐株連寇準遭貶

福，事不成有我受禍，決不牽累公等，請公勿慮！」準始終不與主張，臨別時猶諄囑小心。幸有此著，得保首領。懷政拂袖竟去。

準自懷政去後，杜門不出，唯暗偵宮廷消息。過了數日，忽聞懷政被拿下了；又越一日，懷政發樞密院審訊，竟直供不諱了。那時準捏著一把冷汗，只恐株連坐罪，隨後探聽確鑿，只懷政一人伏法，不及他人，才稍稍放心。原來懷政祕謀，被客省使楊崇勳聞知，崇勳竟轉告丁謂。謂即與崇勳微服，衝夜乘著犢車，至曹利用家計議，且欲乘此除準，利用因澶州議和時候，受準訓斥，也挾有微嫌（應第二十二回），當即商定奏牘，待旦上陳。有詔捕懷政下獄，命樞密院訊問。可巧這日讞員，派著簽書樞密院事曹瑋，瑋即曹彬子，累積戰功，此時因邊境安寧，入副樞密，當下坐堂訊鞫，止問懷政罪狀，不願株連。懷政亦挺身自認，毫不妄扳，於是具案復奏，罪止懷政。曹瑋原是賢吏，懷政也算好漢。丁謂等大失所望，復密啟劉后，擬興大獄。適值真宗略痊，劉后不便擅行，只乘間慫恿真宗，激動怒意。真宗力疾視朝，面諭群臣，欲澈查太子情弊。群臣面面相覷，莫敢發言，獨李迪上前跪奏道：「陛下有幾子，乃有此旨？臣敢保太子無二心！」語簡而明。真宗聽了，不禁頷首，乃只命將懷政正法，隨即退朝。丁謂尚不肯罷休。復與劉后通謀，訐發朱能懷政，偽造天書，由寇準欺主入陳一事。準遂遭貶為太常卿，出知相州，一面遣使往捕朱能。準受詔後，暗自太息道：「不遇大禍，還算幸事。丁謂！丁謂！你難道能長享富貴麼？」因即束裝出都，往就任所。誰知福不雙逢，禍偏疊至，朱能竟擁眾拒捕，經官軍入剿，始惶懼自殺，準又連帶加罪，再貶為道州司馬。這種詔旨，均由劉后一人擅行，至真宗病癒以後，顧語群臣道：「我目中何久不見寇準？」彷彿做夢。左右以坐罪加貶為辭。真宗方知是劉后矯制，但唏噓太息罷了。小子有詩詠寇萊公道：

臣道剛方葉利貞，只因多欲誤身名。
河陽三尺分明在，應悔忠言不早行。

寇準既貶，丁謂益肆無忌憚了，下回續敘丁謂罪狀，請看官續閱便知。

本回為王旦、寇準合傳，兩人皆稱名相，而旦失之和，和則流；準失之剛，剛則褊；要之皆非全才，而患得患失之心，則旦與準皆不免。旦之所以同流合汙者在此，準之所以屢進屢退者，亦何嘗不在此？所謂大臣者，以道事君，不可則止，旦與準若知此道，則和可也，剛亦可也，何致事後自悔，遺令披緇，阿旨求榮，坐罪迭貶耶？其餘敘及諸人，賢奸不一，皆為本回之賓，然亦可因此而示優劣。通俗教育，於此寓之，固不得僅目為小說也。

宋史演義——從奇兒出世至王旦病終

作　　　者：	蔡東藩	
發 行 人：	黃振庭	
出 版 者：	複刻文化事業有限公司	
發 行 者：	複刻文化事業有限公司	
E－m a i l：	sonbookservice@gmail.com	
粉 絲 頁：	https://www.facebook.com/sonbookss/	
網　　　址：	https://sonbook.net/	
地　　　址：	台北市中正區重慶南路一段 61 號 8 樓	

8F., No.61, Sec. 1, Chongqing S. Rd., Zhongzheng Dist., Taipei City 100, Taiwan

電　　　話：	(02)2370-3310	
傳　　　真：	(02)2388-1990	
印　　　刷：	京峯數位服務有限公司	
律師顧問：	廣華律師事務所 張珮琦律師	
定　　　價：	299 元	
發行日期：	2024 年 10 月第一版	

◎本書以 POD 印製

國家圖書館出版品預行編目資料

宋史演義——從奇兒出世至王旦病終 / 蔡東藩 著 . -- 第一版 . -- 臺北市：複刻文化事業有限公司 , 2024.10
面；　公分
POD 版
ISBN 978-626-7514-87-0(平裝)
857.4551　　113014015

電子書購買

爽讀 APP　　臉書